검찰, 삼성, 이 남자

아내의 시간

양수화 지음

렌토

네 남편을 주인과 같이 섬겨라. 그리고 배신자처럼 그를 조심하라.

- 몽테뉴

프롤로그

　2차 세계 대전의 대전환점이 된 노르망디 상륙작전에서 수없이 꽃다운 청춘이 땅에 발도 디디기 전, 어둠 속에 날아오는 독일군의 총탄에 쓰러져 그 아름다운 바다를 피바다로 만들었다. 핏빛 바다를 헤치고, 전우의 시체를 넘고 쓰러지고 또 넘어가며 젊은이들은 앞으로 나아갔다. 영화 '라이언 일병 구하기'의 배경이 된 오마하 비치에 내린 미군병사들은 제때 무기가 공급되지 않아 빈총을 들고 검은 바다를 헤쳐가다 무수히 떠오르는 전우의 시체에서 총을 집어 들고 저 건너 언덕에서 쏟아지는 총알 속을, 그 심연의 공포를 헤치고 나아갔다.

　불교의 유식사상(唯識思想)은 우리가 알고 있는 모든 것에 정해진 실체가 없다고 한다. 이 세상 모든 사물이나 현상에 대한 이해가 우리의 경험에서 쌓인 식(識)이 만들어내는 것이기 때문이다. 그래서 빨간 사과 하나를 보더라도 그에 대한 느낌이나 표현, 인지하고 받아들이고 기억에 저장하는 것이 사람마다 다른 것이다.

기억이라는 바구니에 담긴 살아온 날들의 조각을 들여다볼 때면, 새벽 어둠속에 저 언덕에서 끊임없이 쏟아지는 총탄의 불빛만 반짝거리는 노르망디의 언덕이 떠오르고, 포탄이 날아오는 검은 바다를 헤치고 나아가는 나를 본다. 그 끄집어 든 낙엽 같은 기억을 마주하며 이 기억이 실체가 있는 것인지, 또 그 허상이 어떻게 나의 업식(業識)을 거쳐 왔는지 생각한다.

몇 년 전 암이 재발해 돌아가신 모친에 대한 기억은 더욱 그렇다. 나의 모친은 참 부지런한 분이었다. 여느 어머니들처럼 평생 일을 하고도 잠시 짬이 나면 젊어서는 뜨개질로 아기들 옷이나 머플러 등을 만들어 이웃에게 곧잘 선물했고, 나이가 들어 사업을 다 접은 뒤로는 신문을 모아 노인정 살림에 보탰다. 게다가 인정이 많아 슈퍼마켓을 할 때는 재고로 쌓인 식품은 홀로 사는 동네 노인들에게 보냈다.

정 많은 모친이 나에게만은 매정했다. 나는 그녀와 단 한 번도 목욕탕을 같이 간 적도 없고, 심지어 손도 잡아보지 않았다. 모친이 부친과 대화할 때 항상 쓰는 지시어가 있다. '당신 딸, 내 아들'이다. 돌아가시기 전 마지막 순간까지도 '당신 딸이 나를 도와주지 않아서…'라고 부친에게 소리치는 목소리가 전화기 너머로 들려왔다. 이웃과의 사소한 소송에 적극적으로 나서지 않았다는 원망이 내가 들은 마지막 말이었다.

위로 오빠 하나, 아래로 남동생 둘이 있다. 서울 정릉의 숭덕 초등학교에 입학하여 조개탄 난로에 새 잠바를 그을리고 울었던 기억이 있다. 입학 때 말고는 도통 학교에 얼굴을 비치지 않을 만큼 무심한 모친 탓이었을까? 종종 칠판 글씨도 보이지 않는 뒷줄로 밀려났는데, 속으로 불만을 삭였다. 초등학교 내내 모친은 용돈은커녕, 학용품 살 돈도 주지 않았다. 준비물을 사기 위해 동전을 훔치다 들켜 죽도록 맞기도 했다.

한성여중에 진학한 뒤 매일 아침 등교 준비 하랴, 도시락 싸랴 북새통을 치렀다. 모친은 아들 셋 도시락만 쌌을 뿐, 내 몫은 없었다. 미처 도시락을 준비하지 못한 채 빈손으로 나선 게 여러 날이다. 일찍 일어나는 날이면 도시락을 두어 개 싸서 빈손으로 등교하는 친구들과 함께 먹었다. 2학년이 끝나갈 무렵 부친이 사정을 눈치챘다. 그때부터 학비를 줄 때 가욋돈을 넌지시 건네주셨다. 내 책상 서랍에서 돈이 발견되기도 하고, 아무도 없을 때면 용돈을 쥐어 주시기도 했다.

졸업을 앞두고 상업고등학교가 아니면 고교 진학은 꿈도 꾸지 말라는 모친과 달리 난 반드시 대학 진학을 위해 인문계 고등학교에 가고 싶었다. 모든 학생이 원서를 쓰고 난 후에도 모친이 학교에 오지 않는다. 담임이 화가 나서 '너는 원서를 써주지 않겠다'고 했다. 3학년 전교생이 원서를 다 쓴 다음 학교를 찾아온 모친은 담임과 언성을 높이며 싸웠다. 그 다음날 다른 선생에게

'변두리에 위치한 특수지 학교' 송곡여고의 원서를 간신히 받았다.

어렵사리 인문계로 진학했지만 집에만 들어가면 온갖 평계로 괴롭히는 모친을 피해 새벽 5시 30분쯤 집을 나섰다. 학교에 도착해 본관의 잠긴 문을 두드리면 수위가 눈을 비비면서 문을 열어주었다. 수업이 끝나면 학교의 모든 문을 잠글 때까지 친구와 공부도 하고, 과학실에 앉아 시간을 보냈다. 때로는 그녀가 잠드는 시간까지 대문 앞에 앉아 있다가 안방의 불이 꺼지면 집으로 들어갔다. '대학은 절대 안 된다'는 모친의 악다구니에 지쳐 진학을 포기하고 취업준비 과목을 들으면서 병이 났다. 고등학교를 졸업한 후 5월이 될 때까지 방에 누워만 있었다. 아무것도 하고 싶지 않았다. 문득 이대로 살 수는 없다는 생각이 들었다. '모친의 큰아들'에게 학원비를 빌려달라고 부탁했다.

이듬해인 1978년, 부친의 바람대로 사범대학, 성신여자사범대학 생물교육과에 들어갔다. 재수할 때 목표에 미치지 못한 탓인지, 시간이 갈수록 대학생활이 시들해졌다. 게다가 모친은 사랑하는 큰아들도 다니지 못한 대학의 등록금을 딸에게 주지 않으려 했다. 중학생 과외 아르바이트를 시작했다. 학생이 사는 사당동까지 두 시간 버스 타고 가서, 두 시간 가르치고 돌아오는 강행군 끝에 '물리학 개론' 시험에 지각했다. 너무 피곤해서 못 일어난 것이다. 특별한 사유가 아니면 재시험도 안 된다고 해서, 고민 끝에 '특별한 사유'를 썼다. 단 한 단어만 빼고는 모두 사실

이었다. 그 사건 이후 아무리 수정을 해줘도 그 대학 동문들은
다 내가 계모와 사는 줄 안다. 지금까지.

차례

이 남자

만남

대학에 들어가 첫 학기에는 미팅도 하고, 서클활동(UNSA, 국제연합학생협회)도 하며 바삐 보냈다. 다른 대학 학생들과 함께하는 독서 토론은 즐거웠다. 한편으로 애초에 마음먹은 대로 국문학을 전공하기 위해 편입 시험을 준비했다. 아무리 모친이 반대해도 내 길을 가고 싶었다. 열패감 속에서 젊은 날을 보낼 순 없었다.

2학기가 시작된 9월 초, 같은 과 동기가 짝이 모자란다며 미팅에 나가달라고 했다. 상대는 고대 법대생들인데, 2학기 개강 기념 야유회를 가자는 것이다. 파트너를 정하는 미팅이 있던 날 쪽지를 돌렸다. '춘향과 몽룡'이었는지 '이수일과 심순애'였는지 잘 기억이 안 나지만 그렇게 이 남자와 나는 짝이 되었다. 이 남자는 3학년이었는데, 학교를 한 해 일찍 들어갔고, 나는 재수를 하여

1958년생 동갑내기였다.

정작 강촌에 야유회를 가서는 소나기를 피해 작은 방에 스무 명 이상이 쪼그리고 앉아 술 마시고 노래를 불렀다. 나는 술을 못 마시니 곁에서 구경만 했다. 비가 그친 뒤, 오후의 석양을 바라보며 우리 두 사람은 말없는 그림자가 되어 나란히 철길을 걸었다.

두어 번 만난 뒤, 경복궁 앞 출판회관 지하다방에서 기다리는데 이 남자가 나타나지 않았다. 20분쯤 기다리는데 전화가 왔다. 광주에서 모친이 올라와서 나올 수가 없단다. 대답을 하려는데 전화가 끊겼다. 다방 레지가 장난으로 코드를 빼버린 것이다. 그 모친이 그러셨단다. 약속 좀 늦었다고 전화를 끊는 여자는 만나지 말라고. 서로 불쾌한 오해 속에 연락을 끊고 한 달쯤 흘렀나?

아침 수업도 빼먹고 실연당한 친구를 위로하면서 걷다 보니 학교 뒷길을 따라 고대에 닿았다. 고대 후문으로 들어가면 본관 뒤 인촌동산으로 이어지는 작은 동산이 있었다. 다리쉼도 할 겸 본관 앞 소나무 숲 벤치에 앉아 친구를 달래는데 누가 앞에 우뚝 선다. 이 남자였다. 당황한 내게 이 남자가 "기다려"하곤 사라졌다. 삼십 분쯤 있었을까, 이 남자가 돌아와 우리에게 라면을 사면서 말한다. 전날 야유회에서 나를 본 선배가 알려주었단다. 자기는 그해 처음으로 사법 고시 준비를 시작했는데 고시와 여자 중 하나만 선택해야 한다고 해서, 한 달 전 연락이 끊긴 뒤 '운명으로 여기고' 고시 준비에 전념할 셈이었다고 한다. 하지만 나를 보고 수업에 들어갔다가 잠깐 고민하고 결정했단다. 여자를 선택하기로. 그해 이 남학생은 처음으로 B학점을 받았고, 졸업 전에 시험에 합격할 거라는 모두의 기대를 저버렸다.

소녀 시절부터 시를 좋아했다. 중학생 때는 이상의 시에 푹 빠져 친구들과 문학을 애기하고, 지금은 없어진 화신백화점을 바라보며 내 겨드랑이에도 날개가 돋지 않을까, 그래서 저 위에서 뛰어내리고 싶어지진 않을까, 진지한 상념에 빠지곤 했다. 월북 시인들의 시집을 찾아 헌책방을 누비고, 시인의 마음으로 한겨울 눈바람 속에 서서, 일제 치하 독립군 남편의 자취를 찾아 압록강을 건너는 조선의 여인이 되기도 했다. 고등학생 때는 전쟁의 폐허 위에 서 있는 두보가 되기도 하고 또 내일의 전투를 준비하는 병사를 바라보는 아우렐리우스 황제가 되기도 하며, 그들이 남긴 글에서 위로와 용기를 얻었다.
시인을 꿈꾸던 나에게, 이 남학생이 매일 두보와 이백의 한시 한 편을, 한자로 멋지게 써서 풀어주는 것이다. 이렇게 똑똑하고 낭만적인! 나중에 알게 되었지만 이 남자는 독서 싫어하고, 문학 싫어하는, 낭만과는 거리가 먼 사람이었다. 책을 사면 왜 쓸 데 없는 책을 사냐고, 꼭 시비를 걸었다. 무슨 '문학질'이냐고. 한창

사귈 때는 내 호감을 사기 위해 매일 밤 한시 한 편씩 외웠다.
영어사전을 거의 외웠으니 한시 한 편 외우는 일쯤, 어렵지 않았
을 게다.

프러포즈

9월의 미팅 이후 재회하고 겨울이 오기 전, 이 남자가 진지한 표정으로 입을 열었다. "나는 가난한 집 장남"이라며 '프러포즈'를 했는데, 나는 웃으면서 "그게 무슨 문제가 되느냐"고 되물었다. 아직은 결혼을 꺼낼 만큼 가까운 사이도 아니었고, 결혼은 아직 내 계획에는 없었으니 그다지 심각하게 들리지도 않았다. 게다가 '가난한 집 장남'이란 것이 문제가 된다는 사실을 미처 몰랐다. 자라면서 주변의 어른들은 나를 볼 때마다 맏며느릿감이라고 했다. 맏며느리가 어떤 위치인지는 몰랐지만 마음 한구석에 그 말이 박혔는지도 모른다. 일종의 세뇌랄까.

우리 데이트의 시작은 "잠깐 기다려"였다. 어디론가 사라졌다가 나타나선 하숙생인 이 남자가 가장 좋아하는 비빔밥을 먹고, 정릉 계곡을 따라 올라갔다가 국민대 아래쪽 우리 집까지 걸었다. 데이트 소문이 온 동네에 퍼졌다. 그때는 미팅을 해도 여학생을 집까지 바래다주는 것이 기본이었으니 버스에서 내려 언덕 중간의 집까지 가는 동안 숨은 눈들이 보고 있다가 말을 퍼뜨렸다. 이 남자에 대해 부친이 물었다.

"무슨 준비를 한다고?" "사법 고시래요." 부친이 한숨을 쉬었다. 고시공부하다 폐인이 된 친구가 있다고 덧붙였다. 나는 고시란 게 뭔지 전혀 몰랐다. 그저 법대생들은 다 보는 의무 시험 같은 것으로 여겼다.

두어 번 만난 뒤 이 남자가 다녀오는 곳이 전당포라는 사실을 알게 되었다. 시계를 맡기고 데이트 비용을 마련했던 것이다. 어느 날 고등학교 다니는 남동생의 영어 과외를 제안했다. 용돈도 벌고 데이트 비용도 아끼니 일석이조였다.

11월 말이었나? 한 달 과외비를 받아들고 이 남자가 인천에 가자고 한다. 아담한 작약도 해변을 걸으며, 너무 깊이 사귀지는 말자고 제의했다. 나는 해야 할 일이 너무 많았다. 공부도 해야 하는데 이런 만남이 불안해지기 시작했다. 이 남자는 그럴 수 없다고, 헤어질 수 없다고 했다.

옥신각신 끝에 배가 끊기고, 섬에서 하룻밤을 보냈다. 다음날 집에 바래다주는 길에 사진관으로 이끌었다. 두 사람의 옷깃에 대학 배지가 선명한 흑백사진 한 장을 내밀며 이 남자가 말했다. "이것이 우리 결혼사진이다."

나의 첫 외박 사태에 집이 뒤집어졌다. 모두 꼬박 밤을 지새우고 나를 기다렸다.

12월 광주 근처의 절에서 공부하던 이 남자가 내게 광주로 내려와 자기 부모에게 인사하라고 전화를 걸어왔다. 가족들이 나를 보고 싶어 한다는 얘기였다. 고민 끝에 예산이 고향인 친구와 수덕사에 들렀다. 수덕사는 아직 사람의 발길이 드문 산속에 있었다. 시외버스가 구불거리는 산길을 한참 들어갔다. 지금은 사적지로 보존되는 수덕여관에 일주일을 묵었다. 그곳의 아침 밥상은 예전에 할머니가 차려주던 것과 같았다. 밥 냄새는 구수했고, 땅에 묻은 동치미며 김장 김치가 정갈했다. 솔 냄새 가득한 길을 따라 아침마다 법당에 올라가 삼배를 하고 부처를 바라보았다. 하루해가 지면 군불을 때는 작은 방으로 들어갔다.

내가 원하는 대학에 편입하고 싶었다. 대학원도 가고, 유학도 가고 싶었다. 내 꿈을 이루려면 돈도 모아야 했다. 그런데 한 남자와 엮이고 있었다.

이 남자의 집에 인사 간 날은 12월 31일이었다. 고속버스를 탔는데 누군가 망년회를 겸해 돌아가면서 노래를 부르자고 한다. 세밑 귀향길에 오른 이들의 훈훈한 분위기가 무르익었다. 노래를 좋아하는 나는 앙코르를 받아가며 흥거움에 동참했다.

광주에 도착하니 어스름 저녁 무렵이었다. 새 식구가 될 사람은 아침에 들어와야 한다며, 시아버지께서 밖에서 자고 아침에 오라고 했다. 무등산 중심사 아래에서 불안한 잠을 자고 가니 시어머니가 꽃무늬 이불로 신방을 꾸며 놓았다. 사주를 보니 '남편이 훌륭하게 되는 하늘이 내린 사주'라며, 약혼 날짜를 잡으라고 하셨다. 아마도 아들이 빨리 시험에 붙기를 바라는 마음이었으리라.

나의 부모님은 약혼에 대해 탐탁지 않았다. 지금도 그렇듯이 딸 가진 죄로 어쩔 수 없이 남자 집안에서 원하는 대로 따른 것이다. 이 남자의 부모가 잘 대해 주더라는 말에도 '믿지 말라'고 하셨으니 어른들의 생각이 맞는가 보다.

이듬해 5월 고대축제기간(2~5일)으로 약혼 날짜를 잡은 이후 그의 부모는 경제적 책임을 나에게 돌리고 있었다. 그해 봄 3월에는 하숙비가 4만 원에서 4만 5000원으로 올랐는데 4만 원만 보내왔다. 하숙비조차 부족하니 용돈과 책값은…. 모친에게 이 남자를 도와달라고 했다. 씨알도 먹히지 않는 소리였다.

젊은 청춘이라 가끔 내 손을 잡아끄는 이 남자가 약혼이 다가

오면서 피임을 하지 않는다. 항상 불편했다. 아직 나이가 어린데 남녀 관계를 갖는다는 것 자체가 괴롭기도 했다. 약혼을 준비하면서 결혼이나 아이를 갖는 일은, 양쪽 부모의 뜻대로 내가 졸업한 후로 미루자고 했다. 나도 어쩌다 보니 약혼을 준비하고 있었지만, 결혼을 서두를 생각은 추호도 없었다.

첫아이를 갖기 전까지 생리 때면 통증이 심해 뒹굴면서 남동생에게 진통제를 사오라고 소리쳤다. 스무 살 때 심한 통증과 공포로 병원에 가니 의사들이 끔찍한 선고를 내렸다. 자궁이 미성숙해 불임이 될 거라고 말했다. 이후 말 못할 고민에 오랫동안 힘들었다. 그때만 해도 현실적으로 아이를 낳지 못하면 이혼의 사유가 되는 시기였다. 아이를 낳지 못하는 여자에 대해서는 '주홍 글씨'가 새겨지던, 여전히 미개한 시대였다.

이 남자와 깊은 관계가 되기 전에 헤어지려 한 데는, 편입준비도 하고 공부도 더 해야겠다는 마음이 있었지만, 아이를 낳을 수 있을지, 만약 못 낳으면 어쩌지 하는 불안도 컸다. 이 남자가 피임을 하지 않고 아이 갖기를 원하는 데 동의한 것도 같은 이유다. 의사의 진단대로 불임일 수 있고, 아이가 생기지 않으면 결혼에 미련을 두지 않고 홀가분하게 내 길을 가겠다는 생각이었다.

1979년 5월 2일, 나의 집에서 양가 친척 몇 분과 친구들이 함께한 가운데 약혼식을 치렀다. 친구들이 선물한 촬영권으로 사진을 찍었다. 사진 속에는 낮술에 불콰해진 청년과 카네이션을 머리에 꽂은 아직 어린 처녀의 모습이 보인다.

약혼식 다음날 처음으로 싸웠다. 시아버지가 화가 나셨단다. 신랑 예물로 오메가 대신 롤렉스시계를 샀어야 했고, 호텔에서 근사한 식을 올렸어야 한다는 것이다. 나는 나대로 시아버지가 혼수 예단으로 끊어준 칙칙한 보라색 옷감이 맘에 차지 않았다.

부모 마음이야 어떻든 우린 친구 커플과 설악산으로 약혼 여행을 떠났다. 그때의 사진 속에는 식물채집용 가방을 짊어진 나와, 나를 업고 있는 이 남자의 환한 얼굴이 보인다. 너와집의 툇마루에 앉은 모습, 개울에서 코펠을 씻고 있는 모습, 하나같이 웃음을 담은 얼굴들….

약혼식이 끝나고 하숙비도 아낄 겸 강화도 절에 들어간 대학 4학년의 이 남자에게 해마다 반복되던 장염이 도졌다. 나는 영양식을 들고 3시간 이상이 걸려 강화도를 찾았다. 여름을 지내면서 뼈만 앙상해져 식은땀을 흘리는 이 남자를 집으로 데려왔다. 하숙비도 오지 않고 돈도 떨어진 이 남자와 나의 작은 방을 같이 썼다. 원치 않은 동거를 하게 되었다. 이 남자는 몇 달 동안 계속되는 자기 부모의 압박에 지쳐가고 있었다.

친정집에는 위기가 다가왔다. 그해 부친의 사업에 문제가 생기고 있었다. 그건 우리가 기대야 할 유일한 기둥이 쓰러지고 있다는 것이다. 예측할 수 없는 인생행로로 접어들었다.

왜 같이 사냐고?

問余何事栖碧山 무슨 일로 푸른 산에 사느냐고 물으면
笑而不答心自閑 말없이 웃지만 마음은 한가로울 뿐이네

이백의 시 한 구절이다. 가끔 나 자신에게 묻고 답하는 글이기
도 하다.

산다는 일엔 정답도 없고, 어느 누구의 삶도, 사랑조차도 생
로병사의 법을 벗어나지 못한다. 저 영원히 빛날 것 같은 태양도
더 오랜 시간이 흐른 후엔 사멸하고 그에 따라 이 지구도 같이
죽음을 맞이하니 그 이전에 이 지구의 생명체가 살아갈 곳을 저
무한의 우주에서 찾아야 한다고 하지 않나.

누구의 삶도 팔고(八苦)를 벗어나지 못하고, 생로병사의 사고(四苦)에 더해 '애별이고, 원증회고, 구부득고, 오음성고(愛別離苦, 怨憎懷苦, 求不得苦, 五陰盛苦)'의 법 안에 있다는 것을 안다면 왜 사냐는, 왜 이 남자와 함께 살았냐는 물음 자체가 우매한 질문이 아닌가.

우매한 답이라도 필요하다면 우리 두 사람도 한때는 사랑했을 것이고, 자식을 키우는 기쁨이 있었을 것이다. 거기에 더한다면 그는 낳아준 엄마는 있지만 의지하고 기댈 부모는 없었고, 속 터놓을 친구가 없었고, 한때는 엄마이자 친구이자 동료이기도 했던 내가 버리면 그대로 한강에 뛰어든다고 수없이 '협박한' 까닭일지도 모른다.

내가 중고등학교에 다니던 70년대 중반까지도 먹을거리가 없어 굶는 친구가 있었다. 바가지를 들고 집집마다 밥을 얻으러 다니는 애들도 있었다. 내가 만난 이 남자도 시장에서 반찬가게를 하는 외할머니가 사준 풀빵이 세상에서 가장 맛있는 간식이었으며, 콜라나 사이다 같은 사치스러운 음료는 먹어본 적도 없는 유년기를 보냈다. 비만 오면 교복의 검은 물이 속옷까지 스며드는 싸구려 교복밖에 입은 적이 없었으며, 주택 공사장에서 일하는 아비의 일터를 따라 수십 번 이사를 하던 끝에 어느 날은 집을 찾아 헤맨 적도 있는 청소년기를 보냈다.

셈이 어두운 그의 모친은 남편이 그날그날 주는 돈을 가지고 제일 먼저 미용실에 가서 머리를 만지고, 손톱도 다듬고, 다음으로 양장점에 가서 외상값을 갚고, 또 주인의 꾐에 넘어가 다시 외상으로 옷 하나 더 맞춘 뒤, 마지막으로 생각난 자식들을 위해 콩나물과 두부를 사는 분이었다.

입맛 없는 아들을 위해 시장에 흔한 조기나 굴비도 산 적이 없다. 평생을 자신을 위해서는 비싼 구두 한 켤레 사지 않고, 아들들에게 좋은 것만 먹였던 내 모친과 비교하면 이해할 수 없는 분이었고, 수시로 남편이 머리채를 잡아 패대기쳐도 말 한마디 못하는 불쌍한 분이기도 했다.

해마다 큰아들이 장염을 앓아도 영양식 하나 만들 줄 모르고, 여름 두 달을 허연 쌀죽만 먹여 이십대 아들이 마루를 기어도 속수무책인 분이었다.

왜 사냐? 왜 어느 누구와 사느냐? 정답은 '그냥 산다'가 아닌가? 인연이 돼서 만나고, 살다 보면 그냥 살아지고, 원수가 되어도 살아지기도 하고, 남이 되어도 그냥 살 수도 있는 것이 '산다는 것' 아닌가.

이 남자가 순천에서 시보 생활을 할 때 어떤 부부가 있었다. 젊은 부부가 여러 해를 살았는데, 어느 날 사고로 남편이 전신마비가 되었다. 이 아내는 남편을 버릴 수가 없었다. 남편수발을 들어야 하니 직장을 잡을 수도 없었다. 결국 이 아내는 남편을 하나 더 들여, 새 남편이 벌어다주는 돈으로 세 식구가 살았다. 전신마비가 된 남편은 그 상황을 어떻게 받아들였을까. 그 남편이 무슨 생각을 했든지 정답은 그 또한 그냥, 사는 것이다. 무슨 답이 필요하겠나.

　불교에서는 세상의 만물이 12인연에 따라, 세세생생 쌓아온 그 업식에 따라 자기가 선택한 부모에게서 태어난다고 한다. 우리가 지닌 그 인(因)으로, 우리의 식(識)에 따라 연(緣)을 만들어 간다고도 한다.
　삶이란 거미줄처럼, 그 인과 연이 만들어내는 그물 안에서 사는 것일 뿐이고, 우리 인간이 그 거미보다 하등 나을 것도 없는 존재임에 틀림없는데, 거미에게도 묻지 않는 '왜 사냐'는, 또 '왜 여전히 같이 살고 있느냐'는 질문은 가당찮다.

남자의 가족

가끔 모친은 당신이 겪은 시집살이를 얘기하셨다. 군 복무기간 중 결혼하여 부친이 제대하기까지 1년 동안 홀로 시집에 살던 이야기다. 동네 부잣집 막내딸이었기 때문에 별로 고생한 것 같지는 않다. 우리 형제 모두가 좋아하고 사랑한 할머니는 그렇게 독한 분이 아니었다. 모친이 길을 가다가 친정 동네 사람을 만나면 무작정 눈물이 났다는데, 그 모습을 본 동네 사람이 산 너머 외가에 전했는지 수일 내 친정으로부터 이바지 음식이 잔뜩 왔단다. 모친이 즐겨 먹던 것들도 포함해서. 그러니 시집살이를 했겠나.

1979년 11월 10일 서울에서 결혼식이 끝나고 바로 광주의 시댁으로 내려갔다. 이미 5월 2일의 약혼식 전부터 작정하고 우리를 괴롭히기 시작한 시아버지는 '신혼여행도 가지 말라'며 절값으로 받은 신부 돈까지 모두 챙겼다. 시아버지는 신혼여행은커녕, 하룻밤도 지체 말고 광주로 내려오라고 했지만, 그래도 아쉬워 우리는 북한산 기슭의 작은 호텔에서 하룻밤 자고 정릉의 친정집에 들러 짐을 챙겼다.

약혼식을 치르고 얼마 뒤 임신의 징후가 보여 병원 세 군데를 돌았다. 지금처럼 초음파로 볼 수 있는 기계도 없었던 그때 세 의사 모두 임신이 아니라고 했다. 마지막으로 찾아간 한의원에선 아이가 서는 약을 지어주었다. 다행히 그 약은 모두 토했다. 서너 달 뒤 다시 찾아간 여의사가 임신 진단을 내렸다. 가슴을 쓸어내렸다. 인생의 중요한 고비 하나를 넘긴 것이다. 여전히 학교에 대한 미련은 남았다. 일단 휴학계를 내려는데 이 남자가 한사코 반대하며, 학교를 그만두라고 했다.

70년대 후반 모든 여자대학이 결혼을 허락하지 않았다. 주변에 결혼 사실을 숨기면서 다니는 선배들이 여럿 있었다. 나도 그럴 생각이었는데 이 남자가 그런 대학은 다닐 필요도, 돈 주고 다닐 가치도 없다며 한사코 휴학을 만류했다. 대한민국에 대학교는 '스카이'밖에 없단다. 어느 날은 휴학계를 들고 학교 앞에서 대판 싸웠다.

그 시절 성신여자사범대학을 나오면 교사자격증이 나오고 순위고사를 보면 공립학교 교사를 할 수 있었다. 모친이 조금만 우호적이었으면, 아무리 이 남자가 반대해도 잠시 휴학을 하고 편입시험을 봐서 그 '스카이'를 다녔을지 모르겠다. 결혼 후의 삶이 그렇게 힘들다는 것을 알기만 했어도, 이 남자의 어떤 방해에도 굴하지 않고 휴학계를 냈을 것이다. 싸우기에도 지치고, 돈도 없고, 또 소중한 아이를 잃을 수는 없으니 꿈을 버릴 수밖에.

대학을 포기하고 꿈을 접은 채 광주로 내려갔다. '남의 집 며느리가 됐으면 당연히 시집에 살아야 한다'면서 목줄 묶인 강아지 끌고 가듯 했다는 표현이 더 맞을 것 같다. 나는 이 남자도 학교를 다니고 있는 상황이니 당연히 서울 정릉의 내 방에서 지낼 줄 알았다. 아무것도 준비하지 않은 채, 전혀 예상하지 못한 상황에서, 단돈 1만 원도 수중에 없었고, 갈아입을 임신복 하나 없었다. 광주의 시집에서 식모처럼 일했다. 아니, 노예처럼 일했다. 식모는 월급이라도 받고 간식도 같이 먹지 않는가.

아들은 절로 들어가고, 만삭의 며느리는 새벽부터 일어나 밥하고 청소하고, 또 밥하고 빨래했다. 서울보다 더 추운 광주에서 가스비 나온다고 더운 물도 못 쓰게 해서 12월에 하루 종일 찬물만 만졌다. 마당에 몸보신용으로 키우던 개 앞에 놓인 밥이 얼어 있으면 개밥 얼렸다고 소리를 지르고, 개가 밥을 안 먹으면

맵고 짜게 줬다고 소리를 질렀다.

옷이 없어 추위에 떨면서 겨우내 얇은 임신복으로 버텼다. 추위와 일에 지쳐 날마다 앓았다. 밤새 고열에 시달리고 앓아도 약한 첩 없었다. 어느 날부터는 스트레스로 밤새 토하고 설사를 했다. 일주일쯤 그러고 나니 초죽음이 돼 있는데 놀러나갔다 돌아온 시어머니가 삶는 빨래를 덜 마쳤다고 마루를 쿵쿵 뛰면서 소리를 질렀다.

하루는 이상한 소리에 잠이 깼다. 보일러를 살펴보니 누군가 새마을 보일러의 물을 다 빼냈다. 방바닥이 꺼멓게 타고 있었다. 지금도 범인은 알 수 없는데, 나를 해코지한 것만은 분명하다.

결혼식을 마치고 광주 시집에 들어간 다음날부터, 시부모님은 아침상을 들이기 전 절을 요구했다. 드라마를 너무 많이 보신 듯했다. 게다가 잠옷 차림에 절을 요구하니, 그나마 드라마도 제대로 보지 않았나 보다. 그래도 절을 했다. 시아버지가 또 소리를 질렀다. 누가 부모에게 평절을 하냐고. 예법에서 벗어난 요구였지만 아무 말 하지 않았다.

여자가 큰절을 하는 경우는 혼례와 제사뿐이다. 집안에서 문안인사를 하거나 세배할 때는 큰절이 아니라 평절을 하는 것이다. 요즈음에는 예절을 가르친다는 사람조차 잘못 알고 있는 경우가 허다하다. 설사 시아버지가 알고 있는 예법이 틀리고, 잠옷 차림으로 두 분이 앉아서 내 절을 받는 '참담한 예법'을 주장해도, 그 말을 따르기로 했다.

내가 다닌 여고에서는 2학년이 되면 모든 학생이 1주일 동안 생활관에 들어가 함께 생활하며 예절 교육을 받았다. 1960년대 초부터 많은 여고에서 가정과 교육의 일환으로 생활관을 운영하고 있었다. 생활 예절부터 제례를 모시는 법까지, 전통 예절부터 현대의 예절까지 모든 것을 익히고 테스트를 거쳤다. 특히 절하는 법에 대해 집중 지도를 받았다. 부모와 스승들에게 배운 대로 절을 했을 뿐이다.

만삭의 아내가 걱정이 된 이 남자는 절에 간 지 두 달도 안 돼 돌아왔다. 못마땅한 시아버지는 집에만 들어오면 아들을 안방으로 불러들였다. 두어 시간이 지나고 자정이 다 돼 풀려난 이 남자는 내 손을 잡고 울었다. 아버지 때문에 괴롭다고, 나 좀 살려 달라고. 어느 날은 안방에 들인 밥상이 엎어졌다. 혼수가 적다고 날마다 아들에게 악을 쓰셨다. 집을 사주지 않았다는 것이다.

임신 8개월이 되면서 임신중독증으로 50킬로였던 몸이 80킬로를 넘었다. 온몸의 두드러기 때문에 잠을 못자고 긁다 보니 하얗게 풀 먹인 이불이 피투성이가 됐다. 출산일이 다가올수록 임신 중독증이 심해지자, 의사는 출산 예정일을 한 달쯤 앞당기자고 했다. 1월 초 입원해서 출산 유도 주사를 맞았는데 이틀이 지나도록 진통이 반복됐다. 사흘째 되던 날 다른 병원에서 엑스레이를 찍었다. 산모의 골반은 정상 크기이나 태아의 머리가 커서 수술을 할 수밖에 없다는 진단이 나왔다. 체중도 얼마 안 되는데 태아의 머리 골격이 큰 것이다.

지금 같은 마취주사가 없어 수술한 후의 통증은 말할 수 없이 심했다. 딸을 보러 온 부친은 아프다고 소리를 지르는 내 모습에 눈물을 흘렸다. 수술비로 주고 간 50만 원을 아껴 뒤늦게 출산 준비물을 마련했다.

시아버지는 '궁둥이도 큰 여자가 왜 애를 못 낳아!' 하는 식의 상스러운 핀잔만 늘어놓았다. 돈 들여 애 낳았다고 미역 한 줄기 사다 주지 않았다. 시어머니 역시 미역국 한 번 끓여주지 않았다. 그 이후 오랫동안 시부모 일가가 모이면 '돈 들여 애 낳은 X'이라고 며느리 악담이 이어졌단다.

수술비 들여 아들 낳았다고, 남들 다 나오는 젖도 안 나와 우윳값 들인다고 타박이 심해졌다. 시어머니는 애 엄마 젖꼭지가 이상해서 애가 젖을 안 빤다는 희한한 말로 언성을 높이며 당신의 젖꼭지를 애 입에 들이댔다.

일주일 만에 퇴원하고 보니 집안일을 산같이 쌓아 놓았다. 퇴원한 다음날 서울서 누나 보러 동생이 왔다. 저녁때가 되어도 아무도 밥 줄 생각을 않으니 아직 성치 않은 몸으로 동생을 데리고 나가 밥을 사 먹여 보낸 뒤, 집에 돌아왔다. 애 낳았다고 일을 안 시켰더니 밖으로 나돈다고 시아버지가 또 소리를 질렀다.

전기밥솥이 없어졌다. 전기밥솥이 생겨서 여자들이 게을러졌다고 남을 췄단다. 일어나는 시간이 새벽 6시에서 5시로 당겨졌다. 돈을 아끼느라 우유병을 하나만 샀다. 미처 몰랐다. 신생아는 거의 매시간 먹는다. 우유 타서 먹이고 소독하고, 또 일어나 우유 먹이고 소독하다 보니 잠을 못 자고 새벽에 간신히 잠이 들었다. 시아버지가 또 소리를 질러댔다. "느기 여자 아직 자냐!" '느그'도 아니고 입술을 비틀며 내는 소리, '느기'였다.

퇴원 이튿날부터는 기저귀 빨래를 포함해 아홉 식구 빨래를 모아서 내어 놓는데 세탁기를 못 쓰게 했다. 아직 몸도 성치 않은 며느리에게 모든 일을 지시하고, 시부모는 날마다 놀러 나갔다. 아직 어린 신랑은 부모 몰래 세탁기를 돌렸다. 사정을 눈치 챈 시부모는 세탁기마저 없앴다. 두어 달 동안 나는 내 인생에서 가장 날씬해졌다. 온몸이 뼈만 남았다. 42킬로였다. 가만히 서 있기도 힘겨웠다.

5·18

시집살이로 모진 겨울을 넘기고 1980년 봄, 대학원에 진학한 이 남자를 따라 서울로 올라와 정릉의 친정집에 머물렀다. 그동안 살던 모든 집 가운데 그 작은 방을 가장 사랑했다. 지금도 그립다.

창문을 열면 가지마다 붉은 감이 주렁주렁 달렸는데, 겨울이면 까치밥을 먹으러 날아오는 새들의 지저귀는 소리가 좋았고, 4월이면 두 그루의 라일락에서 풍기는 꽃향기에 취했다. 화장대 하나와 앉은뱅이책상이 전부인 그 작은 방에서 동화 같은 사랑을 꿈꿨다. 소낙비가 쫙쫙 쏟아지는 날이면 창밖을 바라보며, 한때의 짝사랑을 그리기도 했다.

고등학교 2학년, 겨울 3개월간 그룹 과외를 받았다. 부친은

'네가 원하면 대학원도 갈 수 있다'며 모친 몰래 과외비를 건네 주셨다. 우리를 가르친 사람은 고대를 졸업하고 고시 공부를 하고 있다는 26살의 청년이었다. 어느 날 영장이 나왔고, 그는 우리 모두를 슬픔에 빠뜨리고 떠났다. 아마도 나의 첫 번째 풋사랑이었을 것이다.

나는 이 남자를 처음 본 날 생각했다. 이 남자는 오래도록 나를 슬프게 했던 나의 풋사랑처럼 바둑판무늬의 재킷을 걸쳤고, 깊게 쌍꺼풀진 눈을 가지고 있었고, 고시를 공부한다고 하며, 고시생 특유의 우울한 그늘을 드리웠다.

나의 아늑한 방에서 큰아들의 백일을 맞았다. 이 남자가 자립할 수 있을 때까지는, 내가 취업해야겠다고 여러 군데 지원서를 내고, 면접을 보러 다녔다. 이제 백일이 지난 아들은 예쁜 짓만 했다.

모친은 부친의 사업이 기울면서 마음의 병을 얻어 처녀 적부터 60킬로가 넘던 체중이 40킬로도 나가지 않았다. 미음도 삼키지 못하고 있었다. 어느 날 나에게 유언의 말이라며 행여 당신이 죽거든 두 동생을 잘 돌봐달라고 했다. 어느 날 휴교령이 내렸고, 바로 광주로 내려오라는 시아버지의 명령을 따랐다.

두 달 남짓 지나 다시 광주에 내려간 다음날이 바로 1980년

5월 18일이었나 보다. 시내로 나갔다. 옷 살 돈이 없으니 옷을 지어 입으려고 옷감을 사러 나간 길이었다. 가끔 옷을 손수 지어 입었다. 블라우스 옷감을 끊어서 나오는데 사람들이 뒷골목으로 밀려오고, 어디선가 최루 가스가 덮쳤다. 서둘러 집으로 돌아왔는데, 사방에서 전화가 빗발쳤다.

사촌들은 하굣길에 난데없이 얼룩무늬 군인들의 몽둥이에 맞았고, 군인들이 집집마다 뒤져 젊은 애들을 끌어내어 두들겨 패서 끌고 간다고 했다. 벽장에 숨어 있던 대학생이 공수부대원에게 끌려나와 초주검이 되도록 맞았다고 하고, 군인들이 대검으로 지나가는 사람들을 마구 찌른다고도 했다. 옆집 학생은 학교에서 돌아오는 길에 공수부대원들의 몽둥이에 맞았다며 팔에 부목을 대고 다녔다.

변변한 고층건물 하나 없는 작은 시내에 총소리가 진동을 하고 시외전화는 차단되었으며 광주에서 나가는 길이 막혀 도시가 고립되었다. 라디오 방송도 차단되었고, 서울의 부모에게 전화를 돌려도 불통이었다.

며칠째였나? 젊은이들은 다 피신해야 한다고 했다. 시내의 젊은이들은 다 잡혀갔다고, 군인들의 수색이 점점 외곽으로 뻗친다고 하였다. 이 집의 네 아들은 밤을 틈타 광주를 빠져나갔다가 하루 만에 돌아왔다. 자기들만 살 수 없어 다시 돌아왔단다.

밤낮으로 들리는 총소리에 어린 아들을 안고 솜이불을 뒤집어썼다. 총알이 솜이불은 뚫기 어렵다는 소리를 들었다. 전쟁도 아니고 내 나라에서 내 나라의 군인들에 의해 죽는다니 이해가 안 됐지만, 이 말도 안 되는 상황에 분노가 솟았지만 아들을 안고 숨을 죽일 수밖에 없었다. 하루는 시민군이 트럭에 가득 탄 채 노래를 부르며 마을을 지나갔다. 온 동네 여자들이 다 나와서 먹을 것을 건넸다. 나도 물을 떠다 주고 응원의 박수를 보냈다. 어느 날은 시내 중심가의 하늘이 불바다였다. 옥상에 올라가 시내 쪽을 바라보았는데 온 하늘이 붉게 물들었다. 이보다 더한 공포가 있을까.

가게에 국거리를 사러가는 골목골목에 젊은 군인들이 숨어 있었다. 총을 들고 땀을 뚝뚝 흘리고 있었다. 두툼한 복장을 하고 땡볕에 서 있는 모습에 안쓰러운 마음이 들어, 콜라 두 병을 사서 불쑥 내밀었다. 난생처음 보는 또래의 젊은 여자가 뜬금없이 콜라를 내미니, 두 병사가 당황해하면서 받았다. 그들이 왜 거기에 있지, 하는 생각보다도 그저 안됐다는 생각이 앞섰는데, 집에 돌아와 곰곰 생각해보니 그들이 적군인지 아군인지, 갈피를 잡을 수 없었다.

며칠 뒤 시 외곽에 있던 우리 동네로 군인들이 몰려들고 있었다. 군용트럭이 여러 대 줄지어 들어왔다. 담 사이로 살짝 보았는데, 저 멀리 트럭 위에서 군인들이 사방을 향해 총을 난사했다. 심장이 멎는 줄 알았다. 꽤 여러 대가 지나갔다. 시아버지가 모두 방으로 들어가 다시 이불을 덮고 있으라고 하였다.

총소리가 멈추자 2층에서 통곡 소리가 났다. 식구들이 모두 위층으로 올라갔다. 2층에 세든 할머니가 목욕탕의 작은 창으로 밖을 내다보다가 총에 맞은 것이다. 총알이 눈을 관통했다. 그분의 시신은 드라이아이스로 보관하다 광주의 통제가 풀린 뒤 리어카에 실어 날라서 매장했다. 장례식도 치르지 못하고 장의차도 부를 수 없었다. 그날 우리 동네에서도 여럿이 총에 맞아 사망했다.

그 이후 광주 가기를 꺼렸다. 내가 세금 내고 사는 내 나라의 군인이 마구 총을 쏴대는 도시라면 무서운 곳 아닌가. 좀 더 정확히 말하자면 이 나라는 정말 무서운, 나치보다도 무서운 나라고, 그 도시는 너무 불쌍하고 무력한 곳이었다. 히틀러조차 제 동족을 살상하진 않았다.

가을에 대학원이 개강하여 광주에서 올라와 수원 서울대 농대 뒤에 작은 방을 월세로 얻었다. 30만 원의 보증금으론 안양의 벌집밖에 방을 얻을 곳이 없어 더 변두리로 나갔다. 벌집은 방 하나에 부엌 하나로 나뉜 4~5평 규모의 공동주택으로 공단 주변에 많았다. 한 달 생활비 10만 원으로 월세 2만 원을 내고 이 남자의 용돈으로 몇 만 원을 주었다. 더 힘든 날이 올 수도 있으므로 1만 원은 적금을 부었다. 어떻게 살았는지 모르지만, 그 시절을 견뎠다.

빠듯한 살림을 이어가는 중에도 이 남자는 몇 달 사이 전철에서 만난 여인과 연애질을 했다. 결혼반지 팔아 책 두 권 사고 데이트 비용으로 썼다고 밝혔다. '남자 나이 불과 23세이고, 그 돈을 몽땅 데이트에 쓰지 않고 책도 두 권이나 샀으니 이해해 줄 수 있지 않나?' 이 남자가 나에게 말한 취지였는데, 다른 사람은 어떻게 받아들일지 몰라도 나는 이해했다.

이 남자는 데이트가 아닌 책값이 없어서 책을 구하기 위한 목적으로 반지를 팔았을 뿐이고, 결혼반지를 팔아서라도 책을 사고자 하는 간절하고 긴요한 뜻과 의지야말로 칭찬받아 마땅한 일인데 굳이 결혼의 당사자인 내 의사를 물을 필요가 있는가 하는 얘기였다.

아무 말도 않았다. '왜 산중 깊은 곳에 사냐'는 물음에 '그냥 웃고 만다'는 이백의 시구대로, 인간의 사는 일이란 다 '그렇고도, 그렇게 이루어진 일일 뿐'이라고 생각한 까닭에 굳이 토를 달고 싶지 않았나 보다.

몇 달 후 친정이 새로운 곳에 터를 잡았다고 해서 친정집 가까운 곳에 부엌도 없는 월세방 한 칸을 얻었다. 방을 빼고 이사를 마쳤는데도, 수원의 농촌진흥청에 다닌다는 집주인이 그 알량한 보증금을 돌려주지 않았다. 이 남자가 수원까지 몇 번을 찾아간 끝에 20만 원인가 받아 왔다. 우리가 살던 방에 이미 오래전에 다른 사람이 들어와 살고 있었는데, 안주인 여자가 이 남자에게 맥주를 따라주며 그랬단다. 자기네 생활이 별로 여유가 없는데 돈을 포기할 수 없겠냐고. 정말 벼룩의 간을 내먹는 사람이 바글거리는 세상이다. 주인 남자는 수원에 있는 농촌진흥청을 다니는 공무원이었고, 근처에는 그들 소유의 땅도 많았고, 옆집도 그들 소유였다.

악연

　전두환은 이상한 정책을 시행했다. 모든 학생의 과외를 금지했다. 과외지도를 해서 간신히 학교를 다니던 수많은 농사꾼의 자식과, 그보다도 가난한 노동자들의 자식과, 여러 형제 가운데 단 한 명만 선택받아 대학을 갈 수 있었던 소시민의 자식들은 휴학을 하거나, 막노동판으로 나가 지게를 지고 벽돌을 나를 수밖에 없었다.

　그것이 총칼로 정권을 탈취한 자가 생각하는 민주, 정의였던가. 과외를 금지하면 모든 학생들이 동등한 출발선에서 달리기를 시작할까? 우리 모두가 알듯 그때도 지금도 많이 가진 자들은 알아서 다들 비밀 고액과외를 한다. 그래도 못 따라가는 멍청한 자식은 미국에라도 보내 '아이비리그'라는 명문대의 졸업장을 만들어준다. 한때 그 아이비리그가 '아이비꽃 대회'를 치르는 학교인 줄 알았다. 온갖 어중이떠중이가 다 나왔다고 하기에 착각했다. 대학 건물이 담쟁이덩굴인 아이비로 뒤덮인 데서 유래했다는 얘기는 나중에 들었다.

들어보니 공부는 뒷전이고, 허구한 날 여자 덮칠 궁리만 하는 5공자·7공자가 강남 아파트 전세보증금도 안 되는 후원금만 내고 졸업장을 받는다고 한다. 어떤 재벌은 돈 자랑도 할 겸 미국의 부자 학교에 체육관·학생회관·농구장을 지어주고 졸업장 받는다고 한다. 지금도.

총칼 든 자가 과외수업을 금지한다고 하니, 장삿길로 나섰다. 모친이 새로 시작한 슈퍼의 한쪽에 수입품을 진열하고 팔기로 했다. 1980년, 아직 수입자유화 이전이었다. 수입품을 취급하는 곳이 드물어, 이문이 짭짤하다는 얘기를 들었다.

동두천의 미군부대에서 흘러나온 물건을 사기도 했고, 새벽에 남대문 도깨비시장에서 물건을 떼기도 했다. 남대문에서 물건을 살 때는 각별히 조심했다. 잠깐 한눈을 팔면 그 순간 물건이 바뀌었다. 테이블에 놓인 진짜 대신 가짜가 포장되는 것이다. 아무리 조심해도 몇 번 속았다.

어느 결에 나는 스물세 살에 대학원생 남편과 아직 돌도 안 된 아들을 부양해야 하는 가장이 되었다. 아들을 등에 업고, 좀 더 이문을 남기기 위해 남대문 시장을 헤집고 다니기도 하고, 회현동 지하상가에서 그 무거운 거버 이유식 여러 상자를 들고, 등에 가까스로 매달린 아들을 다시 고쳐 업고, 수없이 쉬어가며 버스를 갈아타고 중화동의 슈퍼로 날랐다. 액세서리와 스타킹이나 양말도 팔았는데, 소품이 오히려 이문이 컸다. 가게를 빌려 쓰는 대신 수시로 슈퍼의 물건도 진열하고 청소도 했다. 한 달 수입이 7만~10만 원 정도였는데 거의 전부를 이 남자에게 주었다.

친정 옆에 책상 하나 들어갈 만한 월세방을 얻어 공부는 그곳에서 하고 밥은 친정에서 해결했다. 가끔 이웃의 부탁으로 아동복을 사다 팔았는데, 남는 돈으로 아들과 내 옷을 장만했다. 새벽에 남대문 시장에 가면 도매상인이 흥정하는 모습을 살핀 뒤, 같은 가격으로 흥정했다. 절대 얼마냐고 물으면 안 된다. 바로 초보인 줄 아니, 그 순간 값이 올라갔다.

이 남자가 대학원 공부와 고시준비를 병행할 수 없다며 고대 대학원을 휴학하고, 3년제인 전남대학교 교육대학원에 등록했다. 군대를 연기해야 하므로 어느 학교든 적을 두어야 했다. 그리고는 친구와 광주 근처의 절로 들어갔다. 시아버지는 어떻게라도 우리를 갈라놓으려 했다. 공부를 하려거든 반드시 광주에서 해야 한다고 고집했다. 며느리가 아니라, 지참금도 없이 잘난 아들을 뺏어간 마녀로 보였는지 모르겠다.

이 남자가 광주로 내려간 지 두 달쯤 지난 어느 날 새벽이었
나, 전화가 왔다. 고속터미널에 있단다. 나에게 할 말이 있다며
밖으로 나오라고 했다. 결혼 직후부터 전남대 도서관에서 일하
던 권 모라는 도서관 사서와 몰래 연애를 했단다. '절대 배다른
형제는 만들지 않으려고' 최선을 다해서 잠자리를 했다고, 자기
는 절대 무책임한 남자가 아니라고 강조했다.

그 여자가 광주 인근의 절을 다 뒤져 이 남자를 찾아냈단다.
애 낳고 함께 살자고, 자기는 본처가 아니라도 좋고, 후처로 영원
히 살 수도 있다고 했단다. 그 말이 겁이나 여자를 달래서 산 아
래 마을에 재워두고 그 밤으로 올라왔단다. 이 남자가 남들은
하나도 못 구하는 마누라 둘을 얻을 수 있는 기회가 왔는데…
그보다 시아버지가 소원성취할 기회가 온 것이었다.

나는 지금도 그러한 상황에서 아내들이 어떤 행동을 취하는
것이 정답인지 모르겠다. 인생살이에 정답이 없다면, 도대체 어
떤 행동이 그나마 정답에 가까운 것일까. 나는 몇 마디 물어보
고 화 한번 내는 것으로 그 사건을 끝냈다. 어쩌면 나는 이미 이
남자를 포기했는지도 모르겠다. 이미 엎질러진 물은 그냥 닦아
내고 잊는 것이라고 생각했나? 그 모든 것보다도 뱃속에서 나온
생명 하나를 책임지기도 바쁘니 연애사에 허비할 시간도, 기운
도 없었을 것이다.

이 남자가 광주에서 올라온 지 한 달이 지났을까? 툭하면 온 집안을 시끄럽게 만드는 시이모들에게서 전화가 빗발쳤다. '너희 들이 너무나 부모를 괴롭혀서, 너희들 걱정에 잠 못 이루며 괴로워하다 시아버지가 교통사고를 당했다. 고시고 뭐고 당장 짐 싸서 광주로 내려와서 부모에게 효도하라.' 전화통에 대고 소리를 질러댔다.

내가 결혼하던 해에 시댁은 대박이 났다. 시아버지가 짓던 집 값이 폭등을 해서, 평생 근근이 살던 시아버지가 딱 2년 동안 돈을 많이 벌었다. 춤바람이 난 시아버지가 카바레 앞에서 술에 취해 택시 잡으려다 교통사고가 나서 입원한 것이다.

광주로 내려갔다. 곧 바로 이 남자는 친정으로 다시 올려 보냈다. 수시로 고시와 취업을 놓고 갈등하는 이 남자에게 못 박아 이야기했다. 네가 지금 하고 싶은 공부를 포기하고 취업을 하면 평생 나를 원망할 테고, 그러면 우리는 영원히 행복할 수 없으니 아무리 힘들어도 공부해라.

다시 힘든 시집살이를 계속하는데 겨울의 어느 날 이 남자가 전화해서 또 운다. 두 달 이상을 감기와 독감에 시달렸는데 자기 지금 죽을 것 같으니 제발 서울로 올라와 달란다. 그때 이 남자는 단칸방에서 처부모와 두 처남과 함께 생활하면서 독서 실을 다니고 있었다. 모두가 재기하려고 정신없이 뛰는데 누가 이 남자를 돌볼 수 있었겠는가. 다음날 작은 가방에 옷가지 몇 개 챙겨 넣는데 시동생이 쏘아붙인다. 형수가 사람이냐, 시아버지가 아픈데 남편한테 간다니 말이 되냐, 다시는 얼굴도 보지 말자.

서울로 올라온 후 사방에서 전화가 걸려왔다. 불효자라고, 못된 며느리라고 여러 시이모들이 번갈아 전화하고 시아버지도 이 남자에게 수시로 전화했다. 공짜로 노예처럼 부리던 가정부가 남편 뒷바라지한다고 가 버리니 아쉬웠나 보다. 모르는 척했다.

그 겨울이 지나고 다음 해인 1981년 1차 시험을 마치고 광주로 내려갔다. 이제 거의 완쾌한 시아버지가 나를 보더니 병원이 떠나가게 소리를 질렀다. 너 때문에 내 아들이 망가지고, 네가 부모자식 간을 이간질을 시키고…. 처음으로 말대꾸했다. 그래서 온 동네에 순진한 아들 꼬드긴 나쁜 년이라고 소문내고 다니셨냐고, 원하시면 이혼하겠다고. 병원을 나와 걷는데, 병원과 집은 광주의 이쪽 끝에서 저쪽 끝이었는데 돈이 한 푼도 없었다. 버스비, 동전 한 닢도 없었다.

걷다가 싸구려 샌들의 굽이 부러졌다. 눈에 보이는 구둣방에 들어가 고쳐 달랬더니 어린 여자가 불쌍해 보였는지 그냥 고쳐 줬다. 이제는 그만 살겠다고 다짐을 하면서 세 시간쯤 걸어 집에 도착하니, 집 앞에 시어머니가 보인다. 내가 병원을 나온 후 시아버지가 아들을 보고 또 소리를 지르자 아들이 벽에 머리를 찧으며 그만 좀 괴롭히라고, 죽고 싶다고 대성통곡을 했단다.

이 남자에게 이제 네 부모 소원대로 그만 살자고 했다. 결혼사진을 다 찢어 버렸다. 우리 둘 다 이 끔찍한 결혼으로부터 벗어나자고 했다. 이 남자가 며칠을 앓았다. 나 없인 살고 싶지 않다고 하소연했다. 다시 서울로 올라가자며 내 손을 잡았다. 서울에 온 후 다시 어설픈 장사를 시작했다.

그 겨울 이후 모든 주변 인물들이 이 남자를 괴롭혔다. 고약하기 그지없는 시이모가 여섯이었고, 외할아버지와 시부모 두 분이 있었고, 시동생 셋과 시누이 하나가 있었다. 유일하게 외삼촌 부부와 외할머니만 우리를 지지했다.

이 남자가 내게 처음으로 폭력을 행사한 건 1981년 1월이었다. 나를 골목으로 몰아넣고 구둣발로 짓밟았다. 그때 값싼 시계였지만 결혼예물로 받은 시계도 잃어버렸다. 너 때문에 부모에게 불효한다고, 공부고 뭐고 그만두자고 했다. 광주로 내려가서 부모 뜻대로 살자고 했다.

여전히 날마다 이 남자를 괴롭히는 사람들 때문에 견딜 수가 없는 것이다. 곧 설이 다가오는데 내려오지 않는다고 이 남자를 힐책하는 소리는 나도 들었다. 나는 말없이 웅크리고 맞았다. 얹혀살고 있었던 친정집에 돌아와 이 남자의 책들을 꺼냈다. 그래, 그러자 했다. 앞으로 쓸모없을 이 책들은 다 없애자, 미련이 없게. 이 남자가 보는 앞에서 두꺼운 책 두어 권을 찢어서 던지고 집을 나왔다. 저녁에 들어가니 그 책들이 테이프로 곱게 붙어 있었다.

2월에 치른 1차 시험에서 떨어진 뒤, 광주로 내려갔다가 서로의 상처만 깊어져서 서울로 돌아왔다. 이제는 정말 그만 살아야겠다고 수없이 생각했지만, 내 손을 붙들고 울며, 내가 버리면 죽는다는 이 남자를 버려둘 순 없었다. 나에게 그 상황은 사랑을 논할 여유조차 없는 인간의 문제였고 생존의 문제였다.

나의 혹독한 시집살이에 반해 사위 사랑은 장모라더니, 모친은 사위를 살갑게 대했다. 수시로 경동시장에서 약이 된다는 6년근 인삼을 사서 삼계탕을 달이고, 굴비에 조기에 좋은 것은 다 먹인 덕분에 해마다 앓던 장염도 사라졌다.

사위는 어린애처럼 장인 장모 앞에 누워, 과일을 깎아 주면 어린애처럼 받아먹었다. 아마 자기 부모에게선 평생 받아 보지 못한 사랑을 느꼈을 것이다. 나는 나의 모친을 '네 양엄마'라고 불렀다. 마흔이 넘어서도 그 양엄마에게 자주 보냈다. 나의 양친은 딸보다 사위를 더 반겼고 사위도 어린애가 되어 놀다 오곤 했다. 우리가 헤어진 후에도 네 양엄마한테 가보라, 하면 즐겁게 놀고 왔다. '삼성 비자금 사건' 이후 신문을 통해 우리가 헤어진 것을 알게 된 후, 모친은 돌아가실 때까지 나를 미워했다.

어느 날 모친이 엄마 찾아 우는 나의 큰아들에게 소리를 질렀다. 처음으로 모친에게 언성을 높였다. 나를 구박한 것은 잊겠는데 내 아들을 구박하는 꼴은 못 본다고 했다. 시부모의 구박과 헤어나기 어려운 삶에 두통이 심해져 견딜 수 없는 데다가 아들에게 느끼는 안쓰러움이 더해졌을 것이다.

그길로 집을 나와 버스를 타고 종점에서 내리니, 논밭 가운데 집이 몇 채 있었던 토평리(지금의 구리시 토평동)였다. 수도도 없이 조그만 부뚜막이 전부인 부엌에 딸린 세 평 방에서 다시 시험을 준비했다. 1981년 가을쯤이었을 것이다. 아직 아들이 두 돌이 안 되었다.

1차 합격

토평리 생활 몇 달 만에 돈이 떨어졌다. 아무리 어려워도 한 달에 만 원은 저축했다. 얼마 되지 않는 비상금은 쪼개고 쪼개 써도 바닥이 보였다. 쌀은 사야 했지만 반찬거리는 주인집 할머니의 비닐하우스에서 가져왔다. 그분은 집 뒤쪽의 비닐하우스에 여러 가지 작물을 재배하면서 나를 포함해서 세 들어 사는 여러 가구가 함께 먹을 수 있게 배려했다. 30대인 아들 부부와 지냈는데 언성을 높인 적이 없었다. 할아버지가 몸이 불편해서 가끔 옷을 적셔도 큰소리 한번 없이 조용히 수습했다.

앙고라토끼 한 쌍을 분양받아 키우기 시작했다. 번식이 더뎌, 귀여운 저 녀석들이 언제 커서 돈이 될지 조바심이 일기도 했다. 12월 중순이었나, 주인 할머니가 밭일이 있다고 한다. 밭에서 시금치를 수확하는 일이었다. 아들을 포대기로 둘둘 말아 유모차에 태우고 밭으로 갔다. 춥고 배고픈지 아들이 파랗게 질려 울었다. 울다가 그쳤다가 또 우는 아이를 두고 계속 일했다. 오후 3시쯤 밭주인 아주머니가 그만 들어가라고 한다. 우는 아이가 안쓰러운 것이다. 아이를 데리고 집으로 돌아왔더니, 나중에 일당을 보내왔다. 두 시간을 일찍 마쳤는데 하루 몫을 채워 보냈다. 미안하고 고마웠다. 아이도 엄마도 며칠을 앓았다.

이 남자가 시아버지에게 전화를 했단다. 돈 조금만 보내달라고. 시아버지의 대답은 언제나 똑같았다. 너희들이 떨어져 살면 '네 하숙비'는 보내줄 수 있다고 하셨단다. 며느리와 며느리의 자식인 내 아들은 당신의 돈으로는 밥 한 그릇도 먹이고 싶지 않은 것이다.

그분들은 장손인 내 아들에게 옷 한 벌 사 입힌 적이 없었다. 아니 있었다. 시어머니가 어느 날 500원짜리 떨이로 파는 반바지를 하나 사왔는데, 여자애들이 입는 옷이었다. 아들이 첫돌을 맞은 1981년 1월 우리가 있던 곳은 광주였다.

그해 큰아들은 돌상을 받지 못했다. 아비와 어미도 갖고 있는 돌 사진조차 한 장 없다. 내 아들의 조부모는 장손의 돌잔치도 돈이 아까운지 다 생략했다(나는 나중에 작은아들의 돌을 생략했다. 혹시 큰아들이 커서 자기만 돌 사진이 없다고 섭섭해할까 봐). 그분들은 나와 내 자식이 먹는다면 쌀 한 톨도 아까울 것이다. 나는 알아서 살 테니, 이 남자에게 청평의 고시원으로 들어가라고 했다.

청평으로 떠난 지 두 달이 되기도 전에 이 남자가 돌아왔다. 도저히 혼자서는 공부가 안 된단다. 두 달 동안 잠만 잤단다. 어쩔 도리 없이 함께 살게 됐다. 광주에는 알리지 말자고 했다. 오래된 잠옷으로 커튼을 만들어 3평 방 가운데 쳤다. 살림이라곤 책상 하나와 이불 몇 채와 냄비 하나, 밥공기 서너 개가 전부였으니 세 평 방을 갈라도 누울 자리가 있었다.

1982년 새해가 되었다. 아들은 두 돌이 지났다. 가끔 중화동 모친의 슈퍼에 가서 먹을 것을 조금씩 가져왔다. 아들을 더 굶길 수는 없었다. 꿈을 꾸었다. 꿈에 처마 밑에 둥지를 튼 제비 알 세 개가 보였다. 처음으로 복권을 샀다. 처음이자 마지막으로 소액이 당첨되었다. 쌀 한 봉지 샀지 싶다.

6월의 1차 사법시험이 두 달 앞으로 다가왔다. 이 남자가 깊은 한숨을 쉬었다. 매번 국사와 윤리가 낙제점이었는데 또 자신이 없단다. 예상문제집으로 몇 가지를 물어보니 아뿔싸, 또 떨어질 게 틀림없다. 헌책방에 가서 고등학교 국사와 윤리 문제집 몇 권씩을 사왔다.

'시험은 네가 원하는 것을 쓰는 게 아니고 시험관이 원하는 답을 쓰는 거다. 너의 국가관이나 윤리관이 정답이 아니고 출제자가 원하는 게 정답이다. 무작정 그 두꺼운 책을 읽는 것은 시간 낭비다. 이제부터 모든 예상문제집과 고등학교 입시 예상문제의 답을 외워라.' 몇 가지 전략을 세운 뒤 사법시험 기출 문제를 보았다. 이해할 수 없는 우스꽝스러운 문제들이 많았다. 왜 이 문제를 냈을까? 저들이 원하는 건 뭐지.

아마도 그들은 수류탄을 빼들어 안전핀을 뽑고 적의 참호를 정확히 겨냥해서 던지는 사람이 아니라, 적이 깔아 놓은 지뢰를 탐지기도 없이 요리조리 잘 피해 요령 좋게 살아남는 자를 뽑기 위해 문제를 출제하는 것 같았다. 이 시험은 고등 지식, 정제된 사고, 철학적 사유를 원하는 시험이 아니었다. 어쩌면 이런 시험을 좋은 성적으로 통과한 사람들이 요리조리 잘 피하면서, 발견된 지뢰는 슬쩍 옆으로 던져 미운 놈 발목 날아가게 하고 승승장구하는지도 모른다.

며칠에 한 번씩 문답 시간을 가졌다. 두 과목이 과락을 넘겨 사시 1차에 합격했다. 1차 시험 합격자 발표 날 이 남자가 그랬다. 1년 후에 치를 2차 시험 준비는 학교 옆에서 해야 한다고. 학교 도서관도 이용하면서 특강도 들어야 하고 시험 정보도 얻어야 한단다. 출제 위원으로 들어가는 교수들의 강의는 필수란다. 아마도 그해 2차 시험은 포기했던 것 같다. 전혀 준비되지 않은 상태였다.

2차 시험은 딱 두 번의 기회가 있다고 했다. 1차 합격한 해와 그 다음 해이다. 다음 해에도 2차에 합격하지 못하면 다시 1차부터 시작해야 한다. 그런 경우 많은 고시생이 고시 낭인으로 남는다. 두 번의 기회에 끝내야 한다.

고대 후문 안암동의 주택지를 둘러보았다. 꽤 고급 주택지였던 그 동네에선 방을 구하기가 어려웠다. 지금처럼 원룸도 없고, 군데군데 지어지기 시작한 다세대 주택도 그 동네엔 없었다. 하지만 도서관에서 공부하려면 달리 선택지가 없었다.

방 한두 개 있는 2층 전세가 2000만 원이었다. 월세는 아예 없었다. 동네를 돌고 또 돌았다. 더 멀리 나가 학교까지 거리를 재보기도 했다. 마지막으로 들른 허름한, 아무도 없는 복덕방 벽의 칠판 한쪽에 '보증금 350만 원'이라고 씌어 있었다. 주소를 보고 찾아갔다. 사람이 사는 방이 아니었다. 반지하 차고에 딸린 창고 같은 곳이었다. 그래도 창고 방 앞 일부에 마루를 깔아서 커튼을 치면 잘 수 있을 것 같았다. 방은 천장이 낮아 고개를 들고 설 수 없었고, 크기는 세 평도 안 되며, 책상 두 개가 겨우 들어갈 넓이였다. 친정에 가서 350만 원을 빌린 뒤, 2차 준비를 시작했다.

2차 합격

1982년 1차 시험 합격 이후 모친의 태도가 관대해졌다. 사업이 순조롭게 풀린 까닭도 있을 것이다. 동생 둘도 학교를 휴학하고 장사에 합류했다. 동생들은 겨울이면 산지에서 김을 사다가 리어카에 싣고 시장에서 팔고, 김장철이면 밭떼기로 배추를 직접 실어다 시장 어귀에서 팔았으며, 여름이면 형을 도와 일주일에 천 통 이상의 수박을 팔기도 하였다. 모친은 새벽 1시가 되기도 전에 청량리 시장으로 나가 경매가 끝나기 무섭게 도매상인에게 싱싱한 수산물을 사들였다. 전국에서 처음으로 24시간 영업을 하며, 모든 물건을 전국에서 가장 싸게 파니 잘 될 수밖에 없었다. 3년 만에 4층짜리 작은 건물을 올렸다.

안암동으로 이사한 뒤에는 친정 슈퍼에서 모든 생필품을 들고 왔다. 보통 일주일치 양식을 들고 왔는데, 버스를 두 번 갈아타고 집으로 돌아오자니 힘들었다. 어떤 날은 한 정거장 먼저 내려 일부를 덜어 주고, 남은 양식과 물품을 들고 집까지 걸어오면 손목이 많이 아팠다. 한 정거장 거리에는 이 남자의 가난한 광주일고 동문 몇이 함께 자취하고 있었다. 부모들이 대개 농사를 지으니 곡식은 충분해도 찬거리가 부족한 터였다. 일 년 남짓 그러다 보니 손목을 다쳐 지금까지 걸레도 못 짠다.

2차 시험을 준비하기 위해 1982년 안암동 학교 뒤로 이사하고, 친정에서 전폭적으로 물자를 공급받은 순간부터 우리의 초라한 보금자리를 찾는 손님이 늘었다. 차고 방에는 날마다 이 남자의 배고픈 동료들이 대여섯 명씩 찾아왔다. 먹을 것이 다 떨어질 때까지 먹고 갔다. 다들 배가 고픈 시절이었다. 일주일에 한 번씩 가던 친정 나들이가 두세 번으로 늘었다. 한 번도 먹어 본 적이 없지만 그들이 좋아하는 천엽과 곱창을 사다가, 책을 들여다보며 요리를 하기도 했다. 가끔 화창한 날에는 찌개 냄비를 들고 도서관 앞에 모두 모여 점심을 먹었다. 경동시장에서 누룩을 사와 막걸리를 담그기도 했다.

때로는 문학과 시국을 논하며 밤을 꼬박 새우기도 했다. 학교 안에서 데모가 있는 날이면 나도 아이를 등에 업고 시위대를 따라 걸었다. 그러면 주변에 깔려 있는 사복 경찰이 조용히 다가와 귀에 대고 말했다. "아줌마, 나오세요. 아이 위험해요."

반찬거리가 없는 자취방엔 먹을거리를 나누어 주었고, 우리보다 더 열악한 고시생에겐 아무도 몰래 돈을 찔러주었다. 어느 날은 부모를 피해 사랑하는 그녀와 도망친 친구가 찾아오기도 하고, 어느 날은 실연한 친구가 찾아오기도 했다. 외롭다는 친구들을 위해 미팅 주선도 많이 했다. 우리 집은 한 끼만 먹고 가는 집이 아니었다. 한번 내 집에 발을 들이면 '최소 두 끼니'는 먹여서 보냈는데, 여러 날을 지내기도 했다. 나는 단지 옹색한 잠자리가 미안할 뿐이었다.

안암동 시절의 어느 날부터 이 남자의 광주일고 출신 고대 법대 동문들이 나를 '명예 동문'이라 했다. 다른 여자는 안 돼도 나는 동문의 자격이 있단다. 한번은 나의 '명예 동문'들과 인천 연안부두로 놀러갔다. 저녁을 먹으면서, 그들이 건네주는 술을 두 잔쯤 마셨을 때 이 남자가 벌떡 일어나 '상을 밟고 건너뛰어' 나를 밀어서 넘어뜨리고 밟았다. "감히 여자가 술을 마셔!" 그때 한 친구는 계속 내게 폭행을 가하려는 이 남자를 막아섰고, 다른 친구는 이 남자의 뺨을 쳤다. 그렇다. 한때는 그들도 나와의 의리를 지켰다.

지금은? 잘렸다. 이유는 나도 모른다. 어쩌면 그때는 내가 이용

가치가 있었고, 지금은 그들 모두 배고프지 않고, 아니 그 이상으로 잘 살게 된 탓인가 하는 생각도 들고, 어쩌면 그들만의 비밀한 모임에 내가 방해가 되어서인지도 모르겠다.

내 은혜를 잊지 않겠다던 그들이었지만, 변하지 않는 것이 있다면 그것은 자연이 아니고 진리의 모습 또한 아니다. 우리 몸도 변하고 생각도 변하듯이, 사랑도 변하고 우정도 변하는 것이 우주만물의 이치 아닌가.

슈퍼의 '나의 테이블'에는 가끔 물건을 떼다 진열했다. 이제는 주로 액세서리와 소품이었다. 형제들이 건네는 판매 대금으로 아들의 유아원비를 냈고, 여전히 가끔 남대문 새벽 시장에서 도매로 사 온 옷을 팔았다. 짬짬이 친정에 가서 일을 도왔다. 그냥 신세를 질 수는 없는 노릇이다.

두 돌이 지난 아들이 어느 날 혼자서 유아원에 가겠다고 했다. 씩씩하게 집을 나서는 아들의 뒤를 따라갔다. 왕복 6차선의 도로였는데, 신호를 기다려 조막만한 손을 들고 무사히 건넜다. 유아원 문을 들어가는 것을 확인하고 뿌듯한 마음으로 돌아왔다. '아들아, 어느새 다 컸구나.'

어느 날은 엄마를 위해 '반짝반짝 작은 별'을 영어로 불러 주었다. 루치아노 파바로티보다 더 잘 불렀다. 믿을 수 없다고? 당신도 아이를 낳아 키워 보면 안다.

가을이 되기 전 이 남자가 독서실에 가서 공부하고 싶다고 한다. 학교 도서관이 너무 산만하다는 것이다. 부친에게 부탁하여 독서실비를 주었다. 두 달이 지난 어느 날 보니 옷 주머니의 담뱃갑에 여자 이름과 전화번호가 적혀 있었다.

독서실 간다는 핑계로 우리보다 3개월 후에 결혼한, 나중에 부장판사까지 지낸 박 모라는 대학 동창과 여자를 꾀러 다닌 것이다. 남산 중턱쯤에서 말솜씨 좋은 그 친구가 여자를 꾀면 함께 나이트도 가고 의정부로 영화도 보러 가고 여관도 다녔다. 돈이 부족해서 결혼반지도 팔았다. 결혼반지는 이미 전에 여자 만나느라 팔았던 전과가 있다. 다시 맞춘 금반지를 또 판 것이다.

다른 여자들은 어떻게 대처하는지 모르겠다. 지금 생각하면 나의 태도에 문제가 있어 바늘도둑을 소도둑으로 키웠나, 하는 생각이 들기도 하지만 그때는 그저 한심했다. 돈이 없어 결혼반지를 팔아 외도한 것을 불쌍하다고 해야 하나, 용돈을 두둑이 못 줘 미안하다고 해야 하나, 돈을 아끼려 의정부에 있는 영화관과 여관을 이용한 것을 고생했다고 위로를 해야 하나. 아직 젊으니 그럴 수도 있다. 내 태도는 그랬을 것이다.

그 대학 동창은 2살 연상인 약사 아내와, 아내가 운영하는 약국에 딸린 방 하나에서 자식 둘과 동생과 부모와 함께 살았다. 모두 작은 방 하나에 끼어 자는데, 주로 밖에서 잘 곳을 찾아 지내던 아들이 오는 날이면 아버지는 평상을 찾아 나가고 어머니와 동생은 친구 집으로 간다고 했다. 아버지는 탄광에서 일을 했고, 어머니는 호텔에서 청소 일을 했는데 그때는 모두 일을 그만두고 며느리의 작은 살림집에 얹혀살았다.

그는 자신의 집이 너무 가난해 동네 교회에서 지원하는 장학금으로 학교를 간신히 마쳤는데, 약사 아내를 얻고 싶어 4년 동안 아내가 다니던 여대로 출근(?)했다. 어느 날은 실로 오랜만에 학교를 가니 강의실을 찾을 수가 없었다는 이야기를 웃으면서 했다.

그 아내는 얼굴도 예뻤지만 마음도 예쁘기 그지없었다. 그 상황에도 화 한 번 낸 적이 없었다. 이 남자의 그 동창 친구가 다음해에 있었던 2차 시험을 앞두고 자기 집보다 조금 여건이 나은 우리 창고 방 앞, 밟을 때마다 춤을 추는 낡은 마루에서 함께 기숙하며 시험을 준비했다.

가을로 접어들면서 아들이 기침을 계속하고 중이염을 앓았다. 친정 동네에 있는 소아과에 갔더니 결핵 같다고 큰 병원에 가란다. 백병원의 친구를 찾아갔다. 결핵이 확실하다고 했다. 잘 자라던 아들은 그때부터 잘 크지 못했다. 그 독하다는 결핵약을 2년 동안이나 먹었다. 항상 식은땀을 흘리고 힘들어했다. 햇빛이 전혀 들지 않고, 천장도 낮아 공기 순환이 안 되는 반지하 차고에 딸린 방이었다. 게다가 방 옆에 붙어 있던 또 하나의 창고엔 항상 물이 괴어 있었다. 음습한 환경이 병을 부른 것이다. 미처 거기까지는 생각지 못한 무지한 부모였다.

그 초라한 반지하 방에 비비고 드는 형제들이 있었다. 큰시동
생이 인천에 과학교사로 발령받았다. 6개월 동안 새벽밥 지어 인
천으로 출근시켰다. 그 동생은 곧 카투사로 입대해서 미군 부대
에 근무했다. 이 남자가 연수원에 다니던 때 일주일에 한 번씩
외출을 나왔다. 시동생이 부대로 돌아갈 때면 부친한테 받은 용
돈 중 5000원을 쥐어 주었다. 내겐 거금이었지만 미군부대에서
비싼 한국 밥이 먹고 싶다기에 챙겨 주었다.

큰시동생이 떠나니 또 그 아래 동생이 올라왔다. 하루 종일
집에서 뒹굴기만 한다. 이 남자가 책상에 앉지를 못했다. 동생과
놀아 주느라 도서관에도 못 가고 있었다.

한 달 이상 그 작은 공간을 차지하고 우리의 모든 일상을 어
지럽히다 드디어 간단다. 가는 길에 먹으라고 김밥을 쌌다. 김밥
을 썰 수 있게 칼 좀 갈아 달라고 하자 이 남자, 쌓인 울분이 폭
발했다. 시아버지가 잘 쓰시던 말이다. "남자한테 칼을 갈아 달
라고."

정면으로 가슴을 차였다. 숨이 멎는 줄 알았다. 마구 밟혔다.
아무 말 없이 밖으로 나와 물이 괸 창고의 어둠 속에 앉아 있었
다. 나는 이 남자의 마음도, 기분도 안다. 그런데 뭔가 잘못됐
다. 어쩔 것인가. 그 시동생이 나간 다음, 이 남자가 더러운 바닥

에 무릎을 꿇었다. 잘못했단다. 그 시동생과의 악연은 평생 이어졌다.

가슴의 통증이 하루가 지나도 계속됐다. 다음날 밤 정처 없이 집을 나섰다. 서울역으로 가서 부산행 기차를 탔다. 새벽 4시쯤 부산역에 내렸다. 갈 곳도, 아는 사람도 없었다. '해운대 행'이라고 쓰인 버스를 탔다. 해운대의 모래사장을 밟았다. 마침 12월 25일이었다. 백사장에는 밤을 새운 젊은이들이 가득했다.

부산 밤거리를 걷다가 경주행 버스에 올라 오랜만에 옛 친구를 찾아 잠시 머리를 식힌 뒤, 다시 서울로 올라왔다. 여전히 안암동으로는 발걸음이 내키지 않아 친정에 가니 부친이 그러셨다. '나는 너희들이 사랑하고 사는 줄 알았다.' 그 말씀뿐이었다. 이 남자는 내가 집을 나온 뒤 친정집을 찾아갔다. 그때까지 나는 우리 부부간의 일에 대해 한 번도 친정 식구들에게 말한 적이 없었다. 이 남자가 장인에게 '나를 때렸다'고 실토하니 부친은 아무 말도 하지 않고 돌아서더란다. 아들은 버스에서부터 내내 광고를 했단다. 노래를 부르듯 박자를 넣어 '우리 엄~마 도망갔~다, 우리 엄~마 도망갔~다.' 아마 아들에게는 '맞는 엄마'도 '발길질하는 아빠'도 충격이었을 것이다.

그렇게 1982년이 가고 1983년이 되었다. 혼자서는 공부가 안 되고 딴 생각만 든다고 같이 공부하잔다. 시험이 두 달 앞으

로 다가왔다. 이 남자는 책상에 앉고 나는 그 뒤에 앉았다. 내가
2차 시험 예상문제를 보았다. 나도 공부해가며 또 질의응답을
했다. 2차 시험은 주관식이었다. 좀 더 명확하게 공부를 해야 한
다. 질문에 버벅거리면 끝이다. 알아도 못 쓰는 게 시험인데 제
대로 모르면 시험은 물 건너 간 셈이다. 가끔 차라리 내가 공부
하는 게 낫겠다는 생각이 들었다.

  드디어 시험 날이 다가왔다. 이 남자랑 같이 연애질하러 다닌
대학 동기와 함께 마루에서 자고, 도시락 두 개 들고 함께 시험
을 치러 갔다. 첫째 날은 잘 봤다고 기분이 들떴다. 둘째 날은 얼
굴이 사색이 돼서 돌아왔다. 시험에 떨어질 것 같단다. 참고해야
할 법 조항을 빠뜨렸단다. 내일은 시험장에 안 갈 수도 있단다.
심신이 피곤했는지 일찍 잠이 들었다.
  나도 고민 속에 잠이 들었는데 꿈을 꾸었다. 꿈속에 시집살이
를 하는데 오빠가 과거 급제했다는 소식에 앞치마를 두른 채 뛰
어나갔다. 장면이 바뀌더니 우리 부부가 연못에 들어가 세례를
받는다. 그때는 침례교회를 다니고 있었다. 그 꿈으로 세례를 받
았다고 믿었기에 교회를 그만 다닐 때까지 따로 세례를 받지 않
았다. 아침이 되어 시험장에 가고 싶지 않다는 이 남자에게 꿈
얘기를 해 줬다. 넌 꼭 합격할 거라고. 나중에 보니 그 전날 본
과목은 간신히 과락을 넘겼고 그날 본 과목은 전체 2등 점수를

받았다.

그때를 생각하면 떠오르는 일이 있다. 시험 보기 일주일 전 웬 노인이 찾아왔다. 집 주변을 청소하고 화단에 물을 주는데, 밥을 달라고 한다. 하얗게 머리가 센 80대 노인은 선량해 보였고, 옷은 낡았지만 깔끔했다. 얼른 손을 닦고 낡고 작은 밥상에 따뜻한 밥을 차려 주었다. 노인은 밥을 다 먹은 뒤 고맙다는 인사를 남기고 떠났다. 참 이상한 거지라고 생각했다. 책상 앞에 앉아 있던 이 남자는 화를 냈다. 왜 자기 밥그릇을 거지에게 주냐는 것이었다. 그나마 온전한 밥그릇이 하나뿐인 사정은 말하지 않았다.

지금까지 나는 하느님이 천사를 보내 테스트했다고 생각한다. 이상한가? 믿음이란 항상 불가사의한 것 아닌가? 사람들은 눈에 보이지 않는 신을 믿는다면서 '앞뒤가 꼭 맞는', 우리의 덜떨어진 감각기관이 이해할 수 있는 범주의 증거들을 찾는다. 성경은 "믿는 자에게 복이 있다"고 하고 불교의 경전은 "믿는 사람만이 보시를 할 수 있고, 무주상보시(無住相布施, 집착 없이 베푸는 보시)를 하는 사람만이 지계(持戒, 계법을 지킴)를 닦을 수 있으며, 지계를 닦는 사람만이 명상에 들어갈 수 있다"고 한다.

연수 I

3차 면접까지 마친 뒤 10월에 합격 통지를 받고 광주로 내려
갔다. 시댁에 들어선 우리를 보자마자 시부모님이 말했다. "마담
뚜한테서 전화 왔더라, 선보라고." 얼마나 부지런한 여인들인지
발표 사흘을 넘기지 않고 합격생들에게 전화를 돌린다. 신부들
명단은 이미 갖고 있을 터였다. 아직 이 남자가 이십대이니 총각
이라고 생각했을 것이다.

합격하면 집을 사 주겠다던 시아버지의 약속은 당연히 지켜지
지 않았다. 1983년 가을 양쪽 집의 도움으로 간신히 잠실의 13
평짜리 주공 아파트를 800만 원에 전세로 얻었다.

순천으로 내려가기까지 일 년 정도 그 아파트에 살았다. 아들
은 종암동의 유아원 친구들과, 또 단짝이었던 젊은 목사님의 아

들과 헤어져 한참을 우울해했다. 게다가 새로 옮긴 새마을시장 입구의 유아원은 모든 것이 좋지 않았다. 시간이 나면 자주 우울한 아들을 위해 그때 잠실 일대에서 유일한 쇼핑센터인 한양쇼핑으로 가서 뿡뿡카를 태워 주며 달랬다.

여전히 일주일에 한두 번씩 친정의 슈퍼에서 생필품을 날랐으며, 부친은 항상 아무도 몰래 나의 주머니에 만 원 한 장을 넣어 주었다. 그 돈으로 매주 찾아오는 카투사 시동생에게 5000원을 떼 주고 나머지 5000원으로 치킨 세 조각을 사서 한 조각씩 먹었다. 우리의 유일한 외식이었다.

사법 연수원생 봉급 10만 원은 할부로 산 판례집 값을 제하면 이 남자의 차비도 안 되었다. 수시로 새마을시장 입구에 있는 전당포에 백금으로 된 서 돈짜리 약혼반지를 맡기고 돈을 빌렸다.

이 남자가 사법 연수원에 다니던 시절, 아직 컴퓨터는커녕 가정에는 타자기도 드물었다. 이 남자는 나에게 연수원의 시험에 나올 만한 판례의 정리를 부탁했다. 틈틈이 중요한 판례를 모아서 노트에 필사해서 주었다. 필사 노트가 열 권도 넘었던 것 같다. 일본 판례집엔 일본어 밑에 우리말로 번역을 해 두었다. 연수원 시험을 준비하는 것이다. 나는 일본어 회화는 지금도 잘 안 되지만 한자 병용의 일본 판례집은 더듬거리며 읽을 수 있었다.

연수 기간이던 1984년 순천으로 이사했다. 이 남자는 검사 시보와 변호사 시보를 순천에서 했다. 아파트 보증금 가운데 절반은 다시 서울로 돌아올 때를 대비해, 시아버지에게 맡겼다. 순천에 내려가 2층 주택의 작은 방 하나를 얻었다. 방이 너무 좁아 화장실 문을 없애고 커튼을 쳤는데, 어느 날 카투사 시동생이 노랑머리 동료를 데리고 놀러 왔다. 검사 시보의 사는 모습에 놀랐는지 되물었다. "리얼리?"

순천지청 앞에 있는 미장원에 가서 머리를 하는데, 주인아주머니가 어떤 여자에게 쩔쩔매고 있었다. 연신 "사모님, 사모님" 한다. 그 여자가 나가면서 팁이라며 만 원짜리 여러 장을 꺼냈다. 순천지청에서 가장 높은 사람의 아내였다. 누가 가장 높은 사람이냐고? 지청장? 아니다. 지청장 운전기사였다.

지방의 검찰청이나 법원이나 다 똑같다. 검사나 판사는 1~2년마다 바뀐다. 하지만 일반 직원은 바뀌지 않는다. 예전 조선시대 관아에 속한 향리의 폐해가 이 개화된 나라에서도 여전한 것이다. 지방을 다니면 안다. 검찰청이나 법원의 직원들이 검·판사를 얼마나 우습게 여기는지, 그들의 숨겨진 힘이 얼마나 강한지.

'검사 죽이기'쯤 아무것도 아니다. 서류 하나 옆으로 슬쩍 밀어 놓고 모른척하면 된다. 제 아무리 검사라도 중요 서류를 제때 제출하지 못하면, 심한 경우 옷을 벗어야 한다. 그렇게 당하는 검사가 꽤 있다. 운전기사는 지청장이 수없이 바뀌어도 그대로다. 모든 정보를 다 듣고 있고, 큰 직위가 있는 것도 아니니 브로커 노릇 또한 제대로 할 수 있어서, 그 마나님은 '황송한 사모님'이 되는 거다.

이 남자가 교도소 시찰을 따라갔다 왔다. 냄새가 얼마나 역한지 몰랐다. 이 남자의 양복에 밴 악취는 집에까지 스며들어 며칠을 갔다. 교도소라는 곳이 어떤 곳일지 짐작이 갔다.

어느 날 집에 들어오자마자 토하기 시작했다. 처음 부검 현장에 갔는데 시장에서 포장마차를 하는 뚱뚱한 아줌마였다고 했다. 남편으로 짐작되는 남자에게 칼을 맞았는데, 배에 닭의 기름처럼 '노오란 기름덩어리'가 가득했단다. "당신은 절대 살찌면 안 돼." 그래서 나는 수십 년을 44사이즈를 유지하는 데 최선을 다했다. 둘째를 낳고는 두 달이 되는 날부터 테니스를 시작했다.

이 남자가 처음으로 사건을 맡고 고민에 빠졌다. 고추 한 근을 훔친 노인으로, 전과가 있어 보호감호 처분을 내려야 하는데 말이 보호감호지 그냥 감옥 생활을 시키는 제도다. 미국의 관타나모나 프랑스의 빠삐용 이야기나 우리의 보호감호나 삼청교육대나 다 같은 것 아닌가. 또 하루는 기차에서 꽃뱀을 잡았는데 시부모와 남편까지 공범이었다. 지금은 흔한 이야기가 되었지만 그 시절엔 충격이었다.

가을이 깊어 가던 날 연수원 동기에게 전화가 왔다. 여수로 장가가는데 함을 져달라는 것이다. 함은 아들 낳은 사람이 져야 한단다. 여수의 부잣집 딸은 S여대 출신이었는데 자기 과 교수진과 친구들 그리고 신랑 친구들의 왕복 비행기 표와 호텔까지 예약해 놓았다. 신부 집에서는 신랑 집으로 1억을 보내 열두 달을 상징하는 모든 보석을 함에 넣어 보내도록 했다. 신부 친구들은 신랑 집에서 엄청난 혼수를 보냈다고 부러움의 찬사를 보냈다. 신부의 지참금이 얼마인지 정확히 말하지 않았지만 홀어머니의 집과 강남 아파트와 평생 생활비가 기본이었을 것이다. 그 친구는 복이 많았다. 일하지 않고도 좋은 보직만 받고 승승장구했다.

어느 날부터 이 남자의 귀가 시간이 늦어졌다. 옷에 화장품 자국과 립스틱을 묻혀 온다. 자기는 싫은데 부장 검사가 자꾸 요정에 끌고 간단다.

12월 어느 날 서울에 갔다 온 이 남자의 주머니에서 콘돔이 나왔다. 대한민국 남자들 참 외도 좋아한다. 제발 들키지는 마라. 외도는 용서가 돼도 들키는 건 용서가 안 된다지 않나. 또 자기는 싫은데 변호사 하는 동창이 단골 창녀촌에 데리고 갔단다.

이 남자의 귀가 시간이 늦어지고 외도의 흔적이 잦아지면서 마음이 착잡해졌다. 부부란 어떻게 살아야 하는 걸까? 이 남자와 함께 걷다가, 집 앞 논길을 가로지르는 철길을 바라보며 말했다. "부부란 너무 가까워도 너무 멀어도 좋지 않은 것 같다. 너무 집착하면 서로 상처를 줄 수 있고, 너무 멀어지면 영원히 남이 될 수 있으니 우리 기찻길처럼 평행을 유지하자."

아들을 데리고 서울에 다녀오는데 기차 안에 덩치 큰 건달 서너 명이 한 여인을 희롱하고 있었다. 처음엔 나도 모른 척 앉아 있었는데 화장실을 다녀오는 그 여자를 붙들고는 온갖 음담패설을 다 뱉어댔다. 그 칸에 열두어 명의 손님이 있었는데 아무도 나서지 않으니 점점 수위가 올라갔다. 참다못해 그들에게로 다가갔다. 내 또래의 덩치 큰 젊은이들이었다.

지금은 정확히 기억이 안 나지만 '자네들 왜 순천벌교를 지칭하는 단어가 따로 있는 줄 아는가. 부끄러움을 알아야 하지 않겠나' 운운했을 것이다. 그들은 매우 놀랐을 것이다. 나이도 많지 않은 여자가 훈장님처럼 꼿꼿하게 서서 당당하게, 하대하며 자신들을 꾸짖는 것이다. 이 대담한, 겁 없는 여자는 뭐지, 하고 당황했을 것이다.

한 십여 분 설교를 하는 내내 그 덩치들은 아무 말도 못하고 듣고 있었다. 그때서야 다른 자리에 있던 남자들이 다가와서 소리치고, 역무원이 나타났다.

가끔 전철이나 버스에서 여자를 더듬는 남자가 보이면 소리를 질러 욕을 해 줬다. 한번은 뉴욕의 전철에서 덩치 큰 백인 남자가 내 옆에 서 있는 젊은 노랑머리 여인을 집적대기에 '날카로운 짐'으로 그 놈을 마구 찔러서 그 여인으로부터 떼 놓았다. 여인은 고맙다고 인사한 뒤 허드슨 강을 건너 기차가 서자 바로 내려 기둥 뒤에 숨었다. 아들이 총 맞는다고 빨리 숨자고 했다.

연수 II

　순천에서 마지막 두 달을 남기고 또 다시 식량이 떨어질 위기에 처했다. 시아버지에게 잠시 맡긴 돈을 찾고 싶다고 했다. 순천에 내려오기 전에 맡긴, 13평 아파트 보증금의 절반을 돌려주십사 말씀드렸다. 시아버지께서는 그 알량한 돈 몇 백만 원을 내주지 않겠단다. 심한 차멀미에 시달리면서도 주말마다 왕복 5시간이나 걸려 효도하고 있었건만, 시아버지는 이 남자가 군대에 입대하면 3년 후 제대할 때까지 아들 데리고 친정에 들어가서 살라고 하셨다.

　시아버지, 또 한 번의 기회를 잡으신 게다. 눈에 가시 같은 며느리, 솜털처럼 훅 불어 멀리 날려 보내고, 둘이 헤어져 있는 3년 안에 칡뿌리같이 질긴 인연을 도끼질이라도 해서 끊어 버리고,

75

몸값 오른 아들을 다시 '시장'에 내놓고 싶었나 보다.

이 남자가 병이 났다. 자기 아버지에게 돈을 돌려 달라고 울면서 사정했다. 소용없었다. 내가 나섰다. 일단 서울에 가서 방을 계약하자. 뒷일은 그 다음에 생각하자고 했다. 옥신각신하다가 밖을 보니, 하얀 눈이 쌓인 2층 난간 앞에 이제 다섯 살이 된 아들이 가방을 메고 서 있다. 무슨 영문인지 물었더니, 서울 할머니 집에 가면 금고에 돈이 많단다. 지금 자기가 할머니 집에 가서 그 돈을 가지고 오겠다고 한다. 돈 때문에 고민하는 소리를 들었나 보다.

아들에게 결핵약을 1년 먹이고 완치 진단을 받아 약을 끊었는데, 서울에 올라와 다시 진찰하니 1년 더 복용하란다. 밖에서 뛰어노는 것도 힘들어 하는 아들에게 천자문을 가르쳤다. 재밌게 잘 따라왔다. 어쩌면 두보와 같은 천재 시인이 될지도 모르는 일이다.

늦가을 둘째가 들어섰다. 두어 번의 자연유산이 있어서 포기하고 있었는데 반가운 소식이었다. 다시 시작된 끔찍한 입덧으로 아무것도 먹을 수 없었다. 냉장고에 들어갔던 모든 음식과, 고춧가루나 기름이 들어간 모든 음식을 먹을 수 없으니 결국 아무것도 못 먹었다. 4개월이나 이어진 입덧으로 날마다 노란 위액까지 토했다. 심심한 국수로 연명하는데 시장에서 새끼줄에 엮인 굴비를 보았다. 결혼하기 전엔 자주 먹던 생선이다. 망설이다 거금 6000원을 주고 샀다. 이 세상에 더 맛난 음식이 있을까 싶었다. 입덧 4개월 중 처음이자 마지막으로 밥을 먹었다.

이 남자는 1985년 판사 시보와 신문사 체험을 했다. 그 시절은 무엇을 하고 다녔는지 모르나, 결혼 후 처음으로 여러 가지 성병을 앓고 있었다는 것은, 이 남자가 영천 훈련소에서 내게 말했다.

그때도 이 남자는 성병에 관한 이야기를 쭈뼛거리지 않고, 당당하게 밝혔다. 이 남자는 그 모든 '원죄'를 자신이 아니라, 모든 시보에게 성을 상납하는 것이 일상적인 문화와 전통으로 돌렸다. 내 관점에서 2년 동안 이 남자의 시보 생활은 '어떻게 우리의 법이 집행되어야 하는가?'보다는 '어떻게 법조계의 뿌리 깊은 성매매 문화를 배워야 하는가?'에 그 초점이 맞춰져 있었다.

세계적으로 손꼽히는 것이 한국의 성문화다. 우리나라보다 더 많은 창녀를 보유하고, 우리나라보다 외도를 일상적인 문화로 치부하는 나라가 또 있나? 우리나라처럼 주택가 골목까지 '성 매매 센터'가 즐비한 나라가 어디에 있는가. 성문화를 논할 때면 꼭 일본을 들먹이지만 일본은 절도가 있고 나름의 규범과 규제가 있다. 그나마 일본의 규범을 벗어난 건, 일본에 출장 가는 한국 창녀들이고 그들의 매춘을 이용해서 검은 돈을 만지는 한국인이 아니던가.

법조인이 되기 전 '장래 이 나라의 법조계를 이끌 시보님들'을 지도하는 검판사들과 변호사들이 첫 번째로 데리고 가는 곳이 요정과 룸살롱이다.

그들은 연인과 아내에게 말한다. 룸살롱은 거리를 두고 앉은 접대부가 술 따르는 정도가 전부라고. 대한민국 모든 남자가 2차를 가도 자기는 절대 안 간다고. 그렇지 않다는 건 대한민국 주부의 99퍼센트를 뺀 나머지 여성과 성인 남성의 99퍼센트가 안다.

언젠가 목포에서 근무하던 이 남자의 대학 동창 하나가 우리 부부를 초대했다. 이 초임 검사 친구가 우리 부부를 룸살롱으로 데려갔다. 재미로 그랬는지, 이 남자의 옆에도 여자를 앉히고, 그 룸에 들어온 세 명의 어린 여자애들에게 '인사'를 시켰다. 그 검사 친구는 '인사'로 팬티를 벗은 애들을 주무르고, 그 여자애들은 그 검사를 주무른 손으로 내게 과일을 집어주었다.

연수원을 마칠 때까지, 이 남자는 여전히 시보 월급이 10만 원이라고 했다. 나는 월급에 대해 말로만 들었을 뿐 실상은 모른다. 부친은 아침이면 반찬거리를 가지러 슈퍼에 들르는 나에게 여전히 아무도 모르게 1만 원을 쥐어 주었고, 나는 그 돈으로 아들의 유치원비를 내고 나머지는 이 남자의 용돈으로 주었다.

다시 서울로 돌아와 이 남자가 판사 시보를 하던 어느 날 아침 모친이 헐레벌떡 뛰어왔다. 슈퍼 금고의 돈이 자꾸 없어져서, 그때 일을 도와준다고 머물던 올케의 남동생을 추궁하니, 내가 가져갔다고 했단다. 아마도 내가 아침마다 부친에게 돈을 받는 것을 본 모양이었다. 기가 막혀 온몸이 떨렸다. 모두 모아 놓고 내가 수년 동안 적어 오던 메모장을 펼쳤다. 거기에는 부친이 내게 몰래준 1만 원까지 적혀 있었다. 결국 그 애의 방에서 여러 개의 은행통장과, 백화점 포장지를 발견했고, 그 애가 쫓겨나는 것으로 마무리됐다.

　일이 거기서 끝나지 않았다. 그 사건의 앙갚음이었는지, 이후 시골에 산다던 올케의 자매들이 친정으로 몰려가 부친의 혁대를 잡아끌고 다니며 행패를 부렸다. 놀란 올케의 남편, 곧 오빠가 나에게 빨리 친정에 가보라고 해서 영문도 모르고 뛰어가니, 불쌍한 부친은 방문을 걸어 잠그고 앉아 계셨다. 그 무지하기 그지없는 자들이 하는 말은, 어디선가 들은 소문에 의하면 자기 동생이 고생을 한다고 해서, 화가 나서 행패를 부렸다는 것인데, 진실은 시누이가 옆에서 부친의 양식을 먹고사는 것이 기분 나쁜 까닭이라고 생각되었다.

　그 일로 인한 상처가 아물기도 전, 외갓집를 다녀온 이 남자가 씩씩거리며, 젊어서는 마누라가 반찬가게 해서 버는 돈 갖다가 한 지붕 밑에 들인 첩과 장구 치며 놀던, 평생을 그 첩과 첩의

자식들 먹여 살리느라 본처를 버려둔, 그리고 다 늙어 첩에게 버림받아 본처 그늘로 돌아온 외할아버지가 또 당신의 딸들과 모여 앉아 내 욕을 했단다. 애도 못 낳는 ×, 살림도 못하는 ×이라고. 딱 일주일 후 그분이 교통사고를 당해 돌아가셨다는 연락이 왔다. 이 남자가 문상 가지 말라고, 내게 말했다.

여름에 작은아들이 태어났다. 두 아들을 낳은 후 산바라지는 모두 아이들의 아빠가 했다. 이 남자, 두 번 다 일주일 입원 기간 동안 잠시도 떠나지 않고 산모와 신생아 옆에 붙어 온갖 수발을, 인상 한 번 안 쓰고 다 들었다. 한때는 그 어느 누구보다도 나와 아이들에게 헌신적인 사람이었다. 큰아들은 조그만 동생이 얼마나 귀여운지 마구 뽀뽀를 날렸다. 아이들의 탄생보다 더 기쁜 일은 없을 것이다. 부모는 애들이 자라는 몇 년 동안은 수십 년을 압축한 효도를 다 받고, 그들이 사춘기를 지나면서, 입시라는 두어 개의 관문을 함께 지나면서 지옥에서 허우적대다, 좀 더 지나면 몸도 마음도 떠나보내야 한다.

우리가 이 세상에 나온 것은 부모의 뜻이 아니다. 불교에 따르면, 단지 우리의 업식에 따라 그 부모의 몸을 빌려 우리의 선택에 의해 나온 것이다. 행여 태어나고 보니 그 태어난 곳이 마음에 안 들어도, 전생에 그가 쌓은 선업이 그 정도밖에 안 된다고 생각하면, 더 열심히 살자고 하면 긍정적으로 살 수 있다. 어떤 이들은 자신을 낳고 길러준 부모에게 전생에 빌려준 빚을 받으러 온 것처럼 군다. 참으로 어리석다. 빚은 그대가 진 것이다 그 부모의 몸을 빌려 태어났고, 그 부모의 양식을 먹고 컸으니 말이다.

그 이치를 모르는 채 베푸는 데는 인색하기 짝이 없으면서, 남보다 못한 환경이라고, 남보다 더 많이 받지 못했다고 분노만 가득 채운 당신의 마음이, 당신의 인생을 힘들고 곤궁하게 하는 것이다. 그 이치를 알아 부모의 은혜를 갚고, 빚진 세상에 빚 갚는 노력을 했다면 어떻게 인생이 꼬이기만 하겠는가. 오로지 그 마음에 욕심만 가득하고 세상일이 다 '네 탓'이니 그 인생이 안 풀리는 것 아닌가. 때로 나는 내 두 아들을 생각하며, 그들에게 하고자 하는 말을 내 스스로에게 되뇌며, 내가 부모에게 무엇을 받았는지 되짚어 본다.

영천 훈련소

1986년 초 사법 연수원을 수료한 뒤, 이 남자가 입대했다. 4월까지도 눈이 온다는 추운 곳에서 3개월의 장교 훈련을 받아야 했다. 이 남자가 영천의 훈련소에 가서 첫 번째 한 일은, 그 무섭다는 사면발니 치료였다.

시보를 마치기 몇 달 전, 작은아들을 낳은 이후부터 우리 부부에게 위기가 오고 있었다. 날마다 새벽에 들어오는 이 남자가 여러 가지 성병을 앓았나 보다. 자신의 문란한 판사 시보 생활을 감추기 위해 연막을 치기도 했다. 어느 날은 그 알량한 월급을 잃어버렸다고 뻔히 보이는 거짓말을 하는가 하면, 어느 날은 친구에게서 오는 전화를 받지 않는다. 자기는 싫은데 그 친구가 자꾸 자기의 단골 매춘업소에 가자고 해서, 전화를 받기도 싫으니 나보고 대신 받으라고 한다. 그 친구, 나중에 인간의 기본적인 권리를 되찾기 위해 무료 변론을 하는 변호사로 이름을 떨쳤다. 광주일고 동문이자 고대 법대 동문에 사법 고시 24기, 연수원 14기로, 한때는 이 남자를 대신해 갓 돌 지난 나의 큰아들을 등에 업고, 하얀 기저귀 천을 십자 모양으로 매고, 길을 잃은 북한산의 어두운 밤길을 함께 내려왔던, 시민 단체 일을 한다는 최 모라는 인권 변호사의 전화를 대신 받았다. 이 남자가 불러 주는 대로 말했다. "우린 아직 그런 식의 외도가 필요할 정도의 부부는 아니니 데려가지 말라"고. 세월이 좀 더 흐른 후, 그때는 미처 생각하지 못한 의문이 떠올랐다. 이 남자가 그 친구를 만나서는 그날의 전화에 대해 뭐라고 말했을까?

한때 아들이 다니는 초등학교의 학부모 회장이었던 그 친구의 아내는 학부모들 앞에서 자기 남편이 라디오 방송에도 나오는 훌륭한 인권 변호사라고 자랑을 늘어놓았는데, 어느 날 명예 교사 모임의 회장이었던 나에게 교장에게 상납해야 하니 30만 원을 내라고 한다. 검사 아내가 어떻게 뇌물을 줄 수 있냐고 되묻자, 교장에게 찾아가 나 때문에 일을 할 수 없다고 소리를 지르고, 항의하는 다른 명예 교사 임원들에게 전화를 걸어 온갖 폭언을 퍼부었단다. 그 순진한 엄마들이 울면서 내게 전했다. 교장의 억지 부탁으로 맡고 있던 명예 교사를 그만두었다.

장교 훈련은 법무관 후보생과 군의관 후보생이 같이했다. 3개월의 훈련 기간 중 1개월이 지나면 가족 면회가 허락됐는데, 매주 일요일 면회 가는 사람을 태운 버스가 종로에서 새벽에 출발했다. 11시 30분쯤 영천에 도착하여, 가족들은 훈련소 면회실에서 함께 점심을 먹고, 3시쯤 면회가 끝나면 모두 다시 버스에 올라 출발지로 돌아온다.

전부 도시락을 준비하는데 도시락을 보면 장가를 갔는지, 형편은 어떤지 한눈에 보였다. 거의 모든 아내와 약혼녀와 애인은 그들의 부모나 시부모 혹은 형제자매와 동반했다. 아직 첫돌도 한참 남은 작은아들을 안고, 힘들게 들고 간 나의 도시락은 항상 초라했다. 아마 그 중 가장 소박했을 것이다.

한번은 이 남자의 대학 동기가 같이 밥을 먹자고 했다. 연탄 재벌이라던 그 아버지는 일흔을 넘긴 노인이었는데 그의 엄마는 젊었다. 나중에 들으니 재취였다고 한다. 그 점심은 고문이었다. 초라한 내 도시락을 본 그 엄마는 돈 자랑 아들 자랑을 늘어놓더니, 급기야 자기 며느리는 대갓집 출신의 며느리가 올 거라며 자랑이 그칠 줄 몰랐다. 눈 덮인 산에서 내려오는 샛바람보다 그 여인의 숨소리가 더 시렸다. 그의 늙은 아버지는 아들과 한마디 말도 나누지 않고 저만치 서서 먼산바라기만 하고 있었다. 무슨 생각일지 궁금했다. 낯선 '가족사진'이었다. 이후로 점심은 누가 부를까 봐 멀리 도망가서 먹었다.

군의관 후보생은 결혼 생활을 하다가 온 경우가 많았는데, 그 짧은 순간을 이용해 스킨십이라도 하려고 쌍쌍이 남의 눈에 띄지 않는 곳으로 가기 바빴다.

영천 훈련소에 있는 동안 이 남자가 매일 편지를 보내왔다. 편지의 한 줄을 두 줄로 접어, 두세 장의 편지지에 가득, 깨알 같은 글씨로 사랑한다는 말을 수백 번 적었다.

우리가 만난 이후 고시 준비로 깊은 산속 절에 묵을 때면, 한 곳에 두세 달 머물렀는데, 이 남자는 이틀에 한 번꼴로 편지를 보냈다. 그 편지를 부치러 읍내까지 왕복 두어 시간 거리였다. 그때 보내온 편지들은 서정적인 내용도 그렇지만 필체가 그렇게 아름다울 수 없었다. 지금까지 내가 본 필체 중 가장 아름다웠다. 이후로 다시는 그 필체를 볼 수가 없었다. 그때는 내게 잘 보이려고 이장희의 '편지'라는 노래의 가사처럼 '고치고 또 고쳐' 썼단다. 누구나 그런 시절이 있나 보다.

사랑이란 두 글자엔 자기희생과 책임이 따르는 것 아닌가. 부모자식 간의 사랑은 지극히 당연한 것이고, 남녀 간의 사랑 또한 그럴 것이다. 정신적 사랑? 육체적 사랑? 그 이름이 무엇이든 책임과 희생이 따르지 않는다면 그것은 미혹한 중생의 욕망이고 욕구일 뿐이다. 희생이라고 해서 그리 거창한 의미를 부여할 필요는 없으리라. 이 지구의 모든 사람과 사람 사이에는, 우리가 사랑이라 이름 붙일 수 있는 모든 관계에는, 인지 능력을 가진 모든 생명체와 생명체 사이에는 아주 소소한 희생이라도 따르는 것이 자연의 법칙일 것이다.

누구나에게 청춘의 사랑이 그리운 것은, 그땐 어떤 희생도 감내할 수 있는 순수함이 있었기 때문 아닌가.

해군 법무관

영천 훈련소에서 이 남자가 전화를 걸었다. 전체 점수가 2등이니 군법무관 발령을 김포로 받을 것이라 했다. 이 남자는 해군을 지원했다. 김포에서 가깝고 방값이 싼 인천 쪽에 방을 얻으라고 했다. 당시 나는 순천에서 서울로 올라와 중화동의 이층집에 전세를 얻어 살고 있었다. 제대 후 대학 입시를 준비하던 막내 동생과 함께 지냈다. 새벽마다 동생의 도시락을 챙겼고, 동생은 자신이 원하는 대학교에 들어갔다. 이 막내 동생은 매형인 이 남자가 간청하자, 한때 누나한테 얹혀살던 은공을 갚을 겸 잘 다니던 직장을 버리고 삼성으로 옮겼다가 힘든 시절을 보냈다.

인천 남구의 주안으로 이사를 마치고 두 달이 지난 후, 이 남자가 경남 진해로 발령이 났다. 서울역에서 마주친 나이 어린 연수원

동기가 꾸벅 인사를 했다. "형수님, 죄송합니다." 장군의 조카에게 차석을 뺏긴 것이다.

다섯 곳의 초등학교를 다닌 큰아들의 첫 번째 전학이었다. 두 달 만에 이제 막 '김 박사'라는 별명을 얻고 학교생활에 적응하고 있었다. 아들이 전철에 앉아 엄마에게 지구와 태양과의 거리를 설명하고 우주에 대해, 인류의 조상에 대해 이야기하자 전철 안의 사람들이 놀랐다. 난 아인슈타인 같은 천재를 낳은 줄 알았다.

1986년 봄, 진해에서 지내며 오랜만에 우리 가족은 행복했다. 큰아들은 초등학교의 첫 번째 시험에 만점을 받았다. 뿌듯한 마음으로 1학년 전체 선생님께 소박한 식사를 대접했다. 큰아들은 진해를 떠날 때까지 1등을 놓친 적이 없어 나를 기쁘게 했다.

진해 시절 500원짜리 고등어 한 마리로 하루를 살았다. 이제는 사과 한 개를 네 쪽 내서 먹어야 했다. 서울을 떠나면서 돌려받은 전세금의 일부를 떼어 내 생활비로 쓰고 있었다. 빠듯한 살림에도 버스를 몇 번이나 갈아타고 눈길을 걸어 석굴암을 보았고, 첨성대 앞에서 사진을 찍었다. 그 시절의 몇 장 안 되는 사진이다. 마산의 작은 동물원도 가고 모래사장도 걸었다. 군항제가 열리는 날에는 밤 벚꽃을 보며 야시장에서 간식도 먹었고, 결혼 후 처음으로 부모님을 초대해 꽃길을 걸었다.

진해 생활에 적응이 되어갈 때쯤 친정에서 돈을 보내왔다. 피아노를 사란다. 뒤이어 소식이 들려왔다. 부친이 자살을 시도했다.

시아버지가 둘째 며느리를 맞으면서 또 나의 혼수에 대해 시비를 했다. 둘째 며느리의 혼수에는 피아노가 있는데, 큰며느리는 피아노도 없다는 것이다. 아마도 내가 무심코 말을 흘렸나 보다. 사랑하는 딸을 괴롭히는 사돈에게 당신이 할 수 있는 일이 아무것도 없다는 데 울분을 느꼈는지 술 취해 실수하신 거다. 이 남자와 군의관 친구를 보냈다. 돌아가시지는 않겠다는 다짐을 받았다. 마음이 아팠다.

그해 여름 어느 날 이 남자가 부대에 출근하자마자 집으로 전화했다. 빨리 집에 있는 불온서적을 다 태우란다. 30분 안에 군인들이 닥칠지 모른다고 했다. 5·18에 관한 것과 그 외에 시빗거리가 될 만한 책은 모두 태웠는데, 군사 정권 시절엔 이상한 금서도 많았다. 그 아까운 책들, 희귀본도 더러 있었는데 땡볕 아래 옥상 한쪽에 모아 태웠다. 그 와중에 책갈피 사이에 넣어 둔 비상금 5만 원까지 재가 되었다. 며칠 전 잡지에 짧은 수필을 투고해서 받은 5만 원이 날아갔다. 여전히 월급이라고 10만 원을 가져오는데 말이다.

진해 군수사령부에는 법무관 2명과 군의관 2명이 근무했다.

군의관들은 레지던트까지 마치고 입대해 법무관보다 나이들이 많았다. 처음 이 남자와 함께 근무한 법무관은 연애결혼을 한 신혼부부였다. 이 남자보다 이른 나이에 사시에 합격한 그 법무관은 나중에 부산에서 판사로 몇 년 근무하다 그곳에서 변호사 개업을 했다. 군의관 두 사람은 연세대와 가톨릭대를 나왔는데, 모두 가족과 떨어져 살았다. 처음 몇 달 우리는 꽤 자주 만났다. 모두 군인 사회와는 다른 문화 속에서 살았던 사람들이기에 군사 도시인 진해에서 느끼는 고립감을 공유한 처지였다.

그러다 사이가 틀어질 일이 생겼다. 부산 출신 법무관의 아내가 군의관들이 나이가 네다섯 살쯤 적은 자신의 신랑에게 편하게 말하는 것이 기분이 나빴나 보다. 우리 모두에게, 특히 아들딸을 둔 연세대 출신 군의관(대위)을 지목하여, 자신의 신랑(중위)에게 존경의 어투와 '님'자 호칭을 요청했다. 장래 판사님이 되실 분이라고 했던가. 진한 부산 사투리여서 제대로 알아듣지는 못했다. 그 군의관은 장래 판사님과 사모님이 되실 부부가 진해를 떠날 때까지 일절 말을 섞지 않았다.

군부대에서의 사건 가운데 사시 출신의 법무관이 할 수 있는 일은 별로 없었다. 모두 직업 군인 상관의 허락과 결재를 받아야 수사에 착수할 수 있었다. 이 남자는 간혹 해군 사관학교에서 강의하기도 했는데, 무료하던 차에 강의하는 것은 좋았는지 즐거운 기색이었다.

초등학생 부모의 80퍼센트가 군인이나 군무원이었던, 군사 도시 진해에서 간간이 발생한 사건은 간통죄였다. 대개 장교인 남자와, 같은 사무실에서 함께 근무하는 군무원 여자 사이가 가장 위험했다.

가을도 깊어가는 어느 날, 한밤중에 누가 우리의 작은 집을 찾아왔다. 이 남자가 밖으로 나갔다가 몇 시간이 지난 후 들어왔다. 간통 사건으로 조사 중인 해군 장교인데 전투기를 모는 조종사였다. 전투기를 몰고 북으로 가면 큰일이기 때문에 조심스럽게 처리해야 한단다. 전투기의 가격이며, 조종사 하나 키우는 데 드는 비용이 엄청나다. 게다가 자칫하면 전투기와 함께 인력과 군사 기밀도 함께 넘어갈 수 있다. 사건의 요지는 '군무원인 여자가 서류 하나를 들고 장교의 아파트를 방문했는데, 꽉 끼는 청바지를 입고 있던 그 여자를 덮쳐 단 5분 만에 반항하는 여자를 강간했다'고 그 여자의 남편이 주장하는 것이다. 사건의 핵심은 '5분'이라는 시간이었다.

장교는 간통은 인정했는데 그를 고소한 군무원의 남편은 간통이 아닌 강간을 주장했다. 조종사와 한 사무실에 근무한 군무원인 상대 여자는 13평 군인 아파트에서 시부모와 두 아이와 함께 살고 있었다. 없는 살림에 병든 시부모 수발에 아이들 키우면서 고생이 많았다. 어쩌다 다정하고 싹싹한 남자에게 빠져 실수로 아이를 갖게 되어 중절 수술을 했는데 남편이 약봉지를 보고 눈치챈 것이다.

인간은 얼마나 이기적이고 사악한 짐승인가. 그 남편은 돈도 벌어 오고 병든 부모 수발도 들어주고 살림도 잘하는 '공짜 가정부'를 놓치고 싶지 않은 거다. 남편의 어투가 그렇다고 했다. 그런 속셈에 남편이 아내는 처벌받지 않고 그 장교만 처벌받도록 '화간이 아닌 강간'을 주장한 것이고, 조종사는 여차하면 '이 밤으로 넘어갈 수 있다'는 암시를 곁들여 합의를 부탁한 것이다. 결국 그 여자의 남편에게 돈다발을 안기는 것으로 끝났을 것이다.

고마운 사람, 둘

진해 해군 법무관 시절 우리보다 두 살이 더 많은 연세대 출신 외과 군의관과 가깝게 지냈다. 아내가 서울의 대학에 근무하고 아이 둘은 부모가 보살피던 처지였다. 가족과 떨어져 지내던 그는 우리 집에 자주 찾아와서 밤늦도록 이야기를 나누었다.

군대 급식이 부실한 탓인지 항상 배가 고프다고 했다. 막상 우리 집 냉장고에도 별 게 없었다. 식빵을 꺼내 프렌치토스트를 하고, 그가 좋아하는 계란말이에 케첩을 뿌리고 오이를 곁들여 야참을 냈다. 남은 계란 한 개까지 탈탈 털었다.

언젠가부터 상이 비어도 내가 부엌에 들어가지 않는 모습을 보고는 먹을 것이 다 떨어진 사실을 눈치챘는지 다음날은 돼지고기 한 덩이를 사들고 왔다. 탕수육을 요리했고, 냉장고는 다시 또 비었다. 지갑이 얄팍하니 냉장고가 자주 비었다. 배고픈 그에게 더 해 줄 것이 없는 게 안타까웠는데, 그는 이 세상에서 자기 엄마 외에 자기를 그처럼 환대해 준 사람이 없다며 고마워했다.

어느 날부터 그가 나의 주치의가 되었다. 힘든 결혼 생활 몇 년으로 병을 얻었는지, 결혼 이후 가끔씩 갑자기 어지럼증이 나서 응급실에 실려 가기도 했는데, 또 증상이 도졌다. 이유를 모르는 통증 탓에 잠을 못 잘 때가 많아 가끔 수면제를 먹었는데 그는 항상 따뜻하고 섬세하게 보살펴 주었다. 때로는 나를 집밖으로 불러내 '장교와 다방 레지의 사랑'으로 유명해진 흑백다방에서 커피를 마시기도 하였다. 그 다방은 그 동네에서 유일하게 서울의 분위기를 느낄 수 있는 곳이었다.

그는 주말이면 마산의 병원으로 아르바이트를 나갔다. 주말 병원 근무를 해 주고 받는 돈은 서울의 부모한테 생활비로 보냈다. 그는 정말 좋은 아들이자 남편이었다. 고등학생 때부터 학생들 가르치는 아르바이트를 하여 자신의 학비는 물론 부모의 생활비를 댔고, 의대를 졸업할 때까지도 줄곧 공부하며 벌어서 온 가족을 부양했다.

그 아내도 참 현숙한 여인이었는데 고부간에 갈등이 심했다. 우리가 만난 지 십여 년이 지난 뒤 시부모와 며느리의 집을 합쳐 작은 병원을 인수했는데, 3층의 별로 넓지 않은 공간에 시어머니와 며느리가 함께 살게 되어 갈등이 극에 달했다. 가운데에 낀 이 의사가 방법을 찾았다.

아침은 아내가 차려 주는 밥을 아내와 함께 먹고, 아내를 공부하라고 내보낸 후 점심은 어머니가 차려 주는 밥을 어머니와 같이 먹었다. 부모님을 위해서 병원의 일거리를 주었다. 몸은 하나인데 사랑을 원하는 곳은 두 곳이니 누구에게나 힘든 숙제다. 한번은 옥상에 올라가서 울었다고 했다. 너무 힘들어서.

그리고 또 한 사람.

1987년 새로 부임한 이 남자의 상관, 법무관 K를 만났다. 군법무관 시험에 합격해서 근무하던 중 26회 사법 고시가 된 사람이다. 그는 이 남자가 수시로 나를 괴롭히는 줄 알고는, 불쌍해 보였는지 나를 위로한다고 우리를 마산으로 데리고 나가 밥을 사기도 하고 밤거리를 구경시켜주기도 하였다.

이 남자의 전역이 다가왔다. 전역 전에 검찰이나 법원에 지원을 했었나? 이 남자가 고래고래 소리를 질렀다. 나는 지금도 목소리 큰 남자는 무조건 경계한다. 큰소리가 들리면 심장이 먼저 반응을 한다. 어쩌면 나의 심장에 있다는 두 개의 혹이 그때부터 생겼는지도 모른다. "너와 애들이 내 인생을 망쳤어! 나는 검사를 하고 싶은데 너는 돈이 없고, 돈이 있어야 검사 노릇 할 수 있는데 너와 애들 먹여 살리려면 변호사밖에 할 수 없으니, 너와 애들이 내 인생을 망친 거야!"

최악의 인간은 항상 '네 탓'인 사람이다. 세상에 태어난 것도 부모 탓이고, 공부를 못하는 것도 환경 탓이고, 성격이 나쁜 것도 조상 탓이고, 취업을 못하는 것도 빽 없는 부모 탓이고, 못사는 것도 도와주지 않는 형제 탓이다. 이 남자가 '네 탓' 타령을 하며 내가 9년 동안 힘들게 일군 나의 땅에서 나와 두 아들을 향해 소리치는 거다. '나 혼자 더 잘 먹고 잘 살고 싶으니 짐 덩어리 너희들은 나가라'고 하는 것이다.

우리가 심각한 생활의 위기와 미래에 대한 갈등을 겪고 있는 것을 알고는, 이 남자의 상사였던 K소령이 말했다. "제가 알아서 할 테니 일단 서울로 올라가서 형수님 공부할 수 있게 도와주세요." 그는 이 남자가 사법 고시 1년 선배가 되고 나이도 한 살 많다고 항상 형이라고 호칭했다. 내가 자기의 첫사랑을 닮았다고 했는데, 안쓰러웠나 보다. 이 남자가 생활비를 벌 수 있게, 아르바이트로 일할 수 있는 변호사 사무실을 소개시켜 주겠다고 했다.

모친을 찾아갔다. 작은 집이라도 사 달라고, 나중에 다 갚겠다고 했다. 모친은 시아버지가 1000만 원만 보태주면 좋겠다고 하셔서 시댁에 전화했다. 시아버지가 전화로 소리를 질렀다. "나 교통사고 나서 죽으면 보상금 받아서 써라!"

모친이 3000만 원 빚을 내 허름하고 낡은 작은 집을 샀다. 제대 몇 달을 앞두고 1988년 5월 서울로 올라왔다. K소령의 배려로 이 남자는 가끔 변호사 사무실에서 일하며 진해를 오가고, 나는 아들 둘과 살았다. 등록한 학원은 다시 두 달이 못 돼 이 남자의 방해로 끝났다.

K는 가끔 서울에 올라오면 우울한 나를 위로한다고 밤 문화를 보여 줬다. 별천지 이태원도 구경 가고, 난생처음 포장마차도 가 봤다. 제대를 앞두고 그 모친의 소원대로 K는 선을 보기 시작했다. 형님이 골라 주는 여자와 결혼하겠다며, 중매쟁이가 소개하는 여자들을 이 남자에게 먼저 보였다. 얼마 후 이 남자가 점찍은 여자와 결혼했다.

왜 그 여자가 마음에 들었는가 물었을 때 이 남자가 그랬다. 부산의 해운대에 있는 파라다이스호텔 커피숍에서 전화를 했는데 그 여자가 커피숍에 도착한 시간을 재어 보니, 무척 서두른 표가 나더란다. 이 정도면 고분고분 말을 잘 듣겠다고 생각했다나.

이후 우리 네 사람이 만나면 이 남자와 K의 아내는 이야기에 끝이 없었다. 두 사람은 취향이 참 비슷했다. 두 사람 다 세상의 명품이란 명품은 다 알고 있었다. 세상의 부귀영화는 다 누리며 돈을 맘껏 써보는 것이 그들의 소원이었다. 도무지 관심이 없었던 K와 나, 두 사람은 웃고만 있었다. 어쩌면 K의 아내야말로, 이 남자가 함께 살고 싶은 여자였을지도 모르겠다는 생각을 가끔 했다.

수년 전 봉은사 앞마당에서 49재를 지내러 온 그 아내와 마주

쳤다. 대웅전 앞 툇마루에 앉아 있는 이 남자를 보자마자 그 여자
가 대뜸 묻는다. "그 시계 ×× 아니에요? 얼마 주고 사셨어요?" 나
는 상표는커녕 그 시계가 언제부터 이 남자의 손목에 묶여 있는
지도 모르고 있었다. 이 남자는 세계적인 명품이라는 고급 시계
를 수시로 사고, 또 일 년도 되지 않아 헐값에 중고상에 넘겼다.

이 남자가 1997년 삼성으로 옮긴 후 K부부와 자주 골프를 쳤
다. 삼성에 들어간 후 2~3년은 법조 동기들 사이에 별로 인기가
없었던 이 남자와 놀아 줄 사람이 거의 없었다. 골프도 전혀 하
지 못하니 나와 잘 아는 사람들밖에 만날 수가 없었는데, 변호
사든 사업가든 아무도 만나지 않는다는 K는 고맙게도 우리와
놀아 주었다. 그는 사람을 만나면 자신이 바르게 살 수 없을지
모르므로 아무도 만나지 않는다고 했다. 골프를 즐기는 그의 아
내는 이 남자의 초대를 좋아했다. 가끔 K가 진지하게 변호사 개
업을 의논한 적이 있었다. 우리가 그의 아내에게, 남편이 개업을
하면 좀 더 여유 있게 살 수 있다고 하면 그 여인은 그랬다. 자기
는 돈도 명예도 다 원한다고.

그의 처가에서는 딸에게 그들이 대학 시절 살았던 강남의 아
파트를 넘겨줬고, 친정 회사 명의의 부산 번호판이 달린 자가용
을 빌려줬고, 생활비를 도와줬다. 그 여인은 그것에 만족할 수
없다고 했다.

K는 항상 입는 옷이 같았다. 사계절에 하나만 있을 것 같은

양복을 입었고, 어울리지 않는 셔츠를 잘 입고 나타났다. 어느 날은 빨간 양말을 신고 나왔다. 장인이 준 것이랬다. 오래된 골프채도 장인이 준 것이라 했고 그가 입고 있던 셔츠도 처남이 준 것이라 했다. 이제 내가 그 남자를 애처롭게 보고 있었다.

어느 날부터는 디스크가 와서 치료를 받는다고 했다. 무슨 일이 있었냐고 물으니, 아내가 아이들과 함께 캐나다로 어학연수를 가면서 그랬단다. 부산 쪽으로 지원해서 처가에서 지내라고. 남편의 귀가가 늦으면, 자정을 넘긴 시간에도 같이 술을 마셨다는 모든 판사 집에 전화를 걸어 확인을 한다고, 그 아내가 내게 말한 적이 있다. 그녀의 성격에 남편을 밖에 둘 수가 없었는가 보다.

그 남자, 처가에는 화장실이 두 개인데 아침에 일어나면, 장인과 처남이 그 두 개를 차지하고 한 시간 이상을 보내고 있어 자기는 산으로 갔단다. 그들이 화장실을 나올 때까지 산을 뛰며 운동했는데, 이른 아침 무리하게 몸을 움직이다 보니 허리에 문제가 생겼다. 골프가 끝나고는 항상 탕에서 찜질로 허리 근육을 풀어야 한다고 했다.

서울지검을 다닐 때도 이 남자가 그랬다. 혹시 K의 아내를 만날 때 월급 얘기는 하지 말라고. 그때는 월급봉투가 두 번 나뉘어 나온다고 했을 때였고, 이 남자는 월급의 반을 수사비로 써야 한다고 했다. 자신의 월급은 실질적으로는 100만 원이라

했다. 나는 내가 버는 200만 원을 이 남자에게 주고 생활비로 70만 원을 다시 받아서 생활을 꾸릴 때였다. 판사인 K는 수사비가 들어가지 않으니 봉투 두 개를 다 쓸 수 있었는데, 그 월급봉투 중 하나를 마산의 본가 부모님의 생활비로 보내고 있었다. 그의 아내에게 그 사정을 다는 말하지 못하고 있는 것이었다.

어느 날 골프장 응접실에서 K가 전화기를 들고 우리를 피해 한쪽으로 갔다. 그 모친이었다. 그의 모친은 수시로 아들에게 전화를 걸어 여러 가지를 요구했다. 그날도 가난한 아들에게 전화를 걸어 비싼 한약을 지어 보내라고 요구하는 것이었다. 그도 이 땅의 수많은 장남처럼 무거운 짐을 지고 있었다.

20년 이상을 알고 지낸 K는 결혼 이후 운전을 하지 않았다. 우리가 만날 때면 항상 처가에서 제공하는 부산 번호판의 차를 그의 아내가 운전해서 타고 나왔다. 그는 의정부에 근무할 때도, 인천에 근무할 때도 지하철을 타고 다녔다. 자신의 옷은 단 한 벌도 사지 않았다. 어떨 때 그의 옷이 너무 추레하면 이 남자가 자기 양복을 주었다. 그는 아내에게 단 한마디도 불평한 적이 없었다. 아마 평생 처가로부터 생활비에 더해, 부모의 부양까지 도움받았으니 미안함이 컸을 것이다.

2007년 삼성 비자금 사건으로 온 나라가 시끄러워지며, 삼성과 삼성에 기대고 있는 만인의 공격과 감시를 받으면서, 나는 내가 알던 모든 사람과 인연을 끊었다. 그때 한 달에 두어 번씩 만나 함께 그림을 그리던 이들과도 연락을 끊었다. 몇 년 후 차관과 시장을 지낸 부장 검사들의 괜찮은 아내들이었다. 우리는 신혼 초기부터 가깝게 지냈다. 연애결혼을 한 그 두 사람은 남편의 봉급에 맞춰 사느라, 값싼 구두 한 켤레도 쉽게 사지 않고, 만 원짜리 슬리퍼를 신고 나의 화실에 오곤 했다. 나로 인해 그들이 피해를 입는 것을 원치 않았다. 그때는 이 남자와 나의 주변에 있는 모든 사람은 조사 대상이었다. K부부와도 만나지 않고 있었다.

2013년 어느 날 그 집안의 소식이 인터넷에 올랐다. 딸이 미인 대회에 나갔단다. 판사의 딸이 미인 대회에? 잘됐다고 말하는 작은아들에게 그랬다. 판사의 딸은 미인 대회에 나가면 안 된다고. 그저 무슨 일이 없길 바랐다. 1~2년이 지나니 세간에 시끄러운 어떤 사람과 그 집이 엮였다고 했다.

여러 가지 생각이 들었다. 진해에서 우리가 만나지 않았다면, 그래서 이 남자가 그의 아내를 추천하지 않았다면, 우리 부부가 여전히 만나고 있었다면, 그래서 세상을 경계하라고 계속 조언했다면, 이런 사태가 벌어지지 않았을지도 모른다. 대쪽 같은 그에게도 우리는 거의 유일한 친구였다. 그 판사는 평생 외부 사람을 만난 적이 없으니 사악한 친구의 탈을 쓴 도적이 많은지 몰랐을 수도 있다.

나는 그 두 부부를 잘 안다. 그가 그의 아내에게 어떻게 순종하며 살았는지도 안다. 법조계가 얼마나 썩어 있는지도 알고 쓰레기 판사가 얼마나 많은지도 안다. 내가 아는 한 '가장 순수하고 정직하게 살려고 노력했던' 사람들 중의 한 사람이, 가장 썩은 판사가 되어 세간을 시끄럽게 하고 있다.

2016년 그의 마지막 변론을 인터넷 뉴스로 봤다. 그의 말이 진심임을 알기에 더욱 마음이 아팠다. 그의 말마따나 인류를 끌어오는 역사처럼, 인생 또한 단 한순간도 방심할 수 없는 것이다.

검찰

검사의 아내

설사 우리가 가난한 학생의 신분으로 만나 사랑에 꽂혀 백년 가약을 맺었어도, 지난 10년의 세월을 100년처럼 살았어도, 어느새 이 남자는 몸값 비싼 검사이고 나는 그 몸값을 지불할 능력도 없고, 가난하며, 언제 잘릴지도 모르는 조강지처라는 구시대의 유물일 뿐이었다. 현재의 삶이란 과거와 별개의 것이다. 아무리 찬란하고 영화로웠던 과거라 해도 단지 그 자신의 기억 속에서만 존재하는 한낱 허상일 뿐이다.

10년을 함께 살아온 이 남자의 의식이라는 스크린에 투영된, 내가 지나온 10년의 과거는, 그 허상이 호수에 맑게 비친 아름다운 달그림자는커녕 2010년 4월 유럽의 하늘 길을 막았던 아이슬란드의 화산재같이 치워버릴 수도, 벗어날 수도 없는 혼란스러운 허상이었다.

이 남자는 그 무거운 진실을 영화 제목을 닮은 진해에서의 마지막 날들을 통해서 나에게 각인시켰다. 과거 우리의 10년이 어떤 상황이었든지, 우리가 그동안 어떤 인연을 맺으면서 살아왔든지 1989년의 나는 또 다른 인생의 출발점에 서 있었다.

이 남자가 1997년까지 9년의 검사 생활을 하면서 내가 생각하게 된 검사 아내의 덕목은 첫째, 부모의 돈이 꽤 많을 것, 혹은 본인이 돈을 많이 벌 것. 둘째, 남편의 윗사람(상사의 부인 포함)에게 애교와 교태를 잘 부릴 것. 셋째, 웬만한 상사의 성추행은 교태로서 넘어갈 아량이 있을 것.

나는 그 가운데 어느 항목에도 포함되지 않았다.

1989년 검사로 임관되어 인천에 첫 발령을 받고 집들이를 해야 한다고 해서, 거금 10만 원을 들여 상을 차렸다. 그때는 이 남자의 한 달 월급이 70만 원인가 된다고 하며 내게 한 달 생활비로 30만~40만 원을 주었다. 하루 종일 요리책과 씨름하며 열심히 저녁상을 차렸다. 동료 검사가 열 명 정도 다녀갔는데 음식이 그대로 남았다. 뭔가 잘못됐구나, 걱정이 되었다. 검사장 부인이 만든 부인회에 가서야 알았다.

다른 여인들을 밀치고 뛰어나가 검사장 부인의 팔짱을 끼고 사진을 찍은 여인이 말했다. "나는 100만 원짜리 웅담주 준비하고 신라호텔 셰프에게 다 맡겼어." 그 정도는 돼야 하는 거다. 열쇠 세 개? 그녀는 그 이상 가져왔다. 달마다 윗사람한테 상납하고, 때때로 모든 검사에게 선물을 돌렸다. 지금? 그 남편은 보직 잘 받고 잘나가다 국회의원 한다.

법무장관까지 지낸 부장이 있었다. 1995년 서울지검 근무 때 이 남자가 회식이 끝나면 그 부장님 모시라고 나를 불렀다. 차 안에서 그 부장님, 함께 탄 젊고 예쁜 부하 검사 부인들에게 뺨을 비비고 허리를 껴안고 '난리 부르스'였다.

아직 새댁인 젊은 여인이 고개를 돌리며 어쩔 줄 몰라도 그 남편은 끝내 모른 척했다. 그리고 승승장구 출세했다. 가차 없이 뿌리친 나는 끝까지 미워했다.

삼성 시절 함께 골프 치고 돌아오는 차 안에서도 그 사람이 계속 투덜거렸다. 여전히 추행에 익숙한 그를 뿌리치는 내게 기분이 상한 것이었다. 이 남자에게 참 미안했다. 지금도 미안하다. 좋은 아내 못 돼서.

이 남자가 삼성에 있을 때, 검사장을 하고 있던 그의 집에 한밤에 찾아간 적이 있다. 분위기가 이상했다. 우울증이 심했던 부인이 자꾸 떨면서 전화를 받았다. 계속 전화기에 대고 자기 좀 살려 달라는 것이다. 이 검사장이 강남에서 유명한 마담을 여러 해 정부로 두고 있었는데, 이제 장관 자리를 목전에 두고 이 내연녀를 자르려 했다. 이 내연녀가 배신감에 날마다 보디가드를 대동하고 집에 찾아왔다. 그날 밤에도 검사장의 아파트 앞에 서서 검사장더러 나오라고 계속 전화를 하는 것이다.

그 문제를 해결해 달라고 한밤에 급하게 이 남자를 부른 것이다. 결국 그 밤에도 해결을 못 보고, 한 달 후엔가 이 남자가 꽤 알려진 재벌 여사장과 둘이서 그 검사장의 젊은 내연녀를 설득하고 합의를 봤다고 한다.

인천

인천 발령을 받고 난 후, 이 남자가 처음에는 교통전담 검사로 있다가 특수부로 옮겼다. 이 남자가 수사비가 없어서 일을 못한다고 신경질이 늘더니 수시로 시비를 걸었다. 어느 날 아침에는 식탁 의자 하나를 들더니 테이블과 나머지 의자 3개를 산산조각 내놓고 출근했다. 곧 전화를 걸어왔다. 오후에 집에 손님이 오기로 했으니 식탁 사다 놓으라고.

어느 날 손이 올라가기에 내가 먼저 뺨을 쳤다. 그동안은 저 못나서 그러려니 하고 참았는데 '이제 처녀장가도 들 수 있을 만치 출세했으니, 내 몸에 손만 대면 두 배로 갚는다'고 말했다. 정말 두어 번 두 배로 갚았더니 손찌검은 멈췄다.

장가 잘 간 검사들에게 치인 까닭인가. 검사장의 부인도 부잣집 출신의 검사 부인을 편애하는 것이 눈에 보였는데, 당사자인 검사는 오죽했겠는가. 이 남자가 직장에서 받는 수모를 집에서 풀기로 한 것인지, 아니면 그런 지경에도 모친에게 빌려 쓴 3000만 원을 갚은 것에 화가 났는지, 얼마 되지도 않는 살림살이가 남아나는 것이 없었다.

나는 서울에서 살던 집을 팔고 남은 돈 1500만 원에 융자금을 합쳐 만수동에 25평 주공아파트를 산 것만으로도 행복했다. 고작 30만~40만 원인 최소한의 생활비에도 불만이 없었다.

이 남자의 끝없는 횡포를 받아 주기엔 너무 나약했는지 1989년 여름을 지나면서 아예 침대에서 일어날 수가 없었다. 끝없이 잠이 쏟아졌다. 자고, 자고, 또 잤다. 아이들을 학교와 유아원에 보내고 나면 그대로 누웠다. 애들이 돌아오면 씻기고 밥 먹이고 또 자기 시작했다. 두 달을 잠만 잤다. 문득 '영원히 자고 싶은가?' 하는 생각이 들었다. 어쩌면 영원히 자고 싶은지도 몰랐다. 뭔가 나를 일으켜 세울 만한 도전이 필요했다.

서울에서 제일 큰 신도림동의 단과 학원을 찾아갔다. 아이들을 돌봐야 하니 일주일에 이틀 출석이 고작이었다. 두 달을 공부해서 모의고사를 봤다. 예체능계 2등인 성적표를 들고 신촌으로 갔다. 눈에 띄는 미술 학원에 들어가서 원장을 만나 사정했다. 돈이 없으니 장학생으로 받아 달라고 했다. 일주일이면 하루나

이틀 그 학원을 나갔다. 점심은 신촌의 시장에서 라면으로 해결했다.

어느 날 신촌의 화실에서 지친 몸으로 집에 돌아오니 시어머니가 오셨다. 시동생 둘도 나를 기다리다가 방금 전에 돌아갔다고 한다. 시어머니가 소리를 지르기 시작했다.

남편, 자식 팽개치고 어딜 나다니냐는 것이다. 가만히 앉아서 듣고 있었더니 항상 그렇듯이 두 손을 마구 휘저으며 거실이 울리도록 쿵쿵 뛰셨다.

조용히 말씀드렸다. "어머니, 새장가 보내세요. 그동안은 불쌍해서 같이 살았는데, 이제 이대 앞에 세우면 처녀들 줄 설 테니 데리고 가세요. 짐스러운 아이들은 제가 잘 키울 테니 아무 걱정 마세요." 시어머니는 간다고 가방을 챙기며 일어섰다. 예전 같으면 왜 이러시냐고, 어머니를 붙들고 애원했을 이 남자가 웬일로 가만히 앉아 있었다.

시어머니가 다녀가신 후 꼭 2주가 된 어느 날 이 남자가 '큰일이 났다'고 빨리 큰시동생에게 가보라고 했다. 부평의 집에 가니 아무도 없고 큰동서만 있었다. 큰동서, 영문을 모르는 내 손을 잡고 온 집안을 끌고 다니면서 소리를 질러댔다. 내 탓이야, 겨우 한마디 알아들었다.

덩치도 나보다 크고 힘도 센 그녀에게 30분 이상을 끌려다녔더니 가뜩이나 기운 없는 나는 방바닥에 주저앉았다. 자기도 지쳤는지 자리에 앉은 그녀에게 모두 어디 갔냐고 다시 물으니 병원에 갔다고 한다.

그는 그길로 한남동의 정신 병원에 입원했다. 형과 형수 외에는 아무도 만나고 싶지 않다고 해서 꼬박 1년을 단 한 주도 빠지지 않고 일요일이면 도시락을 챙겨 들고 병원에 갔다. 그 1년은 아이들과 놀아 줄 틈도 없었다. 작은아들은 거의 외갓집에서 지냈다. 그런 중에도, 그 1년 동안 나는 입시 준비를 해야 했다.

이 남자의 형제 가운데 인물 좋고 성품 좋던 큰시동생은 시아버지의 뜻을 따라 학비가 저렴한 전남대에 장학생으로 들어갔다. 인천에서 과학 교사로 근무하면서 연세대 대학원을 준비하고 있었다. 어느 날 시아버지의 '장가들라'는 말에 선을 보고 약혼을 했다. 대학원을 마치고 결혼하려 했는데 약혼녀가 보따리 싸서 불쑥 나타나 모든 꿈이 끝났다.

결혼 후, 발병하기까지 2년이 넘는 동안 매달 월급을 받아든 그 아내는 자기에게 돈을 주지 않았단다. 지갑에는 항상 비상금 만 원짜리 한 장밖에 없어서, 누구하고 차를 마실 수도 밥을 먹을 수도 없었고, 학교가 끝나면 어린 딸 손잡고 놀이터만 맴돌았다는 것이다. 어느 틈엔가 자기는 왕따가 되고 외톨이가 되었단다.

피해망상 진단을 받은 큰시동생은 결국 전기 치료를 받아 모든 기억을 지운 뒤 퇴원할 수 있었다. 전기 치료를 받고 2~3일 후 처음으로 기억해 낸 것이 내 친정집 전화번호였다. 모친이 전화를 받았는데, 혼잣말을 하더니 전화를 끊더란다. 아무래도 그 시동생 같다기에 병원에 확인했다. 한때 내 동생들과도 친하게 지내고 처가살이를 하던 형을 만나러 내 친정에도 자주 찾아왔던 시절이 그리웠나 보다.

검사의 아들

벌써 네 번째 학교를 옮긴 4학년 큰아들이 학교에서 애들에게 맞고 왔다. 경상도 사투리가 입에 붙어 촌놈이라고 무시당하고, 아직 친구 하나 없는 아들이 아파트 앞 공터에서 여러 명에게 둘러싸여 맞는 것을 창밖으로 보고 부르르 떨었다.

전학하기 전까지는 1등을 놓친 적이 없었다. 학기 중에 학교를 옮기면 아이들은 십중팔구 왕따를 당한다. 방법은 단 하나다. 다시 전교 일등을 찾아오는 것이다. 그럼 아무도 무시하지 못한다.

처음으로 아이에게 매를 댔다. 몇 개 틀렸냐고 물으니 세 개라고 한다. 몇 대를 맞을까 물었더니 세 대라고 대답한다. 회초리를 들고 틀린 숫자대로 손바닥을 내리쳤다. 강릉 신사임당의 생가에 전시되어 있는 회초리와 닮은 것을 산에서 구했다.

곧 1등을 되찾았다. 수학 경시대회에서 수상하며 다시 사랑받는 학생으로 돌아왔다. 아이들은 학교 성적이 우수하면 자연히 모든 선생의 보호를 받는다. 몸집이 작은 아이들은 공부를 잘해야 어려서부터 건달 흉내 내고 다니는 애들에게 당하지 않는다. 담임이 기대한 돈 봉투를 가져오지 않는 학생을 왕따시키는 방법이 있다. 애들 앞에서 두 번만 혼내면 된다. 그것은 하나의 신호나 암시와 같다. '이 아이는 내 보호 밖에 있다. 너희 이리떼에게 먹혀도 된다.'

중학교 1학년 첫 시험에 전교 30등 안팎이었던 아들은 고교 진학 후 첫 번째 모의고사에서 전교 1등을 탈환했다. 졸업할 때까지 단 한 번을 제외하고는 모의고사 1등을 놓친 적이 없었던 것 같다. 고등학교를 졸업할 때까지 1년이면 두세 번씩 50센티자로 피멍이 맺히게 맞았다. 단 한 번도 반항하지 않았다.

어느 날 그렇게 맞고도 만화책을 붙들고 있기에, 가방을 싸서 나가라고 현관 밖으로 내몰고 문을 닫았다. 해가 질 때까지 조바심치며 문밖을 살폈다. 한참이 지난 뒤 가방을 짊어진 아들이 문 앞에 보였다. 얼마나 반가웠겠는가. 그래도 내색하지 않았다.

잠든 아들의 멍든 종아리에 약을 발랐다. 마음이 아팠다. 동네에 소문날 정도로 착한 아들이었다. 만화를 좋아하는 아들의 심정은 알고도 남았다. 나도 초등학교 때 만화방에서 하루 종일

산 적이 있었다. 10원을 내면 종일 볼 수 있었는데 밥도 굶어가며 새로 들어온 모든 책을 섭렵한 뒤 나왔다. 중학생이 되어서는 직접 만화책을 만들었다. 노트 한 권에 만화를 '시리즈'로 제작해서 반 애들에게 돌렸다. 아이들은 다음 이야기가 궁금하다고 재촉하기도 했다.

대학 병원 조교수가 된 큰아들이 그랬다. 자기를 학대했다고. 학대? 그 시절의 기준으로는 학대가 아니라고 강변할 수 있겠지만, 지금의 기준으로 보면 학대라고 주장할 수도 있겠다. 아들에게 미안하다고 했다. 지금도 미안하다. 내가 고액 과외 시켜줄 돈만 있었어도 그렇게 매를 대지는 않았을 텐데. 당시 강남에서 1~2등급의 아이들이 다니는 비공식 학원의 교습비는 이 남자의 월급보다 많았다.

고등학교 2학년 때 한 반 아이가 복도에 붙은 모의고사 등수를 확인하던 아들의 목을 교복에 달린 넥타이로 졸라 기절시켰다. 다행히 바로 옆에 있던 친구가 인공호흡을 해서 깨어났다. 또 다른 사고를 피해 이과로 옮겼다. 이제 운명적으로 법대가 아닌 의대가 목표가 되었다. 첫 번째 시험에서 3등을 받고 울면서 부모에게 항의했다. "강남 애들 치고 과외 안 받는 애들 있어요, 비 오는 날 우산 한번 가져온 적 있어요?" 그래서 소원 들어 줬다. 방학 특강반을 등록해 주고 비 오는 날 우산 들고 학원 앞에서 기다리다가 피자도 사 줬다.

이과로 전과한 후 학부모 회의에서 이과반 엄마 하나가 난동을 부렸다(전교 1등 학생의 엄마가 학부모회의 회장을 맡는 관례대로 내가 회장이었다). 교장한테 뇌물을 써서 내 아들이 문과에서 이과로 전과했다는 것이다. 자기 시숙이 안강민 서울지검장인데 가만두지 않겠다고 회의 중간에 소리를 지르며 파장으로 몰고 갔다. 전교 1등이 문과에서 이과로 옮겨 가면 자기 아들 등수가 하나 밀려나는 것이다. 그 여자는 내 아들의 아비가 검사장과는 비교할 수 없는 평검사인 것을 이미 알고, 내게 '공갈 협박'을 하는 것이다.

이 말도 안 되는 상황을 설마 '똑똑하기 그지없을' 검사장이란 사람이 오해를 할 리가 없겠지만, 그래도 행여 그 여자와 그 여자의 아들을 '너무 사랑해서' 사리 분별이 안 될 수도 있고, 조카의 등수 하나가 내려가는 것이 '가문에 먹칠'을 하게 되는 것이라고 생각할 수도 있었다. 그 여자의 '다정한 시숙'인 안강민 서울지검장에게 편지를 썼다. 여차여차하니 오해 마시라고 당부했다. 이 남자는 병원에 누워 있었다.

참 이기적인 여자였다. 그때는 학년 중간에 전과를 하면 불이익이 있었다. 영원히 회복할 수 없는 내신 8점 감점을 감수하고 전과한 것이다. 이과 과목에 대해 불리한 점수를 받고 시작하는 것이다.

'피보다 귀한' 8점이 깎여 원하는 학교도 가지 못하고, 그때까지 우리 부부의 소망이던 훌륭한 법조인의 꿈도 사라졌지만, 아들의 안전이 더 소중했다. 내신이 깎여 서울대 의예과가 힘들어졌는데도, 서울대 공대나 고대 의대는 보내고 싶지 않았다. 시부모가 고대 법대를 들먹일 때마다 마음속으로, 내 아들은 더 나은 곳에 보내겠다고 다짐한 바가 있다. 내 욕심에 결국 아들에게 재수를 강요한 셈이 됐다. 나 또한 아들이 치르는 2년의 입시 기간 동안, 이 남자의 이직으로 인한 고통까지 겹쳐 다시 누워 지내는 날이 많았다.

결국 그 '캥거루 엄마'의 악의에 찬 모함이 그녀의 다정한 시숙에게 전해지고, 안강민 서울지검장의 사적 감정이 더해졌는지, 이 남자는 다음 해 부천으로 낙마했다.

서울지검 특수부에서 전 대통령을 수사하고, 아무도 찾아내지 못한, 아니 아무도 찾아내고 싶지 않은 재벌 비자금을 찾아낸 검사를 좌천시킨 것은 이 나라에선 그럴 수 있는 일이다. 적어도 내가 아는 이 땅의 검찰에선.

검사의 몸값

미국 개척 시대의 아프리카 노예도 아닌데 사람들은 자주 묻는다. 얼마면 검사 사위를 볼 수 있냐고.

첫 발령을 받은 지 얼마 안 됐을 때, 그 시절 한창이었던 태권도 붐으로 돈 좀 벌었다는 친척 언니가 집으로 초대했다. 벽에 쭉 걸어 놓은 딸들 사진을 보여 준다. 검사 사위를 보고 싶다며 열쇠 세 개는 사 줄 수 있단다. 웃음밖에 안 나왔다. 어떤 기준의 열쇠 세 개를 말하는가.

홍성 시절에 만난 총각 검사가 있었다. 충청도 골짜기에서 자란 그는 어린 시절 배가 고파 쥐도 잡아먹고 자랐다. 참 맑고 경쾌한 사람이었는데 자기는 부잣집 여자를 만나야 한단다. 자기 집이 너무 가난해 가족 전부를 부양할 능력이 있어야 한다고.

어느 날 30억을 지참금으로 주기로 한 여자와 결혼하기로 결정했단다. 잠실의 엔간한 아파트 한 채가 1억 5000만 원쯤 됐을 때다. 그 검사, 결혼 후 몇 년 동안은 자기가 처갓집에 속은 것 같다고 했다. 강남에 30억 정도 하는 건물을 자기에게 주기로 했는데, 장인이 이런저런 핑계를 대고 주지 않는다고 했다. 몇 년 인가 지나서 그 아내가 시험관 시술로 딸 둘을 얻게 된 후에야 강남에 넓은 평수의 아파트를 사 줬다고 했다.

몸값이 준비되지 않았을 때는 어떻게? 무슨 직업을 갖든지 본인이 벌면 된다. 자신의 수입만으로 강남의 넓은 평수 아파트와 아이들 사립유치원·사립초등학교 보내고, 피아노는 기본에 추가로 악기 하나 더 가르치고, 외국어 특별과외 시키고 학과 보충할 특수학원(강남 곳곳에 숨어 있다) 보내고도 넉넉하게 살 만큼. 사실 조금 살다가 남편이 보직 잘 받으면 스폰서가 바로 붙으니 별 걱정이 없기도 하다. 아니라고? 당신의 검사 남편은 스폰서 없이도 잘 나갔다고? 당신이 굳이 알 필요가 없을 뿐이다.

보통 미혼의 사시 합격생이 선을 볼 때 제일 먼저 보는 것은 장인의 직업과 능력이다.

1. 장인이 법조계에 높은 자리에 앉아 있을 때, 다른 것은 볼 것도 없다. 앞날이 확실하게 보장된다.

2. 장인이 재벌이나 준재벌이나 그도 아니라면 검은 돈이라도 많을 것.

3. 장인이 별 볼 일 없으면 당사자 여인이 돈을 벌 능력이 뛰어날 것. 보통은 개업의인데 부모의 병원을 물려받을 확률이라도 있어야 한다. 요즈음은 시대가 변해서 광고 섭외가 잘 들어오는 'TV에 얼굴 비치는' 여자도 포함되는 것 같다.

인천 시절 나를 포함해서 3쌍이 연애결혼을 한 커플이었다. 한 여인은 조건보다 사랑을 선택한 남자로 인해, 막상 그들 두 사람 앞에 놓인 현실(시집 식구와의 불화, 경제적 어려움)로 인해 우울증을 심하게 앓고 있어서 함께 앉아 있는 것도 힘들어했다. 결국 1년이 안 되어 두 사람 다 변호사 개업을 했다.

부러운 여인들이었다. 남자가 여인을 사랑해서 결혼은 했으나 둘 다 가난하니 검사 생활도 힘들고, TK가 아니니 비전도 없다. 검사라는 직업을 갖고 있으면 필연적으로 증폭될 갈등과 고난을 피하고자, 사랑하는 사람을 위해 야망을 버린 사람들이었다.

신문과 방송은 툭하면 검찰과 재벌과 정치권이 한 통속이라고, 서로 봐주기 한다고, 서로 결탁했다고 비판한다. 당연하지 않나. 그들의 아들이 검사이고 판사이며, 아들이 없으면 사위란 이름으로 사들여 보호막이나 방패로 쓴다.

스폰서

지금은 나아졌다는데, 그때만 해도 피의자를 조사할 때 쓰는 타자기도, 타자기 먹끈도, 피의자 점심도, 밤샘 조사를 할 때 직원들 야식도 검사가 사야 했다. 특히 강력부나 특수부는 조사관이나 파견 나온 경찰관 밥값까지 검사의 몫이다. 아무리 아껴 써도 집에 가져가는 월급보다 사무실 경비로 쓰는 돈이 더 많다. 가난한 아내들은 고민에 빠질 수밖에, 우울증이 올 수밖에 없다. 판사는 수사비가 안 들어가니 이런 고민이 없다.

스폰서라는 게 연예인만 필요한 게 아니다. 진급을 하려면 수사를 제대로 해야 하고, 수사를 제대로 하려면 공안이나 강력이나 특수통으로 가야 하는데, 그러려면 수사비가 필요하다. 스폰서는 두 가지다. 보험 삼아 투자하는 경우와 그저 잘난 검사 친구를 두고 싶어 하는 경우다.

　보험으로 스폰서를 자청하는 경우, 잘못 엮이면 낭패를 당하므로 조심해야 한다. TK나 적어도 부산 출신은 돼야 스폰서 하겠다는 사람이 많다. 일껏 스폰서 노릇했는데 덕을 보기 전에 변호사로 나서면 그들도 낭패다. 부잣집 사위들은 스폰서가 필요 없냐고? 아니다. 고기도 먹어 본 놈이 많이 먹는다는 속담도 있지 않나. 뇌물도 바쳐 본 놈이 잘 바치고 출세한다.

　이 남자에게도 스폰서가 있었나? 전라도 출신의 이제 막 초임인 평검사에게? 있었다. 그저 잘난 검사를 친구로 두고 싶은 고향 사람이 있었다. 큰 부자는 아니었지만 소박하고 신실한 사람이었다. 가끔 이 남자에게 용돈을 주는 것 같았다. 내 입장에선 고마웠다. 많지는 않더라도 내가 주지 못하는 용돈을 주면 고마울 뿐이다. 얼마 가지 않아 신실하고 정 많은 사람 대다수가 그렇듯, 그 고향 사람은 사기를 당해 모아 둔 재산을 다 날렸다.
　이 남자가 인천지검에 근무하던 때 국회의원에 출마한 대학 선배의 부탁으로 처음 보는 여러 사람과 저녁을 함께 먹고 노래방에 갔다. 운동권 시절 경찰을 피해 숨어든 하숙집의 딸과 사랑을 나눈 연애담이 이어졌고, 성악을 전공했다는 왕년의 하숙집 딸이 뽕짝을 여러 곡 불렀다. 자리를 파하고 나올 때 여러 개의 하얀 봉투를 받았다. 우리는 왜 거기?

그 운동권 출신이라는 국회의원 후보가 학교 후배인 이 초임 검사를 불러내 부천 일대에서 뭔가 '석연찮은 사업'을 하는 그 사업가에게 연결해 주기로 한 것이었다. 자신은 그 대가로 건달 부두목쯤으로 보이는 그 남자 일행에게 후원금이라 불리는 봉투를 받은 것이다. 참 불쾌한 경험이었다. 지금은 어떤지 모르나 그때는 생각했다. '국회의원은 똥 묻은 돈도 필요한가 보다.'

서울지검의 부장 검사였던 이 남자의 상사는 날마다 모임을 만들었다. 자기 고향과 관계있는 모든 모임에 나가 술을 샀다. 지금도 고향에서 국회의원을 하고 있다. 그 부장 검사와 남편이 동향이라는 한 엄마가 그 검사, 참 의리가 있는 고향 동문이라고, 직업 귀천을 따지지 않고 모든 고향 동문 모임에 나타나 술을 산다고 했다. 네 남편은 얼마나 잘나서 그렇게 고고하냐는 질책이었다.

많은 검사들의 인생 목표는 국회의원이다. 지금은 자치단체장도 추가됐다. 그래서 정치 검사가 되는 거고 자본주의 사회에서 최고의 권력이 될 수밖에 없는 재벌에 빌붙는 거다. 검사로 재직하는 동안 수사가 아닌 엉뚱한 사업에, 자신의 직위를 최대한 이용해서, 몰두하는 거다. 그들은 검사라는 직위를 이용해서 이미 선거 운동을 하고 있는 것이다. 검찰이 새로워지려면? 모든 검사는 국회의원에 출마할 수 없게, 법 조항을 하나 끼워 넣는 것도 고려할 필요가 있지 않을까. 잿밥에 눈이 멀어, 국민의 세금으로 만들어진 월급 받으면서 선거 운동이나 하는 자들이 검찰을 장악하고 있는데 무슨 정의가 세워질 수 있을까.

홍성

1991년 이 남자가 홍성으로 발령받았다. 법무관 발령을 받을 때 당연히 가야 할 김포에서 진해로 밀려난 것처럼 또 밀려난 것이었다. 검사 발령에도 원칙이 있건만 또 준재벌의 사위가 끼어들었다. 우리같이 뒤를 봐 줄 사람이 없으면 어쩔 수 없이 밀려난다. 법조계엔 "고법 부장을 포기한 판사, 다음 임지를 포기한 검사, 돈을 포기한 변호사가 가장 무섭다"는 말이 있다. 그만큼 검사에게는 근무지가 중요하다.

좋은 임지란 게 서울에 가깝거나 돈이 많이 돌아 지역 스폰서를 해 줄 사람이 많은 곳이었다. 아니면 제주에 가야 한다. 제주는 서울에서 먼 것 같아도 비행기를 타면 1시간도 걸리지 않고 '놀기 좋고 돈도 좀 도는 곳'이라 빽 없이는 갈 수 없는 곳이었다.

부산은 여러 가지 조건을 충족한다. 스폰서 할 만큼 돈 가진 자도 많고, 특수부나 강력부가 탄탄하니 보직만 잘 받으면 수사다운 수사를 할 수도 있고, 빽이 없어도 줄만 잘 타면 주요 보직을 받을 수 있는 곳이다.

사실 배경이 든든한 자들은 이러저러한 것 다 필요 없다. 그들은 아무 일 하지 않고도 이미 요직이란 요직은 다 차지하고 있으며, 또한 그들의 배경에 함께하고 싶은 검찰의 윗선은 이들을 배려할 수밖에 없는 거다.

군인 정치의 잔재가 남아 있던 그때의 서울에선 공안이 최고였다. 정치와 권력과 가까이 있으니 출세를 하고 싶으면 공안으로 가는 것이 지름길이다. 장가 잘 간 사람들은 대개 공안부나, 법무부로 갔다. 나는 공산 국가만 공안이라는 완장을 찬 사람이 무서운 사람이고 권력이 센 집단인 줄 알았다. 검사 아내들도 남편이 공안 완장을 차면 저도 함께 목에 깁스를 했다. 인천에서 처음으로 만난 두 공안 검사의 20대 아내들이 유난히도 시끄럽고 목소리가 큰 이유를 몇 년 후에 알았다. 그녀들은 결혼 전에 이미 교육을 받고 오나 보다.

홍성의 총각 검사가 장가드는 날, 코스 요리로 나온 양식을 먹고 있는데, 변호사의 부인 하나가 내게 오더니 다짜고짜 울면서 소리를 질렀다. 내가 사건을 안 봐줘서 자기 골프 강사가 구속됐다는 것이다. 나는 주말에 한 번 홍성에 가느라 사람들과 어울릴 틈도 없고, 또 그럴 일이 있다 해도 일정하게 거리를 두었다.

검사·변호사 부인들의 골프 강사가 음주 교통사고를 내서 사람을 죽였는데, 이 남자가 봐 주지 않고 구속을 시킨 것이 내 탓이라며 나무란다. 내가 자기들과 어울렸으면 무사했으리라 여겼나 보다.

검사에도 진짜가 있고 가짜가 있는지 모르겠지만, 이 남자는 '진짜 검사'가 되고 싶었다. 승진에 눈먼 기회주의자 말고 '제대로 된 수사'를 하는 검사 말이다. 검사장 부탁도, 자기 목줄을 쥐고 있는 직속상관인 부장 검사의 부탁도 들어주지 않았다.

나중에 서울지검에 근무하던 어느 날은 씩씩거리며 들어왔다. 재벌 사장을 조사하는데, 높은 사람한테 전화가 와서 부장 검사한테 심하게 혼났단다. 호텔방 얻어 줄 테니 그 사장을 호텔에서 심문하라는 청인데, 결국 들어주지 않아 높은 사람 눈 밖에 났다. 노심초사였다.

주중에 두 번은 학교 갔다 와서 밤 11시까지 중학생 그룹 세 팀을 지도하고, 하루는 미술 지도를 하고, 이틀은 밤을 지새워 과제와 시험 준비를 하고 나서, 주말에야 비로소 여섯 살이 된 작은아들을 데리고 홍성에 내려갔다. 밀린 집안일도 하고, 모임에도 참석하고 일요일 밤 돌아왔다. 하루는 귀경 준비를 서두르는데 전화벨이 울렸다. "검사님, 저는 어떡해요?" 뭐라고 말할 틈도 없이 다급한 여자 목소리가 들려왔다. "잠깐만 기다려요, 바꿔 줄 테니." 놀랄 일도 아니었다. 어디 한두 번 겪은 일인가. 자기는 관심이 없는데 옆 사무실에 근무하는 여자가 두툼한 연애편지를 써서 만나자고 했단다.

사무실 여직원의 말투를 보면 대략 짐작이 간다. 어떤 징후가 나타날 때는 먼저 나에 대한 호칭이 달라진다. 사모님이라는 호칭을 빼고 말투에 거드름이 묻어난다. 다른 사람의 경우는 모르지만 이 남자의 주변 여인은 다 그런 식이었다. 아마 이 남자와 '어떤 식(?)의 교류'가 생기면 '너나 나나 똑같은 처지'라는 생각이 드나 보다.

주말에 어렵사리 내려갔더니 이 남자가 새벽에 귀가할 때가 있었다. 내 표정을 살피다 10만 원권 수표를 내놓았다. "어, 오늘 많이 땄어요." 마작을 해서 땄다는 것이다. 거짓말인 줄 알면서도 받았다. 그 시절 처음으로 마작을 배운 이 남자는 날마다 잃을 수밖에 없다. 검사들 사이에서 마작이 유행이었다. 특히 홍성같이 조그만 동네에서 갈 곳도 없으니 검사들끼리 모여 마작을 하며 저녁 시간을 보내는 일이 잦았다.

살림을 하던 검사가 있었다. 그 부부는 가끔 관사가 떠나갈 정도로 큰소리로 싸웠는데 남편이 마작에서 돈만 잃고 오면 그 난리였다. 검사가 곧 꾀를 냈다. 동네 변호사들이 몰래 찔러주는 돈을 사무실 서랍에 넣어 두고 마작이 있는 날이면 그 돈을 아내에게 상납하는 것이다. 그 검사는 특히나 변호사들과 돈거래를 많이 했단다. 어느 날 그 아내, 마작 때문에 걱정이라는 내 말에 환하게 웃으며 대꾸했다. "우리 그이는 매일 따요. 잃는 법이 없어요. 그 돈으로 장 봐요."

부산

술지게미와 쌀겨를 먹으며 고생을 함께한 부인을 조강지처라고 한다.

나는 왜 이 단어를 들으면 머릿속에, 요즘 세간을 시끄럽게 하는 시행사 대표 이 모 회장이 떠오르는지 모르겠다. 어쩌면 그의 연애담 때문인지도 모른다. 그는 이 남자가 1992년 부산지검으로 발령받은 뒤 처음 만났다. 첫인상은 참 영리하고 예리했다. 작은 체구에 부드러운 눈매였지만, 묘하게 날카로운 여운을 남겼다. 몇 번 만나더니 내가 그림을 그리는 걸 알고는 여러 차례 자기가 지은 해운대의 전망 좋은 오피스텔을 보여 주며 가지라고 사정했다. 절대 받을 수 없다고 거절했다(그가 역사에 남을 만큼 입이 무거운 사람인 줄 알았다면 받았을까? 부산을 떠나온 뒤 내게 보여 줬던 그 오피스텔의 한 칸은 나중에 부산의 어느 경찰서장이 받았다고 한다. 오랫동안 소문이 파다했다. 부산에서 힘깨나 쓰는 사람 치고 그 사업가에게 무언가 받지 않은 사람이 있는가 하는).

　어느 날 그가 자기 아내를 소개했다. 비슷한 나이로 보였는데 예쁘고 싹싹했다. 해운대 일대에서 꽤 규모가 큰 건축을 하던 그 사업가는 어린 나이에, 밑바닥부터 시작해서 자수성가했다고 들었다. 여느 자수성가한 사람처럼 그 또한 어린 시절 비슷한 환경에서 자라 배움도 적고 숱한 고생 끝에 시들어 버린 아내를 외면하고, 가방끈 길고 싱싱하며 세련된 여자와 바람이 난 것이다. 새로이 만난 여자는 의사의 아내였다.

　조강지처가 간통으로 고소해서, 두 사람 모두 6개월을 구치소에서 보냈다. 그 두 사람은 출소 후 함께 살기 시작했다. 안타까운 것은 여전히 어디선가 혼자 어렵게 살고 있다는 조강지처도 아니었고, 사랑 때문에 구치소 생활을 했다는 그들의 사연도 아니었다. 이유가 어찌 되었든 아버지를 구치소로 보낸 엄마를 미워한다는 아들이 있었다. 이혼을 하고 새장가를 든 아버지의 말이니 진위는 알 수 없지만, 서울대를 다닌다는 아들은 엄마의 자랑이었을 게다. 어렵던 날에 엄마에겐 커다란 의지가 됐을 것이다. 그런 아들이 자기를 낳아서 기른 엄마를 미워하게 된 그 상황이, 그런 상황을 만든 그 여인이 안타까웠다. 생각이 복잡했다. 나라면 어찌했을까. 책에서도 찾을 수 없는 정답은 뭘까.

모파상의 '여자의 일생'에서 주인공이 말한다. "인생이란 사람들이 생각하는 것처럼 그렇게 즐거운 것도, 그렇게 불행한 것도 아니다." 아마 내가 고른 정답이었을 것이다. 인생이 그런 것인 줄 알면 대충은 그냥 눈감고 지나갈 수 있는 것, 아닐까. 눈앞의 불행을 묵과하자면 더 강하고 자신감이 있어야 할 것이다. 강한 자만이 인생에 순응할 수 있고, 인생을 관조할 수 있을 테니, 나 또한 강인함을 키워야 하지 않을까.

이 남자가 부산 발령을 받은 뒤, 방을 얻어 주러 부산에 도착하니 밤이었다. 자정이 지나니 온 도시가 어둡다. 통금은 없었지만 자정 이후엔 모든 상점이 문을 닫아야 하던 시절이다. 서울 거리도 밤 12시가 넘으면 사람의 발길도 없고 적막할 뿐이었다. 자정을 넘긴 시간에 밥을 먹으러 가잔다.

밤바다 어둠 속에 이따금 바다가 몸을 뒤치면 달빛을 되비치는 파도뿐, 광안리 해변은 참 쓸쓸했다. 건물에 불이 꺼져 가로등도 없는 해변은 무섭기까지 했다. 간판도 꺼진 가게 앞에 서서, 어둠 속에 떡하니 서 있는 덩치 큰 남자에게 한마디 하니 가게 문을 덮고 있던 검은 휘장을 들추며 들어가라고 했다.

아! 이곳은 대한민국이 아니었다. 여전히 군사 정권의 잔재 아래 숨을 못 쉬는 서울도 아니었다. 이곳은 '부산공화국'이었다. 온 도시의 유흥업소와 식당이 밤샘 영업을 하고 그 가게마다 사람들이 넘쳐흐르는데 우리가 같은 법 아래 살고 있다고 생각해야 하는가?

휘장을 걷고 들어간 그 횟집은 대낮보다 밝았고, 가게마다 넘치는 사람들로 발 디딜 틈이 없었다. 모든 가게 앞엔 빠짐없이 흰 운동화를 신은 건장한 청년들이 있었는데 '문빵'이라 했다. 문 앞에 서서 들여보내도 되는 사람인지 신분을 확인하는 것이 주 업무이고, 흰 운동화는 도망칠 때 필요한 차림이었다. 그 이후 젊은 남자를 보면 신발부터 보는 버릇이 생겼다. 검은 재킷을 걸치고 운동화를 신었으면 일단 조폭일 가능성이 많다고 검사들이 귀띔했다.

이후 내가 알게 된 부산은 서울과는 다른 법이 존재하는 곳, 우리가 알고 있는 법이 적용되지 않는 곳, 서울에도 없는 파친코가 성대하게 영업할 수 있는 곳이었다. 어느 날인가 금정산 아래쪽에 온천 호텔을 가지고 있다는 사장이 일본 관광객이 줄어 영업에 지장이 많다고 했다. 가족을 위한 휴양지라는 그 온천 호텔의 거의 모든 수입이 일본인에게 여자를 제공해서 얻어지는 것이라는 말을 듣고는 그쪽 온천은 근처에도 얼씬거리지 않았다. 정말이지, 혹시 몹쓸 병이라도 옮을까 봐 온천에 초대해도 웃으며 거절했다. 그때는 해운대의 최고급 호텔 화장실에 들어가면 항상 화장을 고치며 수다를 떠는 일본인 상대 접대부 몇 명은 만났다. 가끔은 '니가 지금 내 애인 뺏은기가' 하면서 싸우는데, 옆에서 듣고 있으면 재미있어서 일부러 천천히 손을 씻었다.

방을 얻으려고 온 도시를 헤맸다. 부산이나 서울이나 전세 방 한 칸이 만만치 않다. 일가붙이 하나 없는 낯선 지방으로 발령을 내놓고 살 곳을 안 준다. 돈이 없으면 직장을 그만두라는 건가, 뇌물이라도 받으란 건가.

온 도시를 돌아다녀도 싼 방이 없었다. 국가의 방침인지 이 남자의 소신인지 모르나 어느 누구와도 한 집에 살면 안 된단다. 괜히 주민과 엮여 쓸데없는 구설에 휘말리면 안 되므로 꼭 독립된 가구여야 한다는 거다. 그럴 수도 있다. 일주일 동안 부산 일대를 돌면서 웃통을 벗어붙이고 싸우는 남자를 세 번이나 봤다. 아, 부산 남자들은 아직도 웃통 벗고 싸우는구나! 놀라기도 했지만 참 혈기가 넘치는 사람들이라는 생각이 들었다.

결국 친구의 친구를 통해 2000만 원을 빌려 영도의 가장 가난한 동네에 허물어져 가는 시영아파트를 구했다. 얼마나 스트레스가 심했는지 한두 달 동안 위경련이 계속돼서 일주일씩 눕기를 거듭했다. 1년 후 광안리의 작은 관사에 입주 허가를 받았다.

1993년 여름, 어느 주말처럼 부산에 내려간 나는 광안리 해변 끝 7층 건물에 3개 층에 갤러리가 생겼대서 구경을 갔다. 인사동의 유명한 화랑 여주인이 황량한 부산에 큰 갤러리를 냈다고 지역 신문도 대서특필했다. 그런데 이상했다. 엘리베이터가 한층 건너 선다. 몇 개 층은 문을 열 수도 없다. 꽤 인기를 얻었던 작가의 전시회였는데 손님이 전부 평범하지 않은 옷을 입은 젊은 여성과 어깨뿐이다. 집에 와서 그 이상한 갤러리에 대해 얘기했다. 일주일쯤 후 그 건물을 지하부터 옥상까지 포위하고 무전기로 연락을 취하며 일망타진했단다. 건물 전체가 비밀 접객업소였다.

강력부 검사는 조폭이랑 친할 수밖에 없다. 정보를 얻어야 하므로 정보원의 소소한 부탁은 들어줘야 한다. 세상에 공짜는 없다. 그 사람들은 내가 내려오는 날을 기다리는 것 같았다. 아마도 내가 있으면 부탁을 하기에 더 부드러운 분위기였는지. 그들과의 관계는 1995년 이 남자가 서울로 올라와서도 계속되었던 것 같다.

어느 날은 광안리 해변에 있는 자기들 카페에서 '아주 사소한 싸움'이 있었다고 했다. 서빙을 맡은 직원 하나가 손님과 가벼운 시비 끝에 '정말 억울하게' 살인 미수로 구속됐다며 도움을 요청했다. 피해자의 사진을 보여 줬는데, 소름이 끼쳤다. 너무나 정교하게 목을 동그랗게, 피가 비칠 정도로만 그어 놓았다.

이 남자는 부산에 와도 광안리 뒷골목은 가지 말라고 경고했다. 사람들 눈에는 안 보이지만 차의 트렁크엔 사시미 칼이 들어 있고, 강간 사건이 가장 많은 곳이라고 했다. 어느 날 서울에서 검찰 선배의 딸이 가출했는데 광안리에 있는 것 같다고 찾아 달라는 전화가 왔다. 조폭들에게 수배령(?)을 내렸다. 며칠 만에 찾아서 돌려보냈다.

　부산에서 가장 많은 사건은 조직 폭력과 주부 도박이었다. 같이 근무하던 성격 좋은 검사 한 사람은 주부 도박 사건을 많이 했다. 수사하기 쉽고 신문의 사회면을 장식하기에 좋은 사건이며, 자신의 이름을 알리기에도 좋은 사건이었다. 어찌 됐든 신문의 한 귀퉁이에 수사 검사의 이름이 쪼그마하게나마 실린다.

　부산에 가면 이 남자가 자신의 사무실로 오라는 날이 많았는데, 어떤 날은 그 성격 좋은 검사가 조사실에 유흥업소에서 일하는 트랜스젠더들을 세워 두고 희롱하고 있었다. 유전자에 문제가 있었든, 호르몬에 문제가 있었든, 취향과 뜻이 독특했든, 자신들의 의사와 상관없이 타고난 운명대로 사는 죄밖에 없을 것 같은 참한 여자들(?)을 성추행하고 있는 것이다. 나는 지금도 모르겠다. 그들이 술집에서 술을 따르고 술을 판 것이 죄가 되는 것이었나? 혹시 여자가 남자 복장으로 술을 파는 것도 죄가 되나? 그 도박판 덮치기를 좋아하던 검사는 항상 무엇인가 이슈가 될 만한 사건을 좋아해서 가끔은 무리하게 사람을 잡아들인다고 다른 검사들의 불만을 샀다.

　정말 부산은 일이 많은 곳이었다. 일이 넘치는 곳에서 이 남자는 행복했다. 지역 유지와 준재벌과 사법·행정 기관이 이만큼 유착된 곳이 또 있을까 싶은 곳이었다.

적과의 동침

    줄리아 로버츠 주연의 영화 '적과의 동침'이 개봉된 게 1991년이다. 영화를 보니 내 이야기였다. 남부러울 것 없이 유족하고, 어느 누가 봐도 서로 사랑하는 부부의 숨겨진 스토리다. 아내는 아무도 모르는 남편의 의처증과 결벽증에서 기인한 무자비한 폭력으로부터 자유를 찾아 목숨을 걸고 도망친다. 남편의 아내에 대한 감시와 추적이 소름끼치게 무서운 스릴러물이다.

    미국에서만 1억 달러 이상을 벌어들이며 부부간의 폭력 문제를 공론화한 공로를 인정받기도 했다. 많은 여성이 남편에게 총을 발사하는 줄리아 로버츠를 향해 갈채를 보냈다고 한다. 나 또한 그랬다. 박수를 보내고, 몹시 닮은 내 삶은 어떻게 풀어 가야 할지 생각했다.

이 남자의 의처증도 영화 못지않았다. 우리가 만난 스물한 살 이후 이 남자는 내가 가는 모든 곳을 따라다녔다. 결혼 후 친구를 만날 시간이 거의 없이 살아서 많은 친구들과 인연이 끊겼지만, 내가 누구를 만나러 가면, 어느 틈에 커피숍 저쪽 귀퉁이에 앉아 있었다. 같이 사는 동안은, 내가 일요일에 교회를 나가면 교회 밖에서 몇 시간이고 기다렸고, 모임에 나가면 기어이 쳐들어와 흥을 깨고 말았다. 학교에 다닐 때는 후배 남학생이 전화라도 걸어오면 그날로 전화기가 박살이 났고, 자기 친구가 전화를 걸어와 내게 무엇인가 의논을 해도 통화를 마치기 전에 전화기를 집어던졌다. 그걸 보는 사람들은 사랑이란다. 그것도 당신들이 당해 보기 전에는 알 수가 없는 일이다.

이 남자가 자기는 결벽증이 있다고 했다. 책상에 먼지가 앉아도 안 되고, 책이 삐뚤게 꽂혀 있어도 안 된다고 했다. 아무리 바쁘고 힘들어도 유리창에 얼룩이 남지 않게 쓸고 닦았다.

언어폭력? 이 남자가 내게 처음으로 쌍시옷 소리를 한 날은 1979년 12월이었다. 밤 1시까지 시아버지에게 당하고 내 방으로 건너와서 욕을 했다. '야 이 ×아, 너 때문에…' 그래서 내가 바로 받아 줬다. '야 이 ××야, 얻다 대고…'

그때까지 난 어느 누구에게도 욕을 한 적이 없었다. 고등학교 1학년 때 남동생이 밖에서 욕 한마디 배워 와서 그날 나한테 심하게 맞았다. 감히 내가 사는 공간에서 욕은 통용되지 못하는

139

단어였다.

2005년 이 남자와 이혼하는 과정에서 다시 쌍시옷 소리를 냈지만, 수십 년을 내 면전에 대고 욕을 한 적은 없다. 다만 미친 듯이 악을 바락바락 써 댈 뿐. 때론 나의 시어머니처럼 쿵쿵 뛰면서.

다른 폭행은 영화와 비슷했을까. 영화에서의 폭행은 종류가 단순하지만 일상에서의 폭행은 다양하다. 광의의 폭행은 폭행의 대상이 무엇이든 사람에 대한 직간접의 유형력을 행사하는 모든 경우를 말한다.

그렇다면 이 남자는 수십 년 동안 나에게 온갖 종류의 폭행을 일삼아 왔음에 틀림없다. 나는 이 집안의 모든 사람에게 끝없는 언어폭력과 때로는 협박과 때로는 살해의 위협을 당하며 살았음에도 틀림이 없다. 어쩌면 이 남자는 억울하다고 항변할 수도 있겠다. 25년 결혼 생활 동안 자기는 아내를 길에다 쓰러뜨려 놓고 구둣발로 밟은 것은 네 번뿐이고, 고속 도로에서 브레이크를 밟아 살해하려던 것도 세 번뿐이고, 검사 시절 일주일이면 한두 번씩 목을 비틀어 가며 고문을 했어도 목에 염좌만 왔을 뿐 전신 마비가 오지는 않았고, 수십 번을 살림을 부쉈어도 곧 사다 놓았고, 그동안 500번도 넘게 미친 듯이, 고래고래 소리를 지르며 나를 공포에 떨게 했어도, 그 많은 순간 나를 존중해서 주변에 아무도 없을 때 그랬으며, 칼을 들지는 않았는데 말이다.

그렇다. 나는 칼을 들었다. 이 남자가 부산에 근무할 때 한 달이면 두 번은 서울에 올라왔는데, 올라오면 밤새 잠을 재우지 않고 고문했다. 사사건건 트집을 잡는데, 일주일의 일과를 다 설명해도 모자랐다. 하루는 두 평짜리 방에서 새벽 2시까지 시달리다 못해 '칼'을 들었다. 옆에 붓과 함께 필통에 꽂혀 있던 유화 나이프를 잡고 나가라고 했다. 그래도 이 남자는 나를 비웃고 목을 비틀며, 몸을 흔들어 대며 고문을 계속했다.

후일 이혼 즈음에 온 동네가 떠나가게 악을 바락바락 쓰면서 나를 괴롭히기에, 정말 미칠 것 같아서 부엌으로 가서 이번에는 진짜 칼을 들고 나왔다. 부들부들 떨면서 나가라고 소리쳤다. 네가 나가지 않고 이렇게 계속 나를 괴롭히면, 너는 죽고 나는 감옥에 간다고 했다. 많이 놀랐는지 바로 현관문 쪽으로 뛰어나갔다.

나는 때때로 줄리아 로버츠처럼 끝내고 싶었는지도 모른다. 아이들만 없었다면 말이다. '적과의 동침'에서 줄리아 로버츠는 자유를 찾아 떠날 수 있었지만 나는 사랑하는 두 아들이 있었다.

이 남자가 고시에 합격하면 시달림이 덜할 줄 알았건만, 여전히 모두들 나를 괴롭히니 다시 몸이 아프기 시작했다. 진해 시절, 공부를 시작하기로 했다. 이제 내 할 일은 마친 것도 같고, 그렇다면 이제 나를 위한 삶을 준비할 셈이었다. 삶의 고달픔도 달게 느껴지리만치 힘든 일에 몰입함으로써 그 상처받은 마음을 치유하는 것도 한 방법이리라. 심리학자 미하이 칙센트미하이에 따르면 몰입은 행복의 조건이다.

나는 나를 흔들고 있는 이 모든 망상의 세계에서 나를 건져 내야만 했다. 습작 노트를 모았다. 이 남자가 글 쓰는 여자와는 같이 살 수 없다고, 두 권의 노트를 찢어 버려 그간 써 놓은 글도 몇 편 남은 것이 없었다. 남은 글이나마 진해에 오기 전 어느 날 문학사에 계시던 스승에게 보이니 조금 더 다듬고 더 써서 문학지로 데뷔를 권했다. 고민 끝에 1987년 신춘문예 공모전에 응모했으나 떨어졌다. 작품 수도 적고, 공부도 얕았다. 다시 대학에 가야겠다고 생각했다.

밤이면 9시에 작은아들을 재우고 새벽 3시까지 영어책을 보았다. 출산하면 뇌가 녹이 슨다더니 생각나는 단어가 없었다. 중학교와 고등학교 참고서를 모두 외우기 시작했다. 두 달 후 어느 정도 자신이 붙자 마산의 입시 단과 학원에 등록했다. 하루 두 시간이었다. 한 달도 되기 전 이 남자가 학원을 찾아와 나를 길에 쓰러뜨린 후 마구 밟았다. 애 엄마가 공부는 무슨 공부냐는 것이다. 자기 뒷바라지만 하라는 것이다. 나는 싸우는 것이 싫다. 이 남자를 이길 수도 없다.

서울

　1994년 이 남자가 서울지검 특수1부로 발령받은 이래 우리 둘다 정신없이 바빴다. 바쁜 중에도 나는 집에 못 들어오는 날이 태반인 이 남자의 와이셔츠를 들고 서초동 사무실로 찾아가기도 하고, 회식 날이면 차를 몰고 식당 앞에서 대기하고 있다가, 동료 검사까지 모두 집에 실어다 주었다. 어느 날은 후배 검사가 운전 중인 내 볼에 뽀뽀를 하고 난리다. 술집에서 일하는 제 애인이라고 착각했다나. 좋은 집안 출신의 그 아내 또한 뒤지지 않는 미모였는데 역시 사랑은 다른 곳에 있었던가 보다. 지금도 그 후배의 이름이 신문 지면에 오르는 걸 보면 여전히 잘 나가고 있다.

　잠복근무를 할 때면 수사관들이 잠복하고 있는 장소로 빵을 들고 찾아가기도 했다. 보통은 아파트의 주차장에 차를 세우고

차 안에서 일주일 이상도 지켰다. 잠복 전에 필수적으로 아파트 경비를 먼저 매수(?)한다고 했다.

삼성 비자금 사건 이후 오랫동안 내 집을 감시하고 있었던, 정체를 알 수 없는 사람들도 그렇게 했을 것이다. 어쩔 수 없이 밖을 나갈 때 경비원이 '아무도 없다'고 알려 줘도 그 말을 그다지 신뢰하지 않았다. 내 차를 수시로 뒤지고, 어딘가로 차를 끌고 갔다 온 흔적이 보여도 어쩔 수가 없었다. 수년 동안 나를 미행하던 자를 붙잡아도, 또 다른 자가 미행을 계속하리란 것도 알고 있고, 온갖 방법을 동원해서 내 전화를 도청하는 줄 알지만 무력한 소시민이 어찌하겠는가.

잠복 근무자는 언제 수사 대상자가 나타날지 모르니 한시도 자리를 뜰 수가 없다. 한밤에도 움직일 수 없으니 빵으로라도 허기를 때워야 한다. 초밥이라도 사다 주고 싶었지만 여유가 없었다. 가끔 야근을 마치고 새벽에 지친 몸으로 우리 집을 찾아온 수사관들에게 떡라면을 끓여 줬다. 돈이 많은 검사는 갈비를 사 준다는데 라면밖에 없어 항상 미안했다. 그래도 수사관들은 우리 집에 들어오면서 언제나 경쾌한 목소리로 외쳤다. "사모님 떡라면 끓여 주세요."

1996년 전두환 전 대통령이 조사 중 이 남자에게 그러더란다. 밑에서 일해 볼 생각 없냐고. 자네 정말 마음에 든다고. 만약 우리가 5·18 때 광주에서 일주일 동안 생명의 위협을 느끼면서 공포 속에 지내지 않았다면, 밤새 온 시내에 울려 퍼지는 총소리를 기억하고 있지 않았다면, 밤하늘에 타오르는 또 하나의 전쟁의 불길을 보지 않았다면, 2층에 세든 할머니의 눈을 관통한 시신을 보지 않았다면, 다른 길을 가지 않았을까?

조사를 끝내고 이 남자가 전두환 전 대통령에 대해 평했다. "범죄자인데 참 멋진 사람이다. 카리스마가 있더라." 카리스마? 지금 이 사회에서 카리스마는 돈이 아닌가. 그래서 수갑을 차고도 카리스마가 있는 것이고, 이 땅의 재벌들 역시 구속이 되어도 포토라인 앞에 서서 카리스마 있게 웃고 있는 것이다. 전두환의, 아직까지 아무도 찾아내지 못하고 있는 수천억의 비자금이 그에게 카리스마를 부여하는 것이다. 그래서 그는 아직도 그를 추종하는 돈의 노예를 부리는 것이다.

1996년의 전두환 비자금 사건은 검찰 역사상 몇 안 되는, 잘한 수사였다고 모두가 말하지만 우리 가족에게는 치명적인 상처를 안겼다. 안 그래도 미운털이 박힌 처지였다. 위로부터 거듭된 '수사 중단' 지시를 묵살한 채 수사를 강행한 그는 다음 해 부천으로 좌천성 발령을 받았다.

전별금

가끔 사람들이 월급이 얼마냐고 물었다. 나는 월급봉투를 본 적이 없다. 이 남자가 10만 원이라고 해도 그러려니 했고, 100만 원이라고 해도 그러려니 했다. 삼성으로 옮기기 전까지는 이 남자나 시부모에게는 부족했는지 몰라도, 나와 아이들은 친정에 기대어 살거나 내가 벌었기 때문에 그의 월급에 그다지 관심도 없었다. 그저 돈이 없다고 나를 괴롭히지 않기만 바랐다.

1997년 8월 삼성에 들어간 후 딱 한 번 봉투를 보여 주면서 '삼성이 약속을 지키지 않는다'고 했는데, 그 액수가 얼마였는지 모른다. 나는 그때까지도 아이들 미술 지도를 하고 있었다. 이 남자와 함께 새벽 출근을 하면서 어쩔 수 없이 그만두었다.

전별금. 검판사가 새로운 임지로 떠날 때 그 지역 유지들이 결혼식에 봉투 건네듯 하나씩 준비한다. 사실 우리 처지에서는 꼭 필요한 돈이었다. 새로 머물 곳도 필요하고, 이사 비용도 필요하고, 주말부부가 돼야 할 경우 세간살이도 필요한데 목돈 마련할 방법도 없으니 말이다.

빽이 든든한 검판사는 부임지에서 받는 전별금도 차원이 다르단다. 과거 검판사의 몸값이 더 높았을 때는 전별금으로 1억을 받기도 했단다. 빽은 이럴 때도 작용한다. 빽이 좋은 사람은 싹수가 보이므로 같은 근무지라도 많이 받는다. 같은 사람이 여러 개의 봉투를 만들어도 어찌 그 액수가 다 같겠는가.

부산지검으로 발령을 받아 홍성을 떠날 때, 이삿짐을 옮기러 간 나에게 이 남자가 전별금 봉투를 내밀었다. 봉투가 몇 개였나? 봉투마다 5만 원이나 10만 원이 들어 있던 것 같다. 별 볼 일 없는 전라도 출신 검사에게도 700만~800만 원쯤 됐던 것 같다. 내 마음? 고마웠다.

박봉에도 품위는 유지해야 하는, 그리고 알량한 월급으로 수사비까지 충당해야 하는 검사 생활을 더 이상 지속할 수 없거나, 잘난(?) 후배들이 치고 올라올 때나, 일 잘한다고(?) 좌천성 인사를 당할 때 대개의 검사는 변호사 개업을 생각한다. 일단 변호사 개업을 염두에 두게 되면 고향으로 임지 신청을 하는 경우가 많다. 제 불알친구부터 부모의, 조부모의 줄과 연까지 빽빽이

엮인 고향에 1년만 근무하면, 1년의 인연을 밑천으로 최대의
효과를 볼 수 있다.

법원의 경우 2004년부터는 아예 향판을 제도화했다. 서울을
제외하고 원하는 곳에 근무할 수 있는 제도인데, 이건 변호사 개
업을 하지 않고도 변호사 노릇을 할 수 있는 제도 아닌가. 판사
들의 순환 근무에 문제가 있어 만들었다는데, 그렇다면 검찰과
수많은 직장의 순환 근무는? 최고의 권력을 쥐고 있는 법원의
판사가 같이 골프치고, 같이 오입하는 친구·동문·불알친구의
사건을 공명정대하게 처리한다고? 그들의 부모와 조부모 사돈의
팔촌까지 엮인 사건을 정의롭게? 도대체 당신들이 생각하는 정
의는 무언가.

홍성에서 두어 번 지역 유지들과 검판사 부부 동반 모임이 있
었다. 거기서 만난 어떤 유지는 내가 그림을 그린다니까 약간 당
황해하는 것 같았다. 자기에게 그림을 팔라고 한다. 팔 수 있는
대단한 그림이 아니라고 답했다. 이후 두세 번 만날 때마다 그림
을 팔란다. 어느 날은 서울에 올라와 내 그림을 보고 싶다고 하
더니, 그림 하나를 들고 나가신다. 정중히 뺏었다. 살 만한 가치
가 없는 그림이라며.

나중에 들었다. 이 남자보다 먼저 홍성에 근무했던 한 검사의
아내가 그림을 그렸단다. 일 년이면 두 번씩 전시를 했는데 최선
을 다해 빨리 가야 했단다. 왜? 빨리 가야 비교적 저렴하게 작은

그림을 사니까. 듣는 내가 부끄러웠다.

　그 검사 아내의 그림은 인사동 단 한 군데 갤러리에서만 취급했다. 서울의 거의 모든 화랑이 인사동 근처에 모여 있던 시절에, 왜 한 화랑에서만 취급할까? 시장에 공개되면 그림 값이 폭락하기 때문이다.

　한 갤러리에서만 전시를 하고, 그 여자의 남편인 검사는 일 년이면 두 번씩 자기 수첩에 적혀 있는 '돈 좀 있다'는 사람에게 전화를 돌리고, 그 웃기지도 않는 그림은 그들이 정한 비싼 값에 팔려나가는 것이다.

　어느 날인가 그 갤러리 관장을 만난 자리에서 일행 중 한 명이 '이분 남편이 검사'라고 나를 소개했다. 갤러리 관장이 그 여자의 그림을 보여 주면서 아주 비싼 값에 팔린다고, 나도 자기 갤러리에서 전시하면 좋겠다고 제안했다.

　2002년, 2003년 두 번 인사동의 가나아트에서 적금을 부어서 개인전을 열었다. 내가 좋아서 하는 일인데 누구에게도 누가 되지 않도록 화분 하나 가져오지 못하게 했다. 혹시나 누가 '그림을 사겠다'고 할까 봐, 선뜻 사겠다는 말을 못하도록 100호로만 그렸다. 그래도 사겠다는 사람이 있었다. 두 번째 개인전은 사겠다는 말조차 꺼낼 수 없게, 아예 반 설치 작업으로 했다.

　검판사를 포함해서 이 나라의 권력자와 공무원들에게 뇌물을 주는 방법이 사과 상자만 있겠는가. 같이 마작을 하면서 퍼

주기도 하고, 골프 내기를 하면서 잃어 주기도 하고, 많은 남자가 기대하는 섹스 비용도 대 주고, 다달이 용돈도 주고, 차도 사주고, 분양받은 아파트 잔금도 대납한다. 이미 고전이 아닌가. 과학이 진화하고 삶의 형태도 진화를 하는데 뇌물이라고 그 자리에 머물러만 있겠는가.

'전관예우'라는 것이 있다. 박봉의 검판사 생활을 힘들게 했으니 돈을 좀 모아 고생한 처자식 돌보라는 좋은 뜻도 있다. 현직에 있다 나오면 예전에는 2년, 지금은 1년 동안 그 변호사의 사건을 조금 봐 주는 것이다. 갓 개업한 변호사도 그걸 최대한 이용해야 하니 수임료가 세다. 어차피 1~2년 지나면 들어오는 사건도 줄고 사무실 임대료 내기도 팍팍해질 테니 최선을 다해 모아야 한다. 정의의 검판사를 자처하며 이제 막 개업한, 어제까지 상사로 모시던 전직 부장·검사장·검찰총장의 사건을 법대로 한다고? 그 검판사 앞날이 어찌될까? 검판사의 인맥이 거미줄보다 촘촘히 엮여 있다면?

전관예우도 급이 있다. 평검사로 퇴직한 것과 부장 검사로 퇴직한 것은 급이 다르다. 유효 기간도 다르다. 검사장이나 장관 출신이라면 발이 땅에 닿기도 전에, 국내 최고의 로펌에서 모셔 가지 않나.

삼성

헌화가

1991년 2월 이 남자가 홍성으로 전근 가면서 나는 인천 만수동의 아파트를 전세로 주고, 잠실 시영아파트 13평짜리에 전세로 들어갔다. 돈에 맞추다 보니 연탄 때는 집밖에 구할 수 없었다. 어린 시절 온 가족이 연탄가스에 중독되었던 경험 때문에 12월까지 아예 난방을 하지 않고 추운 날에도 그냥 버텼다. 굳이 그 아파트로 이사한 것은 아르바이트 때문이었다. 근처에는 1986년 이후 잠적한 첫째 동생이 과외 교습을 하고 있었다. 동생은 아이가 있는 연상의 여인과 사귀고 있었는데, 부모가 반대하자 사랑의 도피를 감행했다. 두 사람은 친구도 없이 둘이서만 5년을 살았다. 고등학교 때 별명이 '수학 천재'였던 동생은 과외 그룹 지도를 하고 있었다. 동생의 고교 동기 하나가 소식을 전해

만 5년 만에 만났는데, 동생은 내 사정을 듣고, 자기가 가르치던 그룹을 소개하며 내게 영어 강습을 권했다.

이 남자가 부산에 근무하던 1993년 여름 그 사이 값이 오른 인천의 아파트를 판 것에 부친의 원조를 합하고 그래도 부족한 것은 은행에서 빌려 잠실에 33평 아파트를 장만했다. 동생 덕에 검사보다 많은 돈을 벌어 내 학비를 내고, 아이들을 부양하고, 아파트 할부금을 갚아 나갈 수 있었다.

조금씩 형편이 나아지던 터에, 모친의 사랑하는 큰아들이 우리를 골탕 먹였다. 그가 여러 해를 붓고 있던 주택 부금을 해지해 상가 공동 투자를 하자고 제안했다. 이익금의 반을 떼 주겠다고 해서 돈을 건넸더니, 막상 기대보다 이익이 커지자 원금조차 돌려주지 않았다. 그래도 굶지는 않으니 용서하자고 했다. 결함 많은 인간이니 그럴 수도 있다고. 그 올케가 내 아들 둘에게 정말 잘했다. 빚진 것 갚은 셈 쳤다.

부산에서 근무하던 이 남자는 한 달이면 두 번쯤 올라오는데 오기만 하면 시비를 걸었다. 잠시 잠잠했던 폭언과 행패가 심해졌다. 어느 날은 마트에서 사온 5리터 식용유를 짓밟았다. 쩌렁쩌렁 소리를 지르며 식용유 통을 미친 듯이 마구 밟아 댔다. 분명 같이 장 보고 이 남자가 계산했는데 돈을 많이 썼다는 것이다. 나는 이 남자가 검사 생활을 마칠 때까지 신용 카드도 없었고, 가계부에 기록하지 않고는 어떤 물건도 산 적이 없다. 그날도 생필품 10개 산 것밖에 없었다. 큰처남한테 맺힌 걸 내게 분풀이했나 보다.

그 큰 식용유 통을 밟아 대니 온 천지에 기름투성이다, 마룻바닥과 벽에 기름이 흥건하고, 가구에도 튀어 집이 엉망이 돼 가는데 또 소리 지른다. 성냥 가져 오란다, 불 지른다고. 아들들은 방으로 숨어 빼꼼히 내다본다.

어느 날은 운전하고 가다가 또 뭐가 틀어졌는지 차 안에서 소리를 지르기 시작했다. 우리는 이 결말을 안다. 우리 아들 둘과 나는, 이 남자가 고속 도로에서 100킬로로 달리다가 소리 지르면서 브레이크 밟아 죽을 뻔한 게 세 번이다. 차를 세워 달래서 조용히 내렸다. 조금 가다 큰아들 내리고, 또 조금 가다 작은아들 내렸다. 자꾸 겪다 보면 지혜가 생기나 보다.

이 남자가 '다시는 난폭한 행동을 하지 않겠다'고 약속하며, 1993년 6월 3일에 부산 남천동의 아파트 앞에서 써서, 후에 서울 지검장을 지낸 조영곤 검사의 증인 사인까지 받은 합의서를 나는 지금도 갖고 있다. 1995년 1월 29일에도 이 남자가 '다시는…' 하면서 쓴 각서도 있다.

155

무릎 꿇고 쓴 각서의 내용은 항상 비슷했다.

- 양수화의 사생활에 관해 절대 시비하지 아니한다.
- 양수화에 대하여 고성 폭언을 하지 아니한다.
- 양수화와 두 아들 앞에서 인격자가 될 것을 맹세한다.
- 위 각항을 지키지 아니한 때는 관계를 청산한다.

각서를 쓰고 증인을 세운다 한들 얼마나 달라지겠는가. 스스로 깨닫고 고치기 전에는 달리 방법도 없는 것이다.

1996년 늦봄에 오래 끌던 수사도 끝나고, 아마 5월 연휴로 이삼일 쯤을 낼 수 있었나 보다. 이 남자가 여행을 떠나자고 해서, 막 짐을 싸고 부산 쪽으로 출발하는데 광주에서 전화가 왔다. 시어머니가 병원에 입원했단다. 시아버지의 말씀을 들어보니 중병이 온 것 같았다. 허겁지겁 방향을 틀어 광주로 갔다. 막상 병원에 들르니 시어머니의 꾀병에 불과했다. 허탈한 마음을 내색도 못한 채 시어머니 용돈을 드리고 나오는데, 시누이가 서울에 남편 취직자리 마련해 달라며 이 남자를 붙들었다. 일어서려는데, 이번에는 시아버지가 이 남자를 밤늦게까지 붙들고 하소연한다. 산소에서 육촌(증조할아버지의 후처 손)들과 싸움이 났는데 포클레인까지 올라왔단다. 자신들의 이름이 묘석에서 빠졌다며,

증조할아버지 산소를 파 버리겠다고 난리를 피운 모양이다. 족보와 실제 이름이 달라서 벌어진 해프닝이었다.

지금은 토요 휴무제라 좀 낫지만, 그때는 특히 공무원의 경우 일 년에 쉴 수 있는 날은 정말 얼마 되지 않았을 때다. 수시로 야근에다 한두 달은 퇴근조차 못하는 날이 많은데 어렵게 얻은 사흘 휴가 중 벌써 하루가 날아갔다. 이 남자가 너무 피곤하니 무등산 아래서 자고 아침에 출발하잔다.

간밤에 비가 많이 왔다. 새벽까지 가랑비가 내리다가 그치고 있었다. 그때는 유일한 길이었던, 담양으로 넘어가는 길을 달리는데 유난히도 사당과 서낭당이 많이 눈에 띄었다. "웬 일로 오늘은 사당이 많이 보이네" 하는데 이 남자가 길을 잃었다.

할아버지 성묘 때문에도 자주 가는 길이었다. 그 작은 담양 읍내를 몇 바퀴를 돌다가 어느 길로 들어섰다. 비포장도로를 20분쯤 가다가, 이 길도 아닌 것 같다고 조금만 더 가 보고 다시 담양으로 돌아가서 다른 길을 찾아보자고 한다. 마침 길 옆 절개지 위에 뿌리를 드러낸 꽃가지 하나가 대롱대롱 매달려 있었다.

무심코 혼잣말을 흘렸다. "저 나무를 아파트 마당에 심으면 살 텐데…" 내 말이 떨어지기가 무섭게, 이 남자가 차를 후진했다. 평소 같으면 내 부탁 따위는 귓전으로 흘렸을 텐데, 무슨 바람이 분 걸까? 수년 전 내가 닷새 여행을 떠나며 부탁한 분재를 말려 죽인 생각이 떠올라 미안한 마음이 든 걸까? 아니면 귀하게 얻은 사흘 휴가 중 이미 하루를 날린 걸 보상할 심사였을까?

이 남자가 차에서 내리더니 뚜벅뚜벅 절개지 쪽으로 향했다. 멀리 차안에서 보기에는 꽤 낮아 보였는데 꽃가지가 높이 매달려 있다. 게다가 눈으로 봐도 간밤의 비에 바위가 축축이 젖었다. 위험하겠다. 차에서 내려 그를 향해 가며 '가지 말라'고 소리쳤다. 내 만류에도 아랑곳하지 않고 이 남자가 절개지 쪽으로 다가간다. 그 고집을 누가 말리겠는가. 큰 바위를 손으로 잡았다.

그 순간 왜 고등학교 이후로는 읽어 본 적도 없는 그 신라 향가가 떠올랐는지 모르겠다. 나도 모르게 큰소리로 외쳤다.

"헌화가 하지 마라!"

이 남자가 짚은 거대한 바위가 두 동강으로 갈렸다. 다시 외쳤다. "하느님, 살려주세요." 하나는 이 남자가 안고 구르고, 하나는 내 앞으로 굴러와 발 앞에 멈췄다. 영원 같은 몇 초였다.

광주에 있는 이 남자의 중학교 동창 병원에 입원했다. 전남대 병원에서 교수를 하다가 퇴직했다는 담당 의사는 "조치할 것이 없다"며, 뼈가 붙기만을 기다렸다. 열흘 정도인가 지나서 아이들도 걱정이 되어, 선배 의사의 소개로 잠실의 집 근처 병원으로 옮겼는데, 일주일이 지난 어느 날, 젊은 담당 의사가 "팔을 못 쓰게 될 것"이라고 말했다.

갑자기 눈앞이 캄캄했다. 이게 무슨 말인가. 대학 병원으로 옮기자고 했더니 아직 상황 파악이 안 됐는지 "대학 병원은 돈이 많이 드니 그대로 있자"고 이 남자가 고집한다. 내가 소리를 질렀다. 만약 우리 아들이 이런 상황이라면 어떻게 하겠냐. 가자, 병원비가 얼마가 들든 팔은 살려야 한다.

이 남자의 고교 동창이 외과 의사로 근무하는 강남세브란스 응급실로 이송 침대를 들이미니, 타병원에서 온 환자는 받을 수 없다고 막았다. 두 의사가 함께 항의해서 겨우 입원했다. 3차례에 걸쳐 수술했다. 입원 기간 1000만 원의 병원비는 소식을 듣고 온 몇몇 친구와 동료들이 도와줬다.

참 불쌍한 사람이다. 부모에게 나름대로 헌신했고, 빚을 내서 그 동생들 방을 얻어 줬고 취업을 시켜 주고, 내 가슴 아픈 돈으로 살림을 장만해 줬는데, 치료를 마칠 때까지 그 부모형제 아무도 전화 한 통 없었다. 이 남자가 한 번도 도와준 적 없는 둘째 처남만 이 남자가 좋아하는 일식집 초밥을 매일 사다 날랐다.

수술을 앞둔 어느 날, 심장 이상 때문에 마취 없는 수술을 해야 한다고, 의사들이 몇 시간째 회의를 하고, 이 남자는 팔을 못 쓸 수도 있다는 공포에 잠 못 이루는데, 시이모들이 찾아왔다. LG 가의 사위 자랑에, 아들 낳았다고 벤츠 선물 받았다는 딸 자랑에 병원이 떠나간다. 미칠 것 같다는 이 남자의 하소연을 듣고, 제발 그만 가시라고 사정했다. 끔찍한 사람들이었다.

퇴원을 며칠 앞두고 내가 이 남자의 입원실에 달린 화장실에 가벼운 빨랫감을 들고 들어간 사이 수간호사가 들어왔다. 이제

기운이 좀 돌아온 이 남자와 그 간호사의 '수작'이 끝날 줄을 모른다. 행여 그 고마운 간호사가 당황할까 봐, 소리를 낼 수가 없어 빨래도 못하고 40분이나 화장실에 갇혀 있었다.

하루는 둘째 올케한테 전화가 왔다. 큰일 났다며, 첫째 동생이 경찰서에 있는데 변호사를 소개시켜 달라고 했다. 이야기를 들어 보니 한심하기 그지없는 상황이었다. 동생이 10년 만에 학교 친구를 만났는데, 밤 11시쯤 통닭집에서 같이 술을 마시던 그 친구가 먼저 간 후에도 술 취한 동생은 계속 앉아 있었다. 주인이 문을 닫는다고 일어서라고 했다.

동생은 세 살 때 중이염을 앓아 한쪽 귀의 청력을 잃었다. 한쪽 귀만 들리니 가끔 오해가 발생했다. 그날도 주변이 시끄러워 주인의 말을 들을 수가 없었다. 주인 입장에서는 도무지 일어나질 않으니 화가 나서 소리를 지르면서 쇠막대기를 흔들었는데, 술 취한 동생의 눈에는 쇠막대기를 들고 자기를 공격하려는 것으로 보였나 보다. 동생이 주인이 들고 있던 막대기를 뺏자 기분이 상한 주인이 경찰을 불렀다.

술 취한 눈에 경찰의 완장이 들어올 리 없고, 잘못한 게 없다고 버티다 파출소에 연행됐다. 수갑을 채워 의자에 묶었는데 잠시 후 정신이 든 동생이 집에 전화를 걸어 달래도 그들은 전화는커녕 계속 의자에 묶어 놓고 모른 척했단다. '화장실에 가야 하니 수갑을 풀어 달라'고 하자 경찰들이 동생을 툭툭 건드리면서 '수갑을 찬 채, 의자에 묶인 채, 그 자리에서 일을 보라'고 했단다. 수갑을 푼다고 의자를 이리저리 쳐 보니 '공공 기물 파손'이고, 새벽까지 화장실을 보내지 않고 '그 자리에서…'라는 성추행을 저질렀는데 경찰은 사진을 찍어 '공공장소에서…'라는 죄까지 만들어 씌웠다.

내 형제들은 이 남자를 너무 잘 안다. 처가에서 아무리 도와줘도 이 남자의 마음에는 들지 않아 내 형제들에게까지 우호적이지 않은 것을 이미 다 알고 있었다. 그 일이 있고 며칠이 지나서야, 동생은 경찰이 절대 빠져나가지 못하게 온갖 죄를 다 만들어 씌웠다는 것을 알았고, 변호사를 소개해 달라고 연락을 해왔던 것이다(이제 생각해 보니 이 남자가 참 무능하고 실무 경험도 없는 변호사를 추천했다).

그 사건을 떠올리면 지금도 그 동생에게 미안하다. 자신은 우리 가족을 위해 내게 일자리를 만들어 주었고, 과외비 없이 큰아들을 지도했고, 내가 바쁘게 살 때 작은아들을 돌봐 줬는데 나는 아무런 도움을 줄 수 없었다.

차라리 뇌물을 받지!

이 남자는 속을 터놓을 친구가 없었다. 아니, 몇 안 되는 친구들이 어느 틈엔가 하나씩 없어졌다고 해야 하나. 누구든 제 맘에 들지 않는 소리를 하면 그 자리에서 소리 지르고 일어나는 성격 때문이기도 했지만, 검사 시절 동료들 축의금 낼 돈도 없어 힘들다기에 둘이 다짐했다. 우리는 '주변 사람 어느 누구 결혼식에도, 장례식에도 가지 말고, 우리 자식들 혼사에도 청첩장 돌리지 말자'고.

이 남자가 삼성에 있을 때 큰아들 결혼식을 치르면서 청첩장도 돌리지 않았는데, 신문을 보고 온 동료들이 있었다. 그때 봉투를 준 동료들에게 미안하다. 부조금은 갚는 거라는데 지금 나는 갚을 기회를 잃었다.

동료, 친구, 친척 결혼식에도 가지 않으니 기분 나쁘게 생각한 사람들이 오죽 많았겠는가. 잘난 검사한다더니 변했다고 그랬다. 그래도 중학교 동창 몇은 오래도록 친구로 남아 있었다. 언제부터인가 의사로, 회계사로 돈을 잘 벌던 그들과 만나면, 그 아내들은 '30만 원 장난감 세트를 샀다, 유치원 교사에게 순금 목걸이를 해줬다, 스승의날 선물 값으로 100만 원이 들어갔다'는 이야기를 입에 올렸다. 부끄러운 줄도 모르고 거리낌 없이 말하기에 입바른 소리 한마디 하면 그들의 태도가 곱지 않았다.

교통사고를 냈는데 경찰서에 전화해 달라는 청탁은 기본이요, 얼굴도 본 적 없는 친척들까지 말도 안 되는 청탁 전화를 걸어왔다. 하루는 전화를 받은 아이들에게 소리를 질러 대는 이 남자의 친척도 있었다. 결국 양가 친척과도 멀어질 수밖에 없었다.

이 남자가 부산에 근무하던 어느 날은 둘째 시동생한테서 뺑소니 교통사고로 두 달을 도망치는 중이라며 전화가 왔단다.

이 남자가 인천지검에 발령받아 우리 식구가 인천 만수동에 살던 시절 둘째 시동생과 가까이 지냈다. 인천의 한 회사에 둘째 시동생을 취업시켜 주기도 했다. 방 얻을 돈이 부족하다기에 집을 담보로 은행에서 350만 원을 대출받아 집을 얻는 데 쓰라고 보태줬다. 둘째 동서는 서울에서 월세를 살면서도 25만 원짜리 명품 옷을 사 입고, 시어머니와 30만 원짜리 고급 식기류

두 세트를 샀다. 한편으로 혀를 차면서도 철이 들겠거니 했다.

화실에 다니느라 집을 비웠을 때, 괜찮다는데도 굳이 유치원생 작은아들을 돌보겠다고 둘째 시동생 내외가 자청했다. 그 시동생은 직장도 때려치우고, 내 집에서 뒹굴며 몇 달 동안 '악행'을 저질렀다. 나는 파출부를 쓸 때조차 단 한 번도 내 옷을 맡기지 않았다. 어느 날 학원에서 돌아와 보니 내 옷과 걸레가 함께 세탁기 안에 들어 있었다. 그날로 우리 집에 오지 말라고 했다.

한 달 뒤 자정을 넘긴 시간에 그 시동생이 제 마누라 끌고 와서 아파트 문을 두드렸다. 문을 열어 주지 않자, 그 아내의 머리를 아파트 벽에 찧어 피투성이가 되게 만들고, 온 동네가 떠나가게 소리를 질렀다. 문을 열어 주니 칼을 찾았다. 우리 가족을 다 죽이겠다고, 큰형수, 작은형수 다 죽이겠다고 부엌의 서랍을 여는데, 이 남자가 그 짐승의 발목을 잡고 꿇어앉았다. 살려 달라고 눈물로 애원했다. 시아버지에게 전화를 걸어 무슨 영문인지 물었다. 우리는 몰랐지만, 그 아들이 몇 년 동안 매년 한두 차례 시아버지를 찾아가 돈을 받아 왔다고, 사람이 붐비는 다방에서도 멱살을 잡고 흔들어 대며 기어이 돈을 받아 냈다고 한다. 일하기 싫은 자기한테 형이 취직을 시킨 데 앙심을 품었단다. 그놈이 내려오면 당신은 죽을 것이니 못 내려오게 막아 달라고 시아버지가 신신당부하셨다. 그날 새벽 친정으로 피난 갔다.

둘째 시동생 내외의 진짜 악행은 한참 뒤에 밝혀졌다. 인천 만수동 시절 네 살이던 작은아들이 어느덧 고1이 되었을 때였다. 외출에서 돌아오는 차 안에서 문득, 자기가 어렸을 때 엄마가 자기의 옷을 모두 벗기고 아파트 밖에 세워 놨냐고 물었다. 온 식구가 깜짝 놀랐다. 이게 무슨 소리인가. 몸을 떨면서 기억나는 것들을 다 말해 보라고 했다. 둘째 시동생 부부는 네 살이던 작은아들의 옷을 벗겨 아파트 밖에 세워 두고 학대를 가했다. 물이 가득 담긴 물바가지를 몇 시간씩 들게 하고 두 아들에게 수시로 욕하고 괴롭혔던 그 부부는, 내 아들의 옷을 벗겨 몸에 맞지도 않는 살집 좋은 자기 아들에게 입혀 놓고, 우리 가족의 양식을 먹으면서 내 아들을 벌세우고 희롱하며 사진을 찍기도 했다. 얼마나 두려웠으면 애가 부모에게 말을 안 했겠나. 어쩐지 작은아들은 일곱 살이 넘도록 사람을 무서워했다. 자주 보는 친구들은 물론이고 손님이 오면 옷장 뒤로 숨어서 한 시간이 지나도 나오지를 못하고, 잠을 잘 자지 못했다. 그때는 이유를 몰랐다. 그저 부모가 곁을 비우는 시간이 많아 그러려니 했다.

아무것도 모르고 고마운 맘에 음식을 나누고, 융자까지 얻어서 방을 구해 준 내가 멍청이였다. 큰아들에게 확인하니, 자기도 이유 없이 그들에게 자주 벌을 섰다고 했다. 그날 가슴을 저미는 슬픔을 달래며 목 놓아 울었다.

몇 년이 지나 군대 간 작은아들이 사진이 필요하다고 해서, 작은아들이 태어난 날부터 모아두었던 필름을 다시 인화하다가 그들이 재미 삼아 찍어둔 사진을 발견했다. 분노에 어찌할 바를 모르면서 또 울었다. 작은아들에게 너무 미안했다. 아들에게 그랬다. 혹시라도 네 마음 저 안에 아직도 어두운 기억이 남아 있다면 다 지우도록 노력하라고. 엄마 아빠의 사랑만 생각하라고. 가슴이 아팠다.

바로 그자가 '뺑소니 교통사고로 죄 없는 사람을 식물인간으로 만들어놓고' 제 형에게 전화한 것이다. 이 남자가 바로 담당 검사에게 전화했다. 잡아넣으라고.

1997년 이 남자가 검찰을 떠나 삼성으로 옮기고 적응하기까지 3년 가까이 회사 가기 싫다고, '술 상무'나 하면서는 살기 싫다고, 썩은 검판사 돈 가져다주는 일은 정말 싫다고, 날마다 자기에게 온갖 수모를 주는 구조본의 임원들을 견딜 수 없다고, 차라리 죽고 싶다고 나를 괴롭히는 날이 많았다. 지치고 힘들 때 절로 푸념이 나왔다. '이럴 거면 차라리 뇌물 받지, 이렇게 살자고 친구도 친척도 다 절연하고 살았던 거냐.'

대다수의 청탁은 사람들이 생각하는 것처럼 그렇게 무리한 부탁이 아니었다. 가령 재벌이나 준재벌은 단 하루도 유치장에 있고 싶어 하지 않는다. 구속 수사 기간 1~2주를 봐 주는 조건으로(불구속 수사나 구속 기간을 줄여주는 식으로) 수십억을 제안하기도 한다. 부산의 한 사업가는 불구속 수사의 대가로 30억을 제안했다. 가끔 사람들이 뇌물의 액수를 궁금해하면 답한다. 그 돈 다 받았으면 아파트 한 동, 한 채가 아니라 한 동도 샀을 거라고.

삼성에 가기 전, 일 년 이상 끈질기게 '집을 주겠다'는 사업가가 있었다. 아무 조건 없이 평창동에 자기가 별장으로 쓰는 실평수 100평의 집에 들어가 살라는 것이었다. 그 사업가는 특별히 법에 연루될 만한 사업을 하진 않았던 것 같다. 그때 살던 33평 아파트는 피아노를 좋아하는 아이들을 위해 장만한 중고 그랜드피아노가 거실을 차지하고 있었고, 그림을 그리는 나는 안방을 작업실 겸 침실로 썼으니 발 디딜 틈이 없었다.

이 남자가 물었다. 내가 원하면 이사를 할 생각도 있다는 것이다. 나는 그대로 행복하고, 아이들도 불만이 없고, 그 누구의 도움도 받고 싶지 않았다.

이 남자가 삼성으로 옮긴 후, 그리고 2007년 삼성 비자금 사건으로 모든 언론과 수많은 사람들로부터 언어폭력과 위협을 당하면서, 스스로에게 되물어 보았다. 그때 이사했으면 다르지 않았겠나. 아무 생각 하지 않고 그냥 웃으면서 받기만 하면 되는 뇌물을 받았어야 하는 걸까.

1997년 이 남자가 부천지청으로 좌천된 뒤, 위에서는 잠시 쉴 겸 이탈리아 유학을 권했다. 이탈리아어를 공부하다 유학 날짜를 한 달여 앞두고 갑자기 못 가겠단다. 가족 떠나선 못 살겠다는 거다. 가끔은 가족을 너무 사랑하는 남자다.

돌아보니 밀어줄 사람 빵빵한 TK도 아니고, 윗사람 미움도 살 만큼 샀으니, 앞날이 너무 암울해 이제는 돈이라도 맘껏 쓰고 싶다며 검사를 그만두고 싶단다. 아들 둘과 내가 만류했다. '너는 변호사 못한다. 변호사도 서비스업이고 장산데 네가 어쩌하겠냐.' '아버지, 우리는 불만이 없어요. 아버지 성격에는 검사밖에 못해요.' 여러 번 말렸지만, 이제는 여기저기 치이기만 하는데도 지쳤고 돈을 벌어 쓰고 싶다는데, 할 말이 없었다.

쥐약

검사가 변호사로 개업하면 가장 많이 다루는 게 구속 사건이다. 구속을 면하게 해 주거나, 구속 기간을 짧게 하거나, 범죄 피의자를 최선을 다해 풀어 주도록 일하는 것이다. 로비는 검판사에게 거의 필수적이다. 로비를 수월하게 하기 위해서도 자신이 근무하던 지역에서 하는 게 그동안 쌓은 인맥이 많으니 좋고, 전관예우도 받을 수 있다.

로비도 싫고 브로커도 싫으면 대형 로펌으로 들어가서 매해 달라지는 연봉을 받으면 된다. 전관예우 덕분에 첫해는 월급이 비교적 많지만 2년만 지나면 로펌에서도 약발이 떨어져 몸값도 떨어지고, 5년쯤 지나면 대개의 경우 생활비도 빠듯하다. 대형 로펌이라고 로비를 하지 않는 것은 아니나 좀 덜 모욕적이고, 좀 덜 치사할 수 있다. 거의 모든 대형 로펌은 약정 기간 5년쯤 지나면, 이제 사건도 별로 오는 일 없는 변호사와 계약을 끝내기를 바란다. 그러면 이제 어쩔 수 없이 '각개 전투'다.

이 남자는 자신이 생각하기에 너무 억울하게 별 사건도 없는 부천으로 좌천되어, '조용히 쉬라'는 윗분의 뜻대로 쉬다가, 또 '이탈리아 유학이나 다녀오라'고 이탈리아어 강습비까지 대주는 검찰 수뇌부의 배려에 분노가 솟았을 것이다. 왜 이 고생을 하나, 하는 회의도 들었을 것이다.

냄새 나는 검찰은 나오고 싶은데 변호사 하기는 싫은 것이다. 자기가 잡아들였던 범죄자들을 풀어 달라고 같이 근무했던 동료들에게 사정하기도 싫고, 능력 있는 사무장 구해서 사건 물어다 주기만을 기다리기도 싫고, 로펌에서 몇 년 일하다 토사구팽 당하는 것도 싫었던 것이다.

그런데 '大삼성'에서 잘 대우해 줄 테니 오라는 것이다. 그것도 꺼림칙한 변호사 업무 말고 작은 계열사의 경영을 맡긴다니, 딱 이 남자가 듣고 싶던 이야기였다. 설마 삼성에서 자기에게 거짓말을 한다고 상상이나 했겠는가.

삼성으로 옮기겠다고 하니 부장 검사가 많이 말리면서, 이직을 결정하기 전에 남산 아래에 용한 박수무당을 꼭 찾아보라고 간곡히 권했단다. 젊어서 연극을 전공했다는 박수무당은 몸짓과 표정을 만들어 보이며 말했다. "이렇게 생긴 사람이 당신한테

오라고 했지?" 이 남자를 '포섭'한 인사팀장과 표정, 몸짓, 말투가 똑같았다. "다 거짓말이야. 당신 속는 거야. 갈 생각 말아, 인생 망쳐."

갑자기 마음이 나락으로 떨어지는데 이 남자는 아랑곳하지 않았다. 삼성에서는 이미 우리 가정에 대한 뒷조사를 마치고 약점조차 파악했는지 돈을 주면서 넓은 집으로 이사하라고 해서, 이 남자가 덥석 받았단다. 이 남자는 나도 모르는 사이 그 인사팀장을 만났고, 내가 알기도 전 혼자 결정했다.

젊은 박수무당이 버럭 화를 냈다. "그럼 나한테 뭐 하러 왔어!" 매서운 눈으로 한참 우릴 보더니 내 손을 꼭 잡고 말했다. "당신 두 아들은 반드시 당신이 교육시켜."

지금 나는 그가 무엇을 보았는지 안다. 그가 얼마나 안타까워했을지도 알겠다. 박수무당의 말대로 우리가 속았다. 이 남자는 자기를 '지옥으로 몰아넣을' 쥐약을, 허상에 사로잡혀 냉큼 삼킨 것이다.

삼성

1997년 8월 삼성에 입사한 이후, 잠깐 제정신이 들어 의구심을 갖기 시작한 이 남자를 확실히 묶어 두고 싶었는지 삼성에서 뉴욕 여행을 제안했다. 뉴욕에 가서 현지 법인도 둘러보고 관광도 하면서 여유를 가지면 그 동안 회사에선 이 남자의 뜻대로 자리를 마련하겠다는 것이다. 이제 고등학교 3학년, 입시를 두어 달 앞둔 큰아들을 두고 우리는 뉴욕으로 갔다. 계속 뭔가 불안해하는 이 남자에게 어떤 확신이라도 필요했다.

뉴욕에 도착하자 주재원이 뉴저지 근처 숙소로 안내했다. 한국에서 출장 나온 사람들이 주 고객으로, 한국인이 운영하는 2급 호텔 같았다. 밤새 가라오케에서 들리는 돼지 멱따는 소리에 잠을 못 잤다. 다음날 회사에 연락하지 않고, 맨해튼 중심의

172

호텔로 숙소를 옮겼다. 화려하거나 고급스럽지 않아도, 유서 깊고 조용한 곳이었다.

그 이후 우리를 접대하는 사람의 직급이 올랐나? 하루는 후에 구조본의 사장으로 승진한 임원 부부가 나와서 '오페라의 유령'을 함께 봤다. 시차 적응이 덜 돼 꾸벅꾸벅 조는 이 남자한테 그 아내가 퉁명스럽게 한마디 던졌다. 자존심이 상했는지 이 남자는 그 뒤에 어쩌다 그 부부와 마주치면 불쾌해했다.

미국에서 돌아온 직후, 회사의 '경영을 맡기겠다'는 약속에 털끝만치도 의심하지 않은 나는 이 남자에게 경영 수업을 하라고 책방에서 경영에 관한 책을 열 권쯤 사 왔다. 하지만 처음부터 회사는 그럴 생각이 없었다. 차일피일하더니, 나중에는 노동자들의 데모를 차단하고 관리하라는 등, 검판사들 상대로 로비를 하라는 등 딴소리만 했다.

로비가 싫어서 삼성을 택한 그가 로비를 하고 싶겠는가. 로비스트가 되고 싶지 않다는 그에게, 일이라고 던져 주고 '당신이 할 수 있는 일이 무언가' '이 따위 일도 못하면서…'라며 넓은 사무실에서 수시로 모욕과 망신을 준다고 했다. 한번은 감찰팀의 팀장을 맡아 회사의 모든 사원을 감시하라고도 했다. 다른 회사는 어떤지 몰라도 삼성에서는 일정 직급 이상의 사람들은 내사를 통해 비리를 확보한 뒤, 해고할 때 협상 카드로 쓴다고 했다. 이 남자가 들어올 때까지 법무팀장을 맡았던 이한테는 내연 관계 카드를 썼다고 한다.

입사 두 달도 되지 않아 날마다 회사 가기 싫다고 괴로워했다. 급기야 같이 출근하잔다. 자기 편 하나 없는 회사에 혼자 있으니 외롭고 심기가 불안한 거다. 결국 아이들도 팽개치고 대학 입시를 코앞에 둔 큰아들도 버려두고 아침 6시에 함께 출근했다. 이 남자가 사무실에 들어가면 본관 옆 삼성프라자를 배회하다, 같이 점심을 먹고 사무실로 올려 보냈다. 다시 시청 근처를 또 오락가락하다 5시에 퇴근하는 이 남자를 근처 남산 아래 골프 연습장으로 데려가서 골프를 가르쳤다.

인천 시절 지금은 우익을 진두지휘하는 국회의원이 된 동료 검사의 26세 아내가 그랬다. 요즘 파출부 빼고 골프 못 치는 사람이 어디 있냐고. 참 듣기 거북한 말이었지만, 골프도 배우기로 마음먹었다. 이 남자가 홍성에 근무하던 때부터 틈틈이 책을 보고 '데이비드 레드베터의 와이프'가 만든 골프 강의 테이프를 구해, 키가 작고 힘이 없고 다리도 부실한 나에게 맞는 스윙을 연구하며, 새벽이면 연습장에 나가 홀로 연습했다.

덕분에 이 남자가 삼성에 근무하던 때, 동행 남자 셋과 함께 치면서도 레이디를 위한 타석에 서지 않고 남자들과 같은 티에서 칠 수 있었다. 이 남자는 공을 20~30개씩 잃어버리면서 저 뒤에 따라왔다. 로비에 필수인 골프도 못 친다고 타박을 받는다니 빨리 가르쳐야 했다. 그 동안은 가능하면 내가 함께 필드에 나가는 것이다. 항상 아이언을 잡고 티박스에 서던 이 남자는 반 년 지나 간신히 드라이버를 휘둘렀다.

이 남자가 한 달 동안 써야할 돈이 있다고 했다(언젠가는 얼마냐 고 물으니 5000만 원이라고 했던 것 같다. 처음 입사 때는 더 적었던 것 같고). 그 돈을 다 쓰되 단서가 있다. 반드시 회사에 도움이 될 만한 사 람을 만나서 써야 한다는 것이다. 그 돈이 어디서 쓰이는지 회 사 감찰팀에서 다 체크하고 있단다. 어떤 직원이든 접대비로 그 의 집 근처에서 식사를 한 영수증이 여러 개 보이면 바로 조사 한다고 했다.

어쩔 수 없이 사람을 만나야 하는데 이 남자는 만나고 싶은 사람도, 만날 사람도 없다. 거의 매일 우리 사정을 잘 아는 친구 검판사를 만났다. 사정을 알고, 골프라도 칠 수 있게 다른 사람 을 소개해 주면 더 없이 고마웠다.

1998년인가? 하루는 더 이상은 못 다니겠다고 해서, 그럼 그 러자고, 소박하게 살자고 서초동 앞에 500만 원의 계약금을 주 고 사무실을 계약했다. 우리는 새로운 마음으로 홀가분하게 청 평 일대를 드라이브하며 돌아다녔다. 며칠 결근하자 회사에서 계속 연락이 왔다. 회사의 회유책이 그럴싸했는지, 개업을 해도 전관예우의 기회조차 사라져 불안했는지, 이 남자가 다시 회사 에 출근했다. 계약금만 날렸다.

얼마 못 가 또 시작이다. 계속 일을 제대로 안 한다고 자신을 괴롭혀서 죽고 싶단다. 자신의 상사가 나를 보고 싶어 한다며 만나 달라고 부탁했다. 인사동 약속 장소로 최광해 상무를 만나러 가기 전에 맥주 두 잔을 마셨다.

나는 사람 상대를 잘하지 못했다. 누굴 만나든 친숙해지기까지 맨 정신에 말도 제대로 못 나눈다. 그다지 상냥한 성품도 아니라 부지불식중에 상대가 듣기 불편해하는 말을 뱉어 버리기 일쑤다. 이 남자를 대신해서 필드에 나가도, 그늘집에서 자주 맥주 1잔을 마셔 긴장을 풀었다. 공이 안 맞는 건 문제가 아니었다. 모두에게 그날의 게임이 즐거워야 하는 것이다.

최광해 상무는 자신만 믿으라고 했다. 자기가 책임지고 이 남자를 도와주겠다고 했다. 자기의 휴대전화 번호 여러 개를 적어 주었다. 이후 매일 아침이면 이 남자가 출근하는 대로 최광해 상무에게 전화로 확인했다

1999년 6월 22일의 일이다. 그가 쓴 또 한 장의 서약서에 쓰인 날짜다. 홍대 앞 화실에서 대학원 진학을 준비하는데 날마다 찾아와서 방해했다. 그 지옥 같은 삼성 근무의 날들에서, 나까지도 불구덩이에 끌고 들어가는 이 남자에게서 나도 피할 곳이 있어야 했다. 다시 공부하자고 마음을 먹은 내게서 '그만둔다'는 말이 나올 때까지 이 남자가 전처럼 나를 괴롭혔다. 또 소리를 질러댔다. "당신은 나만을 위해 살아야 해!"

또 회사를 안 가겠다기에 '나도 지쳐서 더 이상은 이 꼴 보고 싶지 않으니 이제 정말 헤어지자'고 했다. 아마도 삼성 X파일 사건이었는지, 구조본의 사람들과 뜻이 안 맞아 계속 부딪친 듯싶다.

이 남자는 헤어지자고 하면, 그길로 한강다리로 가서 투신하겠다고 협박했다. 어디 헤어지면 죽겠다는 말을 한두 번 들었나. 나는 이제 그만 괴롭히고 회사에 잘 다니겠다는 각서를 쓰라고 했다.

그래서 이 남자, 서약서 또 썼다.

1. 양수화의 모든 사생활에 전혀 간섭하지 아니한다.
2. 회사와 회장님의 이익은 나의 이익임을 각인한다.
3. 김인주 전무님과 최광해 상무님의 의사를 존중하고 절대적으로 복종한다.
4. 회사 일에 수험생의 마음으로 최선을 다한다.
5. 위의 사항을 각인하고 지키지 못할 경우 양수화의 요청에 의해 협의혼하며 재산 분할은 3분의 1은 양수화에게 양도하며 3분의 1은 ××, ××(두 아들) 명의로 하며 양육권은 둘 다에게 있고 경제적 분담은 김용철이 맡는다.

결국 다시 대학원도 포기한 나는 지칠 대로 지쳤다. 이 남자는 회사 생활에 조금만 갈등이 생겨도 직속 상사인 최광해 상무에게 전화하란다. 내 말은 다 들어줄 거라고 재촉해서 전화를 많이도 했다. 그때 삼성 계열사에 근무하는 대학 동기를 불러내 최광해 상무와 함께 여러 차례 술을 마셨다. 어느 날은 술이 취하기 시작했다. 도대체 이 남자의 인생은, 거기에 끌려 다니는 내 인생은 어디로 흘러가고 있는지.

달콤한 매실주 몇 잔에 취기가 도는 것을 느낀 나는 후배를 자리에 남겨 두고, 시청 앞 프라자호텔 안의 그 일식당 안에 있던 화장실에 들어가 문을 잠그고 앉아 있었다.

술에 취해, 여느 때처럼 어떤 망언(?)을 할지도 모르고, 어떤 추태를 보일지도 모르고, 어쩌면 미친 듯이 울지도 모른다. 나를 제어할 수 있을 때까지 화장실에서 먹은 것을 토해 내고 심신을 다스려야 했다. 2시간이 지났나 보다. 걱정이 된 지배인이 문을 열고 들어왔다.

언제나 입만 열면 '우리는 친구'라던, 무슨 일이든 고민이 있으면 말하라고, 자기가 다 해결해 주겠다던 '새 친구' 김인주 사장의 뜻이었는지, 회사에서 이 남자에게 회사를 맡아보라고 권했다. 중장비 회사인가, 별로 눈에 띄지 않는 회사였다.

모든 것이 쇼였다. 범죄자나 쫓던 사람이 어떻게 경영을 한다는 말인가. 설사 할 수 있는 일이었다고 해도 그들이 이 남자에게 원하는 바가 확실히 있는데 그 알량한 경영을 맡기고 싶었겠는가. 아마 '한번 해봐라. 만만치 않을 거다' 하는 생각이었을 게다. 이 남자가 스스로 두 손을 들 때를 기다렸을 것이다. 이 남자가 진짜인 줄 알고 더 열심히 하니 날마다 트집을 잡는 거다. 아침마다 출근하는 이 남자를 붙들고 이 핑계 저 핑계로 트집을 잡아 모욕을 주면서 회사 경영을 하겠다는 가당찮은 마음을 뿌리째 뽑아내려 한 것이다.

1998년 이후 몇 년 매일 그 주에 만날 수 있는 사람 명단을 작성하고, 요리 잘하는 곳을 찾아 두었다. 호텔 안의 레스토랑을 주로 이용했고 그 가운데서도 신라호텔을 자주 찾았다.

처음 사람을 만나기 전에는 거울을 보면서 웃는 연습을 하고 나갔다. 만나고 나서는 반드시 그들이 좋아하는 음식과 아이들 이름과 부부의 이름을 수첩에 기록했다. 숫기가 없는 탓에 식탁에 앉으면 와인부터 마셨다. 한두 잔 취기가 돌아 긴장이 풀리면 사람 상대하기가 쉬워진다. 집에 돌아오는 길에 자주 노래연습장에 들렀다. 두세 시간 정도 목이 쉴 때까지 노래를 부르고 집에 들어왔다. 겨우 하루의 긴장과 피로가 풀렸다.

어느 날 문 앞에 이 남자가 씩씩거리며 서서 소리를 지른다. "누가 노래방 다니래!" 한국 남자들 참 가소롭다. 자기들은 하루가 멀다 하고 룸살롱 가서 여자 끼고 노래 부르면서. 옆에서 보던 작은아들이 내 역성을 들었다 "아빠, 엄마도 노래방 다닐 수 있어요."

이 남자가 삼성에 들어가고 2년 반은 내 인생에서 가장 힘들고 괴로운 시간이었다. 아내 노릇 20년인데 내조가 뭔지 몰라도 정말 지쳤다. 부부에게 있어 아내의 역할은 어디까지일까. 아침마다 회사 가기 싫다고 징징대는 남자 달래고 달래서 회사를 보내는 것에도 지쳤고, 이 사람 저 사람 만나서 부탁하기도 지쳤고, 그 와중에 틈만 나면 연애질인 이 남자를 이해하는 일에도 지쳤다.

그나마 내가 좋아하는 공부라도 더 하고 싶은데 대학원도 못 가게 막는다. 그래서 멀리로 가기로 했다. 정말 이 끔찍한 상황에서 벗어나고 싶었다. 이 남자도 서서히 회사 생활에 적응하고 있었다.

나는 일주일이면 한두 번씩 골프장에 나가고, 일주일이면 두세 번씩 검사 부부들을 초대해서 식사를 했다. 명절 연휴에도 여러 가족을 초대해 신라호텔이나 풍광 좋은 리조트나 에버랜드 통나무집을 여러 채 빌려 함께 놀았다. 주말이나 연휴에는 대한민국 최고의 골프장에서 36홀을 돌았다.

나는 안심이나 바닷가재를 먹지 않는다. 냄새도 맡기 싫다. 삼성동 인터컨티넨탈호텔의 꼭대기 층에 있는 레스토랑과 신라호텔의 이탈리아 레스토랑을 자주 찾았다. 여인들이 가장 좋아하는 메뉴는 안심과 바닷가재 코스였다. 가격이 비싼 탓에 주문을 주저하므로, 항상 내가 먼저 주문했다. 3일을 연속 바닷가재 요리를 먹기도 했는데, 그러면 바닷가재의 비릿한 냄새를 맡기도 싫을 때가 많았다. 비싼 것을 주문해서 돈을 많이 써야 로비를 잘하고 다니는 것이 되므로, 또 초대받은 사람도 기분 좋은 일이므로, 내 입장에선 비싼 요리를 주문해야 했다.

내조를 잘한 덕분인지 가끔 골프장에서 만난 회사 사장들로부터 상품권을 받았다. 주로 빈폴 상품권이었는데, 내가 운영하던 가게의 알바생까지 포함해 주변에 빈폴 티셔츠 한 장씩을 선물했다.

가끔은 이 남자가 그 쓰레기 같은 검사가 돈을 요구했다며 씩씩거렸다. 회사에선 그런 사람 용돈 주라는 건데…. 명절이면 회사에서 명단을 적어서 건네준다고 했다. 언제 쓸모가 있을지 모르는 잘나가는 검사들의 명단이다. 때로는 이 남자가 회사에 명단을 주기도 했다. 때론 돈 봉투를 전해 주라고 한다. 이 남자가 가장 싫어하는 일이었지만, 회사 생활 중반쯤 들어서는 가끔 들어주는 것 같았다.

입사 2년이 지나면서 이 남자도 회사 생활에 익숙해지는 것 같고 골프도 그럭저럭 따라다니는 것 같아 다행이었지만, 어느 날부터 함께 입사한 여자 변호사와 연애질을 하는 것 같더니, 점점 연애의 범위가 넓어지고 있었다. 이 남자는 보통 두어 명의 여자를 동시에 만나는데 그걸로는 만족을 못했는지 변태 마사지숍의 단골 노릇도 하고 있었다.

나중에 자기를 방탕의 길로 안내한 것은 김인주 사장인데 함께 놀자고 하룻밤 500만 원짜리 고급 창녀를 붙여줬다고 한다. 그 사장이 가끔 TV에 얼굴을 비추는 비싼 여자들과 놀다가 걸려, 신문에 날 뻔한 것을 빼주자 자기에게도 여자를 붙여 줬다는 얘기다. 글쎄, 사실 그 사장의 뜻이야 공범의 우정을 나누자는 뜻이 아니었을까.

삼성에서 처음 만난 김인주의 첫인상은 부산의 그 시행사 대표와 흡사했다. 작은 체구에 갸름한 얼굴, 약간 사투리가 섞인 억양에 부드럽고 느린 말투가 따뜻했다. 예리한 눈빛과 대화 중에도 언뜻언뜻 드러나는 민첩한 감각이 돋보였다. 그날 이 남자에게 말했다. '영리한 사람이고 출세할 사람이다.' 그런 남자와 사는 여자는 걱정이 없겠다는 생각도 했다.

2000년 겨울에는 이 남자가 미국산 파란색 알약을 여러 통 들고 왔다. 필요한 사람에게 나누어 주란다. 어디서 났느냐고 물으니 김인주, 최광해의 서랍에 그득하단다. 출장 갔다 오는 사람들이 선물로 들고 온단다. 공항에서 문제가 되지 않으냐고? 아는 사람은 다 아는 얘기다. 삼성 임원들은 공항에서 검사하지 않는다. 그래서 돈 들고 나가 사고 싶은 명품 다 사들여 온단다.

자기 마누라와는 일 년에 한 번밖에 잠자리를 하지 않는다는 그 김인주 사장이 집에서 그 파란 약을 쓰면 마누라 버릇이 나빠지니 밖에서만 쓰는 거라고 했단다. 그랬을 것이다. 회사 직원들이 날마다 선물로 가져온다는 비아그라는 밖에서 온갖 변태 성행위에 필요할 것이다. 하지만 그들에겐 비아그라보다 먼저 필요한 것이 있지 않나. 제발 콘돔 좀 챙겨라. 콘돔을 아래에만 씌우는 우를 범하지 말고, 당신들이 그렇게 좋아한다는 '오럴'을 주고받을 때는 그녀들의 귀여운 혓바닥은 물론이고, 너희들의 혓바닥에도 씌우는 것을 잊지 말라. 모든 아내들의 부탁이다.

2002년이 되면서는 구조본의 대다수 임원처럼, 이 남자도 눈에 뻔히 보이게 전화기를 세 대쯤 가지고 열심히 전화번호·문자 지우고, 밥을 먹다가도 전화기 들고 나가 몰래 전화 받는 일이 잦아졌다. 또 있다. 남자가 자꾸 딴살림을 차리면 운전기사조차 본처를 우습게 생각한다. 운전기사가 나를 보고 인사를 안 하기 시작한다. 그저 대충 못 본 척한다. 거의 모든 남자들이 연애질할 때 하는 말이 있다. 우리 마누라 정신 질환자다, 미친 ×이다 등등. 그러니 미친 ×한테 인사를 하겠는가.

비서? 도대체 삼성 구조본의 비서라는 애들?

1999년 어느 날은 이 남자가 비서 둘을 데리고 최광해 상무와 밤늦게 집에 왔다. 거실에 앉아 서로 '부비부비'라고 하나, 얼굴이 벌게져서 서로 비비고 껴안고 깔깔거리는데, 너무 놀라 숨이 막혔다. 이 상황은 또 뭐지? 방에 들어와 누워 숨을 가다듬었다.

삼성 구조본에 근무할 때의 비서 하나는 이 남자가 퇴직한 지 2년이나 지난 뒤에도, 백화점으로 불러내서 조르기에 명품 핸드백을 사 줬단다. 용서를 빌며 재결합하자고 자기 명의의 카드를 잘라 버리라고 신용 카드 2장과 함께 내놓은 반년 동안의 명세서를 보고 알았다. 참 한심했다. 그때까지도 삼성에 근무하고 있던 그 여자에게 전화를 했다. 그 핸드백 값을 내 아파트 경비실에 갖다 놓으라고 했다. 그 비서가 막내 동생에게 보내온 수백만 원은 올케더러 쓰라고 했다. 돈까지 불결한 것은 아니지만.

구조본의 어떤 임원은 비서 출신이었던 자기 아내가 '모셨다'는 어떤 사장에게 이를 갈았다. 그 사장을 본관의 복도에서 마주치는 일이 자주 있는데, 자기만 보면 의미심장한 웃음을 짓는단다. 아내 나이 60이 되면 따져 묻겠다고 했다. 지금쯤은 따져 물었을까. 묻기 전에 이미 그도 답을 알고 있었지 싶다. 그게 분해서 그 임원 또한 자기 비서들을 그렇게 사랑했는지 궁금하기도 했다.

이 남자가 삼성에 입사하던 1997년 같이 삼성에 들어간 김은미라는 여자 변호사가 있다. 입사 후 둘이 함께 일주일인가, 2주일인가 영국을 여행했다. 회사에서 보내 줬다고 했다. 이 여자는 아이가 있는 어느 판사의 후처로 들어갔다가 이혼을 했다는데, 이 남자가 수시로 그 여자 이야기를 꺼내는데 김은미, 이름 석 자에 정이 넘쳤다. 내 생각은 '또 시작이니?'였다. 함께 그 여자를 만날 일도 있었는데 별 관심을 두고 싶지 않았다. 이 남자는 그 김은미가 미국으로 유학 떠나는 데 최선을 다해 도와줬다. 물론 이 남자의 말이다. 내게 그 여자가 유학 떠나기 전 골프장에서 '머리 올리기'를 부탁해서 그러마고 했다. 그때는 검판사 부인들한테 여러 번 머리를 올려 줬다. 머리를 올리는 날은 긴장도 하고 실수도 많이 하는데 기분 좋게 할 수 있도록 최선을 다했다.

이 남자의 부하 변호사 부부 모두와 여러 팀으로 진행을 했는데, 이 여자 변호사가 뒤 팀으로 오는 이 남자와 죽고 못 산다. 이 남자가 샷을 할 때마다 고음의 탄성을 지르고, 앞뒤 팀인데 한 팀처럼 움직이며, 두 사람 모두 서로에게만 집중하는 듯했다. 같이 한 팀을 이루던 부인들이 자꾸 걱정스럽다는 듯이 나를 봤다. 두 사람 눈에는 다른 사람은 안 보이나 보다. 그래도 그러려니 했다. 사랑한다 해도 누가 말릴 일은 아니니까.

우리나라는 1905년 유부녀만 처벌하는 반인륜적인 간통죄를 거쳐, 1953년 유부남도 처벌하는 쌍벌죄의 간통죄를 유지하다, 21세기가 무르익은 이 시대에 이르러서야, 이제 보니 간통죄라는 것이 국민의 기본적인 권리인 '성적 자기 결정권'을 침해하는 악법임을 깨달은 재판관들에 의해서 그 법을 없앴는데, 나는 그 결정을 이미 오래전부터 확고하게 지지해 오고 있었다. 그 누구의 연애나 통정에 대해서도 별로 비판적인 사람이 아니다.

오히려 사랑의 감정도 없는데, 들짐승도 안하는, 부부간에 필요충분조건이라는 '의무 방어전이라 칭하는 잠자리'야말로 인간의 기본적 권리조차 박탈하는 악습이라고 생각하는 사람이다.

골프가 끝나고 회식을 하는데 이번엔 만인 앞에서 확실한 연애질이었다. '자기~' 하면서 서로 어깨를 털어 주고, 몸을 비비고 하는 양이 가관이었다. 긴 테이블의 양쪽에 앉은 남녀 모두, 부하 변호사 부부 모두가 나를 쳐다보았다. 그 둘의 행위에 잠깐씩 대화조차 멈추고 자꾸 쳐다보는데, 내 얼굴이 붉어졌다. 뭐라고 할 수도 없어서 모른 척하고 다른 대화를 유도하려 애쓰고 앉아 있었지만 너무 창피하고 부끄러웠다.

우화 '벌거벗은 임금님'의 임금이 되어 벌거벗은 채 말 위에 앉아 백성들의 조롱을 받는 것 같았다. 그보다 더 부끄럽고 모욕적인 일은 없을 것 같았다.

여러 사람의 말에 응대하고 웃으면서 마음속으로만 외쳤다. 제발 연애질은 안 보이는 데서 해라! 그건 인간이 가지는 최소한의 양심이고 예의다!

    그 일에 대해서는 말하지 않으려 했으나, 그 충격으로 한쪽 눈이 반쯤 내려앉았다. 알 수 없는 통증이 시작됐다. 이 내려앉은 눈은 평상시에도 불편하였지만 운전을 할 때는 특히 힘들었다. 호수에 돌을 던지면 파문은 곧 없어지지만 돌은 수면 아래 차곡차곡 쌓인다. 돌이 쌓이면 물길도 막히고 죽음의 호수가 되는 것이다. 살면서 여러 번 나는 이 남자에게 그 호수의 비유를 들며, 내게 돌을 던지는 행위를 하지 말라고 했다. 그래도 그는 끝없이 돌을 던지는 것이다. 그 후 수술을 두 번이나 했는데 아직도 눈이 불편하다. 세월이 많이 지난 지금까지도, 피곤할 때나 신경 쓰이는 일이 있을 때면 돌덩이 하나를 맞은 듯한 통증이 여지없이 찾아온다. 불치의 통증인가 보다.

뉴욕

2000년 초, 이제는 벗어나고 싶었다. 그래야 살 것 같았다. 서울에서는 아무 일도 못하니 멀리 떠나야 했다. 뉴욕에 가서 더 공부하고 싶었다. 무명의 작가에게 작업실을 빌려 주고 전시도 도와주는 프로그램을 찾았다. 여러 날을 싸웠다. 5월 뉴욕대학에서 어학연수부터 하기로 해 놓고 다시 시비를 걸기 시작하는 이 남자 때문에 출국 일을 당겼다. 조금만 더 지체하면 무산될 게 뻔했다. 2월이었다.

잠깐 머물던 맨해튼의 중심가에 있던 레지던스는 여성 노인들이 생활하는 곳이었다. 환경은 그다지 좋지 않았는데, 작은 방의 침대는 낡아서 휘청거렸고 공동 샤워 시설도 낡고 불편했다. 거주자를 위한 휴게실이나 운동 시설은 그럭저럭 이용할 만했다. 아침저녁으로 제공되는 식사는 고기, 야채 볶음, 수프 등 네 가지쯤 준비되는데, 그동안 내가 먹던 '양식'이 아니라 당황했다. 그들은 매일 먹는 전통적인 서양의 음식이었지만, 내 눈에는 중세 서양 영화에서 가난한 사람들이 허기를 메우는 최소한의 음식으로 보였다.

무얼 먹어야 할지 눈길만 옮기다 빵과 커피만 들고 식탁으로 가면, 뒤에서 두 흑인 남자가 주고받는 말이 들렸다. "저 일본 여자가 영어를 할 줄 몰라서 달라는 말을 못하네."

며칠이 지나 할머니 한 분과 친해졌다. 내 발음이 좋지 않아 그분이 못 알아들으면 종이에 적어 주곤 했는데, "당신 영어 참 잘한다"고 칭찬했다. 일요일이면 이곳에 거주하는 노인들의 자식이 많이 찾아왔는데 이 할머니는 그 자식들에 대해 설명해 주었다. 그분의 말에 따르면 이 레지던스는 우리나라의 양로원 같은 곳인데, 국가 보조를 받지만 자신들도 매월 300달러 정도 낸다고 했다. 그 돈은 평생 자신들이 모은 것으로, 간혹 자식이 도와주는 사람은 좀 더 큰 방을 쓰기도 하고 필요한 물품을 사기도 했다. 부모를 살피는 '착한 자식'이 오면 나에게 꼭 알려 주었다. 저기 착한 자식이 있다고. 부모 자식 사이에도 의존하지 않고 독립적으로 살아가는 모습이 좋아 보였다.

일요일이면 시내에 있는 오래된 교회의 한쪽 구석에서 예배를 드렸다. 나이 든 목사의 설교는 알아듣기 쉽게 간결했고, 말수 적은 신도들은 이방인에게 예의를 차렸다. 한번은 레지던스에서 사무를 보던 뚱뚱한 흑인 아줌마가 자기가 다니는 교회에 같이 가자고 해서 십자군 교회에 갔다. 그 교회는 신도가 30명이 되지 않았는데 내가 다녀본 교회 중 가장 자유롭고 편안했다.

어학원에서 또래 친구 둘을 사귀었다. 한 여자는 여행사 가이드인 남편을 따라 미국으로 왔는데 지금이라도 한국으로 돌아가고 싶다고 했다. 거창한 송별회를 하고 왔는데 가진 것이 아무것도 없어 돌아갈 수 없다고 했다. 그녀는 장기 체류 비자를 받지 못해 비자를 연장하기 위해 어학원을 다니고 있었다. 또 한 명은 슈퍼마켓을 하는 시숙의 초청으로 남편이 다니던 직장도 그만두고 온 지가 여러 해가 됐는데, 그 시숙이 약속은 지키지 않고 남편을 하인 부리듯 해서 힘들다고 했다. 게다가 이제 영어만 사용하는 애들이 영어를 못하는 엄마와는 말도 하지 않으려고 해서 아이들과 말 좀 섞으려고 학원을 다니는 거란다. 그녀는 수업 시간마다 아무리 가르쳐도 모른다고 강사에게 혼났다. 사는 곳이 어디든 여인들의 삶이 녹록지 않다.

뉴욕에 도착한 다음 날부터 이 남자가 국제 전화를 걸어 혼자서는 못 살겠다고 징징거렸다. 애인도 계집도 다 있는데, '엄마 노릇' 해 줄 마누라가 필요했나. 매일 두세 시간씩 국제 전화를 해댔다. 자기의 애원이 통하지를 않으니 이제 아이들이 문제라고 했다. 자기는 아이들을 돌볼 자신이 없단다.

아이들 핑계를 대는데 마음이 약해질 수밖에 없었다. 어학연수를 끝내기도 전에 이 지옥으로 돌아오고 말았다. 일평생을 통해 가장 후회한 일이다. 그때 돌아오지 말았어야 했다.

서울로 다시 돌아와 죽고 싶다는 생각에 빠지기 시작했다. 의사를 찾았다. '나 좀 살려 달라'고 애원했다. 죽고 싶다는 생각에 빠지면서 한 번씩 술에 취하고 싶어졌다. 기껏해야 맥주 1병의 주량이지만, 술에 취하면 모든 일이 꿈같다. 나는 지상을 벗어나 우주를 걷는다. 그러다 은하수를 침대 삼아 눕듯 길에 벌러덩 눕기도 한다.

잠시라도 이 세상의 일을 잊고 싶었다. 아주 잠깐이라도 이 끝없이 펼쳐진 검은 뻘밭을 벗어나 자유롭게 걷고 싶었다. 일주일에 한 번씩 삼성병원에서 심리 상담을 받으면서, 또 일주일에 한 번씩은 나를 나타낼 수 있는 모든 증명서를 던져 놓고, 호주머니에 딱 10만 원을 넣고, 친구의 티코를 타고 집에서 가까운 나이트클럽에 갔다. 친구는 술을 마시지 않고 분위기만 즐겼는데, 혼자서 기본으로 나오는 맥주를 취하게 마시고 스피커 앞에 서 있거나 블루스를 추는 쌍쌍을 헤집고 다녔다. 우리가 가는 시간은 조금 이른 경우가 많았는데. 그러면 텅텅 빈 플로어를, 우주에 떨어지는 별똥별처럼 빙빙 돌았다.

혼자도 돌다가, 친구 손을 잡고 돌기도 했다. 우리를 바라보던 무대 위의 악사들은 틀림없이 그랬을 것이다. 저 미친 × 또 왔다고. 그렇게 하고 나면 며칠은 살 것 같았다.

8년 동안이나 룸살롱 작은 마담을 애첩으로 두면서, 이 남자에게 매일 다른 술집 애들을 소개해 주며, 제 마누라 몰래 같이 필드 나가는 이×× 검사가 있었다. 술집 여자들이 가장 좋아하는 남자 중의 하나는 근사한 골프장 데리고 가는 남자다. 남자는 골프장 앞 모텔을 잡아 놓고, 이렇게도 놀고 저렇게도 즐기니 금상첨화다.

대한민국 어느 골프장이나 갈 수 있는 이 남자가 어느새 바람둥이 검판사들에게 최고 인기인이 되어 있었다. 이 남자가 원하면 대한민국 최고의 골프장쯤은 회사에서 알아서 예약한다.

2001년부터는 이 남자가 아예 가방을 싸 놓고 시비를 걸기 시작했다. 보통 좋은 골프장은 당일 아침 새벽이나 해 뜬 다음에 출발해도 되는데 모텔에서 기다리는, 때론 가는 길 어느 귀퉁이에서 기다리는 그녀들과 즐기려면 밤에 출발해야 한다. '화나서 나간다'는 명분을 만들거나, 개인전 준비로 작업실에 있는 내가 집에 못 오게 해야 하는 것이다.

이×× 검사의 아내는 산부인과 의사였다. 그녀가 한번은 나에게 자기 직업이 싫다고 했다. '일본에 원정 간' 애들이 임신하면

값싼 한국에 와서 중절 수술을 하는데, 강남에 위치한 자기 병원의 주 고객이라며 푸념했다. 그 검사는 마누라가 힘들게 번 돈으로 첩을 먹여 살리고 있었다. 그것도 부족해 이 남자를 꼬드겨 날마다 비싼 섹스를 공짜로 즐기고 있었다.

어느 날 우리 부부와 골프를 마치고 함께 식사를 하는데 이 산부인과 의사가 그런다. 남편이 사면발니를 옮겨왔는데, 목욕탕에서 옮았다고 변명하더란다. "목욕탕 수건에서 옮긴 것 맞죠?" 나는 두 남자를 번갈아 보았다. 설마 그녀가 모르고 물어보았을까. 자기 앞에 놓인 진실조차도 믿고 싶지 않았을 것이다. 좋은 아내로 사는 덕목 중의 하나는, 남편이 원할 때는 '검은 것도 희다'고 믿을 수 있을 정도의 신뢰인가.

유혹

2000년이 가기 전부터 온몸에 두드러기가 심해져, '거북등 같은 딱지'가 팔과 두 다리에 두껍게 덮여 갔다. 정말 인어의 다리가 이렇게 생겼을까 싶게 물고기의 비늘 같은 껍질이었다. 가려움에 피가 나도록 긁다가, 자다가도 일어나 검붉게 피딱지가 엉겨 붙은 팔다리에 얼음물을 끼얹었다. 약도 소용이 없었다.

수시로 어지럼증이 왔다. 길에서 쓰러져 응급실로 두 번이나 실려 갔다. 어지럼증이 오면 고개도 까딱하지 못한다. 스트레스 탓이라 약이 없단다. 링거에 비타민C를 넣어 주사할 뿐이었다. 의사 친구는 어지럼증이 오면 빨리 먹고 자라고 강력한 수면제를 처방해 주었다. 수면제를 먹고 자면 '뇌에 지진이 난 것 같은 흔들림'은 덜했다. 1997년 이 남자가 삼성으로 옮긴 후 바로 재발한 궤양에 가까운 위염과 위경련으로 짧게는 일주일에서 길게는 두 달씩 죽만 먹고 지내기도 했다.

골프 연습장에서 스윙 연습을 하다가도 통증이 오면 가슴을 움켜쥐고 의자에 앉아 쉴 때가 많았는데, 위장의 심한 상처로 자판기 커피 한잔 못 마실 때는 슬프기도 했다. 2000년 어쩔 수 없이 미국에서 돌아온 이후로는 다시 더 강력한 자살 충동에 사로잡히기 시작했다. 시집살이에 너무 힘들 때 방에 누워, 날마다 몸살로 끙끙 앓으며, 생각했다. 어디에 목을 매면 확실히, 실패 없이 죽을 수 있을까? 집 안 곳곳의 기둥들을 떠올렸다. 그러다가, 옆에 행복하게 자고 있는 아들을 보면, 내가 왜 또 이런 생각을 하고 있나 자책했다. 어느 날 이 남자가 목을 매 죽는 사람은 똥을 싸며 죽는다고 했다. 이런! 똥을 싸며 죽을 순 없다. 내 자식들에게 나의 마지막 모습을 그런 식으로 보여 주면 안 되니까. 웃기는 말일 수도 있지만 '관장을 하고 죽으면 괜찮을까?' 진지하게 고민했다.

아무것도 나를 위로해 줄 수 없을 때면 차를 몰고 나갔다. 양수리를 다녀오면 2시간, 북한강 쪽으로 돌아서 양수리를 다녀오면 4시간, 양평대교를 넘어 퇴촌으로 돌면 6시간이 걸렸다. 그 시간 동안 나는 자유로웠다. 어디로 가면 실패 없이 자동차를 돌진해 영원히 물속으로 사라질 수 있는지 살폈다. 팔당댐 남쪽

한 곳, 도로 가까이 철조망이 없는 곳이 있었다(지금은 다 막았다).
퇴촌을 돌아가는 길에 자동차로 '다이빙'이 가능한 곳을 두 군
데 발견했다.

날마다 죽고 싶다는 생각을 반복하다, 어느 때부턴가는 하루
종일 그 생각에 사로잡혔다. 눈여겨본 장소에 다가가면, 몸이 떨
리고 호흡이 가빠졌다. 어느 날은, 아직 어린 중학생 작은아들에
게 전화해서 울면서 호소했다. "나 자꾸 죽을 것 같다. 내가 죽
으면 너는 어떡하니. 나 좀 잡아 주라."

나는 정말 많이 부족한, 나쁜 엄마였다.

일주일에 한 번씩 1년 반쯤 심리 상담을 받았던가? 그 의사에
게 들었던 몇 마디 중에 도움이 된 말이 있었다. "화가 나면 화
를 내라." 내 안의 화를 제대로 다스릴 줄 모르던 내게 도움이 되
었다.

불교의 가르침에서는 '화를 내는 것'은 죄다.

인간의 '무지함'에서 나오는 큰 죄 중의 하나다.

진리는 '어떤 경우에도 화가 나지 않는' 그 법을 깨우치는 것이다.

'마음이 작동하는 그 근본 원리'를 들여다보고, 마음조차도
'공한 것'을 아는 것이다.

그 법을 모르는 무지한 인간이 '화가 나는' 것이다.

이미 마음에 화가 났다면, 아직 우리는 우매한 중생이다.

화는 마음에서 '아예 일어나지 않아야' 하는 것이지 참는 것이 아니라 한다.

'참는 화'는 언젠가는 다른 누군가를 해치거나,

나처럼 나 자신을 해치는 일이 되는 것이다.

병원을 다니면서, 다시 그림을 그리기로 하고 작업실을 얻었다. 작업에 몰두하기에도 내 마음이 너무 피폐했다. 친구들과 고스톱을 쳤다. 처음 하는 고스톱에 두세 시간씩 몰두하면, 두통이 사라지고 마음에 평화 같은 것이 왔다. 항상 잃는 나는 2만 원을 준비했다. 나는 두통이 사라져서 좋고, 친구들은 얼마라도 따니 좋았다.

수시로 골프 약속이 잡히면 사람들과 골프를 치고, 여러 부부들과 식사 약속도 많았지만, 점점 드러내 놓고 바깥 생활을 즐기는 이 남자에게 신경을 쓰고 싶지 않았을 것이다. 나는 내가 살아야 할 곳에 있지 못하고 다른 세계에서 죽어가고 있는지 몰랐다.

2001년 작업실을 넓은 곳으로 옮기고 개인전 준비에 들어갔다. 꼬박 1년을 그림에 빠져서 지냈다. 주말 골프 약속을 제외하고는 거의 작업실에서 지냈더니, 다시 행복해졌다. 2002년 5월 전시를 끝내고 곧바로 다음 해의 전시를 위한 작업에 들어갔다. 더 이상은 이 남자로 인한 마음의 감옥도, 마음의 지옥도 싫었다.

그냥 내 세계에서 마음의 평화를 갖고 싶었다.

　모친의 큰아들이 또 이 남자를 유혹했다. 이 남자에게 자신
이 부천에 짓고 있던 건물의 2층을 분양받으라는 것이다. 이 남
자가 좀 더 살펴보자는 내 말을 귓전으로 흘리고 덜컥 계약서에
사인했다. 어차피 분양받은 김에 작업실에만 갇혀 있는 것보다
가끔 바람도 쐬는 것이 황폐해진 마음에 도움이 될까 해서 갤러
리 카페를 구상했다(삼성 비자금 사건이 온 나라를 시끄럽게 할 때 그 카
페가 퇴폐 업소라고 온갖 기사가 올랐다).
　어려운 작가에게 무료로 갤러리를 빌려주고, 그 운영비는 카
페에서 번 돈으로 충당하자는 취지였다. 전시를 몇 차례 하고 보
니 돈이 없으면 전시 한 번도 힘든 것이 작가들의 현실이었다.
홍대 앞이며 강남 일대의 여러 카페를 돌아보고 인테리어를 시
작했다.
　또 모친의 큰아들과 그 처족에게 사기를 당했다. 여러 전문 병
원과 외국어 학원만 들어올 테니 미니 2층의 라이브카페를 열라
고 권했는데, 미니 2층은 불법이었다. 갤러리 카페는 포기하고
대신 레스토랑을 개업하는 날 초등학생과 중학생 전문 학원이 6
개 층, 건물의 나머지 전체를 차지했다. 간판을 올리고 개업하는
첫날 새벽, 아무도 모르는 사이 건물 전체에 '아시바'(높은 곳에서
공사를 할 수 있도록 임시로 설치한 가설물. 표준어는 비계)가 세워졌다.

결국 한 달 이상 영업할 수가 없어 직원 열 명의 월급을 포함해서 수천만 원의 손실이 났다.

갤러리라면 으레 룸살롱인 줄 아는 그 동네 수준에, 무료 대관의 문화적 봉사란 나의 착각이었는데, 이후 몇 년 동안 날마다 어린애들의 사고처리와 학원의 불법 행위(원장이 아무도 몰래 엘리베이터에 CC카메라까지 달았다)로 영업이 힘들었다. 6개층을 점령한 학원은 물과 전기를 도둑질해서 나에게 수천만 원의 손실을 주고, 내가 분양받은 공간을 침범해 소송만 세 번을 했다. 정말 어렵게 그 레스토랑을 지탱하고 있었지만 그래도 조금 남은 것은 어려운 아르바이트 학생들한테 장학금으로 주었다. 학생들을 많이 쓰다 보니, 고약한 애들도 많았지만, 성실하고 착한 애들도 많았다.

레스토랑을 개업하고 2003년 인사동 가나아트에서 두 번째 개인전을 가졌다. 그해 가을에는 조그만 부동산을 팔아 노래연습장을 열었다. 레스토랑에서 일하다 짬짬이 노래연습장에 가서 스트레스도 날릴 요량이었다. 효율적으로 인력을 쓰면 수익도 날 것 같았다. 작은 방 10개 규모의 노래연습장에서 손수 음향을 조절했다. 주 고객인 중고등학생에게는 5000원 파격가에 물과 빵을 서비스로 주니, 시험이 끝나는 날은 빨리 문을 열어달라는 아이들의 전화가 아우성이다. 물론 학생들은 10시면 무조건 집에 보냈다.

노래연습장을 시작한 지 한 달도 지나지 않았을 때였다. 손님들이 10개의 방을 가득 채운 상태로 한창 영업 중인데, 누군가 느닷없이 비상벨을 누르고 사라졌다. 깜짝 놀란 손님들은 전부 튀어나와 웬 영문인지 어리둥절한 표정이었다. 뒷돈을 주지 않는다고 관할 소방서장이 몽니를 부린 것이다. 소방서장과 함께 온 부하 직원에게 사과하지 않으면 도망간 당신 상사를 '업무 방해'로 고소하겠다고 했다. 결국 사과를 받았고, 그자는 다시는 나타나지 않았다.

어느 날 집으로 전화가 왔다. 알바 남학생이다. 큰일 났단다. 술 취한 남자가 와서 한 시간 동안 맥주 내놓으라고 온갖 쌍욕을 해 가며 행패를 부려서, 길 건너 가게에서 맥주 두 캔을 사다 줬더니, 사진을 찍고 경찰을 불렀단다. 그 전화를 옆에서 듣고 있던 이 남자가 전화를 뺏어 들더니 알바 학생에게 그 경찰관을 바꾸랬다. 일 똑바로 하라고 소리를 질렀다. 아직도 자기가 검사인 줄 아는가 보다.

알바생의 진술서를 읽은 담당 여자 검사가 말했다. 억울한 건 맞지만, 내가 그자를 상대로 소송을 하거나 반론을 펴면 일이 복잡해질 수 있으니 억울해도 그냥 넘어가라고 종용했다. 맥주를 사다 준 것도 범죄라고 했다. 그자가 아무리 알바생에게 1시간 동안 욕을 했다 해도 그것은 문제가 되지 않으며, 그보다는 맥주가 더 문제라는 얘기다. 도무지 이해할 수 없는 법 적용이었다. 알고 보니 이웃 경쟁 노래연습장의 사장이었다. '억울해도 잊으라는' 이 나라의 많은 법을 나는 아직도 이해하지 못하겠다.

내가 이해하지 못하는 법이 또 하나 있다.

우리나라 헌법에 어느 날 한 가지가 추가된 조항이 있다. '행복추구권'이다. 1980년 애민 정신으로 무장하고, 총칼로 정권을 쟁취한 대통령이 만들어 모든 일간지에 대서특필하도록 하여서 알았다.

그동안 우리의 행복은 천부의 권리가 아니었나 보다. 모든 생명이 태어나는 순간부터 당연히 추구하는 행복이 아니라 어느 누가 헌법의 조항을 만들어야, 그때부터 행복을 추구할 권리가 생기는 것이었나 보다. 그래서 어느 정권인가 들어서면서 대한민국의 모든 불쌍한 인간들에게 행복을 추구할 권리를 '헌법으로' 보장했던 것이었다.

가끔 마당을 뛰노는 내 집의 강아지들을 보면서 생각한다. 태어나면서부터 누가 헌법에 보장해 주지 않았는데도 항상 행복을 추구하면서 사는 너희들은 우생학적으로 인간의 위에 있는 거다.

2007년 삼성 비자금 사건 때, 또 온 신문에 다 한 줄씩 실렸다. 내가 도우미를 부르는 퇴폐 노래방 업주라는 내용이었다. 그 노래연습장은 그 사건 이후에 문을 닫았다. 어느 날 노래연습장을 관리하던 65세 주임님의 전화가 왔다. "사장님 무서워 죽겠어요. 검은 양복 입은 사람 열 명쯤 막무가내로 들어오더니 손님들 쫓아내고 다 뒤지고 있어요." 무엇을 찾고 있었을까? 모든 사업을 접었다. 피곤했다.

이혼

회장님의 생신이라고 신라호텔에서 연회가 있었다. 내가 앉은 앞쪽으로, 장래에 회장님이 될 아들 부부가 아이들과 앉아 있었다. 연회가 끝날 때까지 외면하며 거의 말을 않는 모습에 저 부부도 오래가지 않겠구나, 하고 생각했다. 인생의 무게란 누구에게나 마찬가지다.

이날 내가 좋아하는 가수인 조용필이 밴드와 함께 근사한 공연을 펼쳤다. 조용필의 노래 중 '일편단심 민들레'를 좋아한다. 어느 누구의 일편단심 민들레이고 싶었을 것이다. 우리는 모두 그 누구의 민들레이고자 하지 않나.

20년 간 나를 힘들게 하던 이 남자, 2000년부터는 나를 미행하고, 내 친구를 포섭해서 내 뒷조사를 시키고 그 친구에게 매일 상황을 보고받았다. 몇 달 동안 스파이 노릇을 하던 그 친구가 죄책감이 들었는지 나에게 털어놨다.

나에 대한 감시는 카드 감시로 이어졌다. 2005년 8월 2일 첫 번째 이혼 후에도, 2007년 1월 15일 두 번째 이혼 후에도, 몇 년 동안이나 이 남자가 만들어 준 백화점 카드를 썼다. 이 남자가 혜택이 많으니 따로 카드를 만들지 말고 자기가 만들어 준 가족 카드를 쓰고 돈만 즉시 입금하라고 했다.

나는 참 맹한 데가 있다. 내 손으로 카드를 만들어 본 적도 없고, 백화점 카드를 포함해서 모든 카드를 쓰면, 딩동 하며 문자가 날아간다는 것을 나이 오십이 되도록 몰랐다. 나중에 내 이름의 백화점 카드를 만들었더니 전화기에 처음으로 딩동 소리가 울렸다.

이혼 후까지 내가 어디서 무얼 하는지 낱낱이 감시했던 것이다. 위자료를 주고 싶지 않았던 것이고, 이혼 후에도 계속 돈을 갈취해야 하니 감시가 필요했던 것이다. 가능하면 어떻게든 꼬투리를 잡아, 최소한의 경비로 조강지처를 떼어 내고 싶었던 것이다. 조강지처 버린 나쁜 놈이 되지 않으려고, 내 뒤를 밟아 어떻게든 남자와 엮어서 이혼이라는 '원죄'를 덮어씌우려 했던 것이다. 레스토랑에 깡패가 들어와 행패를 부릴 때도, 가게 건너편

룸살롱을 운영하는 조폭이 난동을 부릴 때도, 일부러 그러지 싶게 여자의 신음 소리를 전화기 너머로 흘리며 매몰차게 전화를 끊은 남자였다.

연수원을 다니던 시절, 이 남자가 그랬다. "당신은 예쁜 돌인 줄 알고 주웠는데, 보석이었어." 자연에 봄 여름 가을 겨울이 있듯, 사람에게도 생로병사가 있고, 사랑에도 사계절이 있고, 생과 멸이 있다.

항하수보다 많은 은하 가운데, 강가의 모래알보다 많은 별들 가운데, 작은 점 같은 한 불덩어리 위에 안절부절못하며 살고 있는, 밤낮으로 울어대는 풀벌레 같은, 하루 종일 등짐을 지고 부지런히 갈 길을 가는, 저 작은 개미 같은 우리 삶에도 봄 여름 가을 겨울이 있다고 믿는다. 겨울이 너무 깊으면, 뿌리 깊은 나무도 죽어 버리듯, 사람 사이에도 상처가 너무 깊어지면 사랑도 죽어 버린다. 더군다나 인간의 사랑이란 얼마나 나약한가.

어느 해, 유난히 추운 겨울을 지나며 양평 집에 10년 이상을 키우던 나무 여러 그루가 동사했다. 집안을 화목하게 한다는 꽃말을 가진 아름다운 꽃나무였다.

사랑은 시소처럼 양쪽이 무게가 비슷할 때 이루어진다고 한다. 시소의 한쪽에 너무 무거운 사람이 앉으면, 시소는 더 이상 올라가지 않고, 아쉬워도 놀이는 끝난다.

진흙탕 속에서 죽어가는 병사들을 바라보며 고뇌한 전장의 아우렐리우스 황제처럼, 무기도 없이 눈보라 속에서 굶주리며 손발이 썩어가는 동료들을 바라보는 러시아의 이름 없는 병사처럼, 탄알도 없는 소총을 들고 얼어붙은 만주 벌판을 걸어가는 무명의 독립군처럼, 나는 지쳐갔다. 나의 무능함을 질책하며 백기를 들었다.

　아직은 아이들에게 상처를 주고 싶지 않아 이혼 사실을 밝히지 않았다. 불쌍한 부모에게도 알리지 말고 주변의 어느 누구에게도 비밀로 하기로 했다. 이 남자의 의도는 달랐던 것 같다. 어쩌면 이 남자는 여전히 가족의 보호를 받으면서 새로운 사랑들을 만나고 싶었던 것도 같다.

　이 남자의 의도대로 최소한의 비용으로 조강지처라는 '구시대의 유물'을 떼어 내는 데 성공했다. 2005년 8월 2일 이혼했다. 이혼하면서 재산의 일부인 골프장 회원권은 이 남자의 은행 빚을 갚으면서 정리했다. 어렵사리 2억을 받았다.

　유일하게 내가 평생을 모아 살던 집은 나와 작은아들이 합유(合有)하기로 했다. 이 남자가 이혼 판결 받기 하루 전날 내 인감 도장을 훔쳐가서 내 이름을 뺀 사실은 3년이 지나 우연히 알게 됐다. 이 남자는 법적으로 이혼이 성립된 이후인 2005년 9월 10일 퇴직 때 받은 스톡옵션을 나에게 양도한다는 양도 각서를 적어 주었다. 전혀 그럴 마음이 없었던 것을 왜 그랬는지 모르겠다.

친한 판사가 양도 각서를 받았다고 하니 한숨을 쉬었다. 아무런 법적 강제성이 없다는 그 문서 한 장을 받은 나는 아마도 이 또한 한여름의 폭풍이라고 생각했을지 모른다. 아니면 폭풍을 피하기 위해 잠시 오두막으로 피한다는 생각이었을까?

이제 안하무인으로 그 잘난 검사들과 여자들을 찾아다니고, 때로는 전화기 너머로 여자의 신음 소리를 흘리며 때때로 포악을 부리는 이 남자를 떼어 내야 내가 살 수 있다고 생각했을까?

이 남자가 삼성으로 옮긴 후 이삼 년 만에 스트레스 때문인지, '류머티즘근섬유염증후군'이라는 병이 찾아왔다. 1998년부터 시작된 허리 통증으로 여러 병원을 전전해도 병명을 모르겠다고 했다. 병이 진행되면서 통증으로 잠을 잘 수도 없어 강력한 수면 진통제를 먹을 수밖에 없었는데, 2004년에야 정확한 병명이라도 진단받았다.

이제 쓰레기봉투 하나만 들어도 팔이 붓고, 손목 마디마디 관절과 발가락도 부어, 저녁이면 빨갛게 부어오른 손발을 얼음물에 담근다. 하루 24시간을 죽을 것 같은 통증에 시달렸다. 치료약이 없단다. 그저 진통 소염제와 부기를 조절하는 약을 먹고 밤이면 강력한 진통 수면제를 먹고 자야 한다. 밤에 깨면 통증때문에 다시 잠들지 못한다. 이후 지금까지 수면제가 없이는 잠을 자지 못한다.

지금은 통증도 많이 조절한다. 아침에 기듯이 침대에서 나와, 차 한 잔을 마시기 위해 부엌으로 걸어가며 생각한다. '오늘은 좀 낫네.'

늦은 나이에 다시 시작한 대학원의 과제물 때문에 컴퓨터 자판을 오래 두드리면 손가락이 부어올라 뜨거운 통증이 계속된다. 그러면 내 손에게 말한다. 조금만 참아라. 금방 얼음물에 담가 주마.

이 세상에 나보다 더 아픈 사람이 얼마나 많은가. 이런 정도는 감사의 마음으로 산다. 때때로 참회 기도를 드릴 때 감사의 마음을 잊지 않는다. 죽을 목숨을 살려 주시고 참을 수 있을 만큼의 통증만 주셔서 감사합니다.

우리가 우리 몸의 병을 고통이라고만 생각하면 어찌 살 수가 있겠는가. 항상 시원한 지방에 사는 사람도 있지만, 항상 무더운 사막에 사는 사람도 있고, 일 년 열두 달 폭풍이 몰아치는 곳에 사는 사람도 있다. 그래도 그들은 항상 감사의 기도를 올린다.

북유럽 사람들에게 설문 조사를 했다. 아이를 낳으면 교육을 나라가 해 주고, 혼자 아이를 키우는 미혼모도 많은 그 나라 사람들에게 왜 결혼이 필요한지 물었다. 많은 사람들이 '결혼은 일종의 보험'이라고 했다. 그들의 말이 맞다. 결혼은 일종의 보험이다. 그래서 주례사에 '비가 오나 눈이 오나, 아플 때나 건강할 때나' 함께하라고 하지 않나.

　이 남자는 보험을 해지하면서, 밀린 보험료도 주지 않고 숨겨
놓은 돈으로 자기가 살고 싶은 대로 맘껏 살다가 오갈 데가 없
게 되면 '엄마 같은' 내가 보살펴 달라는 내용을 이혼 합의서에
적어 넣었다. 안쓰러운 사람이다.

플라잉 낚시

    브래드 피트가 주연한 영화 '흐르는 강물처럼'은 가족 간의 사랑과 아픔, 인생의 의미를 아름다운 자연 풍광을 배경 삼아 예술적인 경지에 도달한 플라잉 낚시를 매개로 풀어 간다.

    플라잉 낚시는 수중이나 물가에 서식하는 날벌레의 모습을 본뜬 가짜 미끼를 긴 낚싯줄에 매달아 던지는데, 물속의 눈 나쁜 물고기들은 진짜인줄 알고 덥석 문다. 계곡에서만 하는 줄 알았는데, BBC의 낚시 프로그램을 보니 넓은 바다의 한가운데에서도 한다. 재미로 어린 물고기마저 마구 잡아들이는 낚시를 반대하는 입장이지만 그 프로그램은 잡은 물고기를 소개만 하고, 곧 놓아주는 것을 원칙으로 한다. 물에 사는 아름다운 생명체를 만나는 기쁨으로 자주 시청한다.

어느 때부턴가 '국민 검사'란 별명을 얻은 사람이 있다. 나는 그를 서너 번 만났다. 이 남자의 상관이었던 사람 중 유일하게 나의 선물을 받은 사람이다. 참기름이었다. 서울지검 시절 부장 검사였던 그를 찾아갔는데, 시골에 사는 친척 언니가 오랜만에 보내온 진짜 참기름 한 병을 들고 갔다. 내가 줄 수 있는 최선이었다.

2003년께 삼성 시절에도 그가 사는 집 근처 호텔 커피숍에서 이 남자를 따라가 만났다. 이 남자는 누구를 만날 때, 내가 옆에 있으면, 엄마 옆의 아이처럼 씩씩해지는지, 피곤에 지친 나를 자주 대동했다. 이 남자는 그 부장이 자기를 친구 이상으로 가깝게 생각하고, 그 누구보다도 자기를 신뢰하고 좋아한다고 믿었다. 그 부장은 품성이 좋지 않은 여자를 만나 실패한 자신의 첫 번째 결혼과 재혼에 대해서도 이 남자에게만 속을 털어놓았다고 했다.

삼성 시절에도 그 국민 검사는 이 남자가 '여전히 자신이 가장 사랑하는 부하'로 착각을 가질 만큼 다정하고 세심하게 걱정해 주었다. 올바른 검사라면 멀리해야 할 대기업의 로비스트가 되었는데도 그랬다.

항상 외로움을 못 견디고, 쓸 만한 형제 하나 없는 이 남자에게 그 검사장은 한 핏줄 형제보다 가까운 형과 같은 존재였다. 그 '형'에게 나를 소개하고 싶었던 것이다. 나는 이 남자에게 엄마이자 누나 같은 존재였으니, 세 사람이 앉으면 가족이 되는 것 아닌가.

이 남자는 대선자금 수사 당시 '삼성이 먼저 자료를 내주면, 삼성은 봐 주겠다'는 그의 약속을 한 치의 의심도 없이 믿었다. 나는 그 말을 듣고 의아했다. 도대체 무슨 말인가. 내가 얼마나 황당했는지, 지금도 이 남자가 어디서 내게 그 말을 했는지 기억이 생생하다. '압구정로를 지나 삼성동으로 꺾어지는 대로의 사거리에서 좌회전 신호를 기다리며' 한 말이었다.

그때 그 '국민 검사' 안대희는 로비스트 노릇을 제대로 못해 날마다 구박받는 이 남자에게, 구세주 버금가는 형이었다.

들뜬 이 남자에게 그를 믿지 말라고 했다. 그도 야망이 있는 검산데, 의심해 보라고 일렀지만, 아마 내 말은 들리지도 않았을 것이다. 어쩌면 기분 나쁘게 들렸을 것이다.

이렇게 말하면 또 무자비한 공격을 받을 수도 있겠지만, 나는 지금도 그 '국민 검사' 안대희를 '야비한 배신자'라고 생각한다. 그는 '자기를 사랑하는 철없는 후배'의 뒤통수를 사정없이 갈긴 것이다. 삼성을 끌고 들어갈 것이었으면 이 남자에게 "나는 너를 사랑한다"는 식의 멘트를 날리지 말아야 했고, 삼성에 들어가 날마다 제 몫을 못한다며 구박과 멸시를 받는 이 남자에게 "내가 도와주겠다"는 거짓말은 하지 말았어야 한다. 그처럼 야비한 방법을 쓰지 않더라도 얼마든지 잘할 수 있는 수사였다.

그 국민 검사라는 애칭이 붙은 그는 검사가 아니었다. 검사장이었다. 검사장이 검사인가? '장'이라는 접미사가 붙었지만 앞의 단어가 검사니까 검사라고?

국회의원이 국민인가? 국민의 대표니까 국민이 맞다고? 국민의 한 사람도 국회의원이 되면 '정치인'이라고 불리듯이 검사도 검사장이 되면 정치 검사일 뿐 아닌가? 그는 국민을 위해서 일하는 것이 아니고 정권을 위해서 수사를 '경영'하고, 자신의 정치적 입지와 야망을 위해서 수사를 '조리'할 뿐 아닌가?

플라잉 낚시는 아름다울 수 있으나, 그 낚싯대에 화려한 미끼를 달아 물정 어두운 인간을 낚는 것은 잔인한 일이다. 결국 인생을 통해 가장 존경하고 사랑했던 자기의 부장이었던 사람에게 뒤통수를 맞아, 검사 출신으로 처음 삼성에 들어가고, 펜대 굴리는 수뇌부에 처음으로 입성한 전라도 출신인 이 남자, 좋은 남편은 아니었지만 누구보다 충직한 부하 직원인 이 남자가 대선 자금 수사 이후 '검찰의 프락치'로 낙인찍혔다.

또, 자신이 가장 사랑하고 믿었던, 너무 사랑해서 수시로 섹스도 시켜주고 월급도 올려 줬다는 엄대현이라는 후배 변호사에게 배신당했다(나도 검찰로부터 모셔온 그 후배와 우울증이 심하다는 그의 아내를 부부 동반으로 초대해서 밥도 사고 선물도 줬다).

저 검찰의 프락치에게 더 이상 회사를 맡길 수 없었을 것이다. 모든 사건이 법무팀장인 이 남자를 제치고 바로 회사의 '장래 2 인자'인 김인주 사장에게 보고되기 시작했다. 게다가 그 엄대현과 장래 삼성의 후계자를 보필하기로 돼 있었던 김인주 사장은 같은 고향 사람이란다. 그 국민 검사도 그들과 같은 고향 사람이었다.

와중에 어리석은 이 남자는 대선자금 수사 당시, 잠시 검찰의 수사망을 피해 도망 다니는 삼성의 실질적인 2인자요, 차기 회장님을 보필하기로 예정된 김인주 사장에게 "이학수 부회장 대신 당신이 들어가는 게 맞다"고 한다. 우연히 옆에서 듣고 있다가 놀라고 한숨이 나왔다. 이 남자가 제 정신이 아니다. 제 발등을 찍는다.

나중에 김인주 사장이, 이 남자가 자기를 검찰에 넘기려 했다고 노발대발했단다. 내가 아는 바는 그 또한 아니다. 이 남자는 회장 밑이 부회장인데, 연장자에다가 대학 선배인 이학수 부회장을 보호하고 싶었을 뿐이다. 그저 계산이 복잡하지 않은 단순한 충성심에서 나온 '어리석기 그지없으며 번지수를 잘못 찾은' 충성의 고언이었던 것이다.

친구

이 남자가 부산지검 발령을 받고 어렵게 집을 얻은 후 몇 가지 물품과 반찬을 들고 부산역에 내렸다. 수사 때문에 자기가 마중을 못 오고 다른 사람을 보냈다. 한참 뒤 검은 차 한 대가 서더니 흰 와이셔츠를 입은 사람이 내렸다. 내리는 비를 맞아가며 물건을 차에 싣고 정중하게 차문을 열어 줬다. 대한민국의 엘리트로서는 보기 드물게 깍듯하고 상냥한 태도에 의아했다.

부산지검의 동료 검사였다. 이후 우리는 관사 배정을 못 받은 그 검사와 방 두 개의 조그만 남천동 비치아파트를 같이 썼다. 그는 대구에 있는 처자식과 떨어져 지내고 있었다.

그 인연으로 이 남자의 '아내를 괴롭히지 않고 잘 하겠다'는 서약서에 빗속에 서서 서명한 산 증인이 되었다. 주말이면 부산에 내려가서 집안일을 하는 내가 힘들어 보였는지, 위로한다고 콜라 탄 소주를 권해서, 광안리 해변에 밤새 오물을 쏟고 일주일을 몸져눕기도 했다.

어느 땐가 중고차를 사서 일 년을 마당에 세워 두고 무서워서 운전을 못하는 내게 자신의 경험담을 얘기하며 용감하게 운전대를 잡으라고 했다. 그의 아찔한 경험담에 힘을 얻어 일 년 만에 운전대를 잡고 아파트 밖으로 진출했다. 그는 이 남자와 둘도 없는 짝이 되어 부산의 강력부에서 숱한 사건을 해결했다.

그가 서울에 올라와 방을 못 구한다기에 내가 우리 집 근처에 작은 방을 구해 줬는데, 잘못 골랐다. 먹는 것이 수월하라고 시장과 먹자골목 가까이 방을 구했는데, 인색한 주인이 보일러를 제대로 설치하지 않아 난방이 잘 안 되는 방이었다. 미안한 마음에 낮 시간에 때때로 찾아가면, 온기 없는 방에 먼지만 가득해 청소를 해 주기도 했다.

이 남자가 서울지검에 근무할 때는 학교를 휴학했다. 일이 늦으면 데리러 가기도 하고, 동료들과 술을 마시면 차를 가지고 나가 술집 앞에 기다렸다가 몇 사람은 태워 그들의 집까지 바래다주었다. 검사들이 사랑하는 폭탄주를 마신 날은 이 남자가 거의 몸을 가누지 못했다. 차를 타고 가다 구토를 하기도 했다. 간혹 일찍 퇴근하는 날이면 청사 근처의 삼풍백화점에서 외식을 했다.

그날도 그 검사의 썰렁한 방을 둘러봤는데, 수북이 쌓인 와이셔츠 더미에서 냄새가 났다. 이 남자와 삼풍백화점에서 밥을 먹기로 했는데, 방구석에 와이셔츠를 두고 발걸음이 떨어지지 않았다. 측은지심이 발동한 걸까. 아쉬운 대로 손빨래를 시작했다. 나중에 세탁소에 맡겨도 훨씬 깨끗하게 입을 수 있을 게다. 빨래를 마치니 이 남자가 퇴근할 시간이 되어 버렸다. 알아서 전철을 타고 오려니 하고 모친의 집으로 작은아들을 데리러 갔다. 난리가 났다. 삼풍백화점이 무너진 것이다.

나는 지금도 가끔 그 백화점의 에스컬레이터에 서 있는 나를 정지 화면으로 떠올릴 때가 있다. 아마도 그 시절의 내 모습, 남편과의 데이트를 기대하며 화려한 백화점의 이곳저곳을 둘러보는 여느 아낙네의 모습을 생각하는 것이리라. 그 또한 내 인생에서 가장 좋았던, 화살처럼 지나간 시간의 한 조각일 것이다.

그 충격의 장면을 보면서 울었다. 나도 저 속에 있을 수가 있었는데 그 와이셔츠가 나를 살린 것이라고, 그날 그 순간 갑자기 발동한 측은지심이 나를 살린 것이라고 생각했다.

어느 순간부터, 어쩌면 그 검사를 만난 순간부터 이 남자의 유일한 친구는 그 검사뿐이었는지도 모른다. 그 검사는 어떻게 생각했을지 모르나, 사람 사귈 줄 모르며 다가오는 동창도 단칼에 내치는 이 남자에겐 가장 뜻이 맞는 친구이자 동료이며 같은 길을 걷는 동반자였다. 그는 품성 또한 좋아서 이 남자의 결함을 단 한 번도 탓하지 않았다. 그는 골프공을 스무 개씩 잃어버리며 헤매는 이 남자에게 단 한 번도 불만을 내비친 적 없고, 내가 벙커를 못 빠져나오면 슬쩍 다가와서 가르쳐 주는 골프 선생이기도 했다.

어느 날 삼성의 2인자 김인주 사장이 그 친구를 빼앗아 갔다. 김인주 사장이 소개해 달라고 닦달을 해서 인사를 시켰더니 평생의 친구라고 생각한 그가 이제 그 김인주 사장하고만 골프를 친단다. 그즈음 우리 부부와 그 부부가 만나는 일이 뜸해졌다. 어쩌겠는가. 그들도 역시 같은 영남 출신에 같은 대학을 나왔으며, 그 김인주 사장은 이 남자보다 직급이 높고, 비자금도 제 집 금고처럼 쓸 수 있으니.

처음에는 약속한 액수도 주지 않았다고 불평했지만 삼성에서 월급을 많이 줬을 것이다. 처음부터 알량한 월급을 가지고 길들이기를 한 게 아니겠나. 평생 어디서도 받아본 적이 없는 온갖 모욕과 힐책으로 '호랑이의 기세를 꺾어 고양이로 만들자'고 했을 것이었다. 기개가 꺾여 모든 것을 포기하고 어느 정도 회사에 적응한 후에는 각 계열 회사의 사장과 임원으로부터 상품권을 받았다. 법률 자문을 한 대가였다. '상품권깡'을 해 사치하는 데 힘썼다.

구조본 임원들은 양복도 한 벌에 300만~500만 원짜리를 입고 외투도 1000만 원 이상이다. 구두는 500만 원이 기본이고 셔츠 하나도 최소 50만 원 이상이었다. 처음 이 남자가 삼성에 갔을 때 '잘난 검사 길들이기'의 시작이었는지 촌스러운 싸구려 양복부터 바꾸라고 핀잔을 주었다. 일 못한다는 구박도 못 견디겠지만, 몸치장에서마저 뒤지는 것은 견딜 수 없었는지, 이 남자가 한 해에 양복 값만 1억 원을 썼다.

아무리 그들처럼 사치를 하고, 그들처럼 비싼 섹스를 하고, 그들은 거대한 범죄 집단일 뿐이라고 스스로 위로를 해도, 시시때때로 자신을 왕따시키고, 잘난 검사였던 자신을 모욕하며 즐기는 듯한 그들에게 분개했을 것이다.

게다가 이 남자는 자신이 사랑한 모든 사람을 빼앗겼다. 가장 존경하던 검사장에게 '사기'를 당하고, 가장 아끼던 후배에게 배신을 당하고, 평생 친구에 동반자라고 생각했던 사람을 뺏겼다. 그래서 '부사장으로 승진시켜 준다'는 제의를 떨치고, 자신을 모함하고 배신하고 유일한 친구를 돈과 권력으로 빼앗은 회사를 나오고 싶었던 거다. 내가 아는 이유다.

왜 이 남자는 서울지검장을 마지막으로 검찰을 떠난, 우리 가족 모두의 친구였던 그 검사를 김인주 사장이 빼앗았다고 분개했을까.

마담뚜의 수첩은 그 안에 값비싼 창녀와 돈 많은 고객의 이름이 적혀 있든, 고시 합격생과 지참금이 준비된 여인들의 이름이 적혀 있든, 그녀의 전 재산이다. 로비스트의 힘은 사람이다. 쓸모가 있다고 여겨지거나 언젠가는 써먹을 수 있다고 생각되는 사람을 많이 알고 있을수록 유능한 로비스트이다.

이 남자의 회사 내 직책이 무엇이었든, 로비스트로서의 자산인 법조 인맥이 탐난 '구조본의 이리떼'가 이 남자의 재산을 하나씩 훔쳐냈던 것이다. 이 남자에겐 사랑이고 우정임에 틀림없던 TK 출신에 검찰의 핵심에 있었던 그 검사가, 김인주 사장에겐 자신을 영광스럽게 해 주고 자신의 직위를 더 공고히 하는 데 필요한 '전리품'이었던 것이다. 구조본 사람들이 그 전리품을 손에 넣었다고 판단했을 때, 출세에 눈먼 이 남자의 후배 엄대현을 이용해 이 남자에게 검찰의 프락치라는 누명을 씌워 제거하기로 한 것이다.

전쟁

파국

스티븐 스필버그, 피터 잭슨 등 할리우드의 거장들이 자신들의 롤모델로 삼아 그 구조와 기법을 차용한 일본의 영화감독 구로사와 아키라의 흑백 영화를 보면, 이야기가 진행되다가 '파국'이라는 한자가 스크린에 뜨는 동시에 파국을 예고하는 오케스트라의 강렬하고 음울한 음악이 깔린다. 그 웅장하고도 섬세한 선율에 모든 감각 기관이 지배되어, 이야기의 진행에 앞서 가슴이 떨리며 아리다.

파국인 것이다. 저 스크린의 등장인물도, 관객도, 저 이야기를 만든 감독까지도, 세상의 누구도 돌이킬 수 없는 일이 벌어질 것이다. 모두에게 예상되는 일이 벌어지겠지만, 아무도 원치 않는 이야기가 진행될 것이다.

대선자금 수사 때 '책임지고 구치소 갈' 생각하라고 했으니 김인주 사장의 '왕따 작전'은 불 보듯 뻔한 일이었다. 그에 따른 스트레스 탓인지, 대선자금 수사가 막바지로 치닫던 2004년 봄, 이 남자한테 당뇨가 왔다. 당뇨에 관한 책과 인터넷으로 모은 정보를 토대로 식단을 짜고, 모친이 보내온 오곡밥으로 식단을 구성하니 입에 대지 않는다. 결국 그 밥을 다 버렸다. 가족들이 먹는 것에도 민감한 반응을 보여 아예 냉장고를 비웠다. 온 가족이 함께 당뇨와의 전쟁에 돌입했다. 자기는 5년밖에 못 살 거라고 했다. 5년밖에 못 살 것이라는 근거 없는 확신이 이 남자를 더 망가트렸을 것이다.

당뇨 확진을 받고 나서 이 남자는 더 분별없이 방탕의 길로 접어들었다. 제멋대로 정한 5년, 그 이후의 시간에 대해서는 아랑곳하지 않는 모습이었다. '세상 밖으로 나가 마음껏 모든 것을 경험하라'는 세간의 말을 금과옥조처럼 붙들고 있었다.

오랫동안 딸기와 귤을 먹지 않았다. 제철이 아닌 때 시장에 나오는 것은 귀해서 더 맛있다. 비싸서 조금밖에 못 사온 그 과일을 자식들이 맛있게 먹으니 엄마는 그 모습만 봐도 좋다. 어쩌다 내가 먹으면 두 아들은 남은 과일이 냉장고에서 썩어도 입에 대지 않았다. 엄마 먹으라고.

무엇을 먹고 싶을 때 참는 것은 정답이 아니다. '나는 딸기도

귤도 좋아하지 않는다'고 생각하기 시작했고 아이들이 권할 때
도 그렇게 말했다. 어느 겨울엔가는 유난히 귤을 좋아하는 작은
애가 며칠째 사다 놓은 귤을 먹지 않았다. 까닭을 물으니 자기는
앞으로 과일을 먹지 않겠단다. 같은 반 친구와 대화를 하는 중
에 그 애는 '과일이 너무 비싸 자기는 귤을 못 먹는다'고 했단다.
다음날 아들의 중학교 담임에게 전화했다. 한 달에 두 번씩 '키
다리 아저씨'가 되어 귤을 보냈다. 아들의 그 가난한 친구도 과
일을 먹었을 게다.

　당뇨가 생긴 아비가 당뇨 환자를 위한 식단을 거부하고 여전
히 먹을 것을 밝히자, 나와 아들들은 냉장고에 과일을 두지 않
았다. 모두 '우리는 과일을 좋아하지 않는다'는 마음을 지니기 시
작했다.

　2004년 8월 삼성을 나온 뒤에도 이 남자는 여전히 일 년 옷값
으로만 1억 원을 썼다. 아무리 말려도 듣지 않아 하루는 양복에
가위질을 했다. 몇 달 후에 보니 똑같은 양복을 사서 걸어 두었
다. 수년 동안 수백만 원짜리 수입 양복을 사서 두어 번 입고 누
구에겐가 준다.

　삼성을 그만두기 수년 전부터 이 남자가 1년이면 4억쯤 썼던
것 같다. 월급 명세서를 본 적도 없고, 물어봤자 거짓말만 할 테
니 묻지도 않았지만 어쩌다 발견되는 카드 내역서와, 거의 매일

사들이는 양복이며 구두, 셔츠에 시계 따위를 보면 짐작이 갔다.

현대백화점에서는 매해 수십만 원에 달하는 유명 브랜드의 상품과 해외여행 상품권을 보내왔다. 이 남자는 그것조차도 몇 년 동안 내게 비밀로 했다. 아마 여행권으로 그녀들과 여행을 다니고 상품은 그녀들에게 선물했을 게다. 도대체 일 년에 얼마를 쓰면 그런 것을 보내주는지 나는 지금도 모른다. 정작 이 남자가 애용한 곳은 갤러리아명품관과 신세계백화점이었다. 접대용 카드를 제외해서 계산해도, 백화점에서만 수억을 쓰고 다녔을 것이다.

삼성 비자금 사건 이후 사람들이 삼성에서 많이 받았다는데 그 돈 다 어디 있냐고 묻는다. 그 소상한 내역은 이혼하기 얼마 전에야 알았다.

삼성 입사 후 어느 때부터인가 월급 외로 한 달이면 상품권만 2000만~3000만 원을 받았다. 상품권을 들고 백화점을 돌며 사치하고, 그래도 남은 건 '깡'을 해서 돈으로 바꾸어 썼다고 했다.

도대체 얼마나 받았는지 모르다가 2007년 10월 이후 여러 일간 신문을 통해서 알았다. 지면에는 이해할 수 없는 문장들도 있었다. 삼성의 공식 발표에 따르면. 이 남자에게 준 급여가 총 200억이었다. 이 남자가 이의를 제기하니, 이제는 그들이 준 급여를 잘 투자해서 200억을 만들었다고, 그러니 200억이 맞다는 취지의 발언을 했다고 한다.

이게 대체 말인지 '막걸리'인지….

어째서 급여 명세서에 내 부모가 밤잠 못 자며 일해서 번 돈이 포함되어 있고, 내가 아이들 버려두고 목 아프게 애들 영어 가르치고, 그림 지도해서 번 돈이 포함되어 있는가. 중학교 애들 60명과 날마다 영어 함께 읽고 외우느라 목이 상해 지금까지 회복이 안 된다.

아마도 착각을 했지 싶었다. 어떤 돈으로 날마다 즐겼는지는 모르나 구조본의 수장들이 즐기는 그 2차, 3차 섹스파티에 들어간 돈을 사람 수대로 나누어 이 남자의 몫을 계산하고, 일 년이면 두 번, 추석날과 설날 우리 집에 배송되어 온, 많은 계열사 사장들의 선물인 수십 개의 갈비짝과 자연산 송이버섯과 이제는 잊은 그 진귀한 선물들의 값을 헤아려 더하고, 그 구조본의 '한때는 나의 친구였던' 사장들이 골프장에서 만난 나에게 선물이라고 준 그 100만 원권 빈폴 상품권과, 새벽 6시에 눈 비비며 이 남자와 함께 출근해서 본관 옆의 볼 것 없는 삼성프라자를 배회하고 또 배회하다 점심시간에 우연히 만난 구조본의 실세들이 나에게 사 준 그 비싼 밥값을 계산해서 더했을 것이다. 그래도 많이 부족한 액수는 그들이 매달 어디선가 받는 상품권과 선불 카드의 액수에 이 남자의 직급과 회사 내의 미미하기 그지없는 영향력을 계산해 이 남자가 받았을 것으로 추정되는 상품권과 선불 카드를 '깡'을 하여 합산했으리라 믿는다.

어쨌든 이 남자가 돈 참 많이 썼다. 사람들은 궁금한 게 많다. 돈 잘 벌었다는 그 아비에게 자식들은 또 얼마나 많은 것을 누리고 살았냐고 묻는다. 돈 많은 아빠에게 무엇을 받았냐고? 내 머릿속에 딱히 떠오르는 것이 없어 두 아들에게 물어본 적이 있다. 자기들 기억에는 없다며, 언제 아빠가 가족들 위해 돈 쓰는 사람이었냐고 되묻는다.

큰아들이 의대에 입학한 후 아파트 벽 게시판에 광고를 붙여 아들에게 과외 팀을 만들어 주고 개인 교습을 시켰다. 큰아들은 2년쯤 고등학생들을 지도했다. 대학 학비 모은 뒤에 그만두게 했다. 계모보다 지독한 엄마라고 동네에 소문이 자자했다.

2005년인가? 현대백화점에서 또 일본 여행 상품권을 보내와서 작은아들을 데리고 다녀오라고 했다. 돌아온 아들의 손목에 값비싼 시계가 보였다. 2박 3일 여행 동안 1000만 원, 500만 원, 350만 원짜리 시계 3개를 사더니 가장 싼 350만 원짜리 시계를 아이에게 주었다는 것이다. 제 아빠에게 처음이자 마지막으로 받은 선물을 회수했다. "내 아들들은 너처럼 돼선 안 된다"고 이 남자에게 경고했다.

내 아들들은 세상의 어떤 고난이 닥쳐도 잘 살아가길 바랐다. 그러려면 자립할 능력을 키워야 하고 좀 더 강인한 사람이 되어야 한다. 고등학교 때 큰아들은, 아비가 이발삯 아낀다고 손수 가위를 들어 머리에 구멍을 냈어도, 울면서 학교에 갔을 뿐 부모를 원망한 적이 없다. 고등학교를 졸업할 때까지 아비가 입던 팬티를 물려 입어도 불평 한마디 없었다.

아비의 인생은 그의 인생일 뿐이다. 이 남자가 나와 내 자식들이 자신의 출세에 장애가 된다고 여기는 순간부터 나는 결심했다. 나와 내 자식 둘은 절대 '네 것'은 안 먹고 산다. 내 자식들은 좀 더 강해져야 했다.

아비가 그 잘난 검사를 할 때도 동대문시장의 좌판에 있는 싸구려 신발밖에 신지 않았고, 아비가 大삼성에 들어가서 온갖 명품으로 치장할 때도 엄마가 접대 골프 끝나고 선물로 받아온 상품권으로 빈폴만 입었던 아들들은 지금도 아빠가 번 돈, 아빠가 다 쓴 것에 대해서 불만이 없다.

어설픈 이혼 합의서를 쓴 지 6개월도 지나지 않은 2006년 1월, 이 남자가 재결합을 요청했다. 이 남자가 잠시 나가 살던 아파트를 가보니 사람이 기거했던 흔적도 없었다. 천장 등은 깨졌고, 그 동안 한 번도 청소를 하지 않았는지 먼지와 쓰레기로 가득했다. 다시 집으로 들어온 지 한 달이나 됐을까. 여자관계는 정리할 수 없었는지, 이 남자가 갖은 핑계를 대고 밖으로만 돌더니 '오줌이 샌다'고 했다. 내 생리대를 주다가 성인용 기저귀를 사다주었다.

이 남자는 내게 용서를 구한다며 자신이 보통 여자 3명을 동시에 만나며 일주일에 두 번씩 단골 변태 마사지숍에 간다고 업소의 이름을 알려 주었다. 딴에는 개과천선의 선언이었다. 재결합의 조건으로 세 가지를 요구했다.

첫째, 인간은 그 근원적인 욕망과 욕구를 적당히 절제해야 인간답게 살 수 있다. 너는 그 정도가 아니라 인생을 망칠 정도로 섹스 중독에 빠져 있으니 마음공부를 해야 한다. 동국대 불교대학원에 들어가서 공부해라. 둘째, 섹스 중독은 혼자서 해결할 수 없을 테니 정신과 치료를 받아라. 셋째, 휴대폰에 '친구 찾기'를 해 놓아라.

당연히 약속은 지켜지지 않았다. 2006년 봄 입학한 동국대불교대학원 교수를 소개하고 학비까지 냈지만 2주 남짓 나가다 그만두었고, 정신과 치료는 두 번 가서 의사와 노닥거리다가 그만두었으며, '친구 찾기'는 사무실은커녕 여전히 세 여인의 오피스텔과 압구정과 삼성동의 두어 개 러브호텔을 벗어나지 못해 한마디 하자, 그대로 끊었다. 다시 그녀들과 자유롭게 만나고 싶은지, 좀 더 여유를 갖고 시작하자며 3월에는 방을 따로 얻어 달랬다.

이후 10개월 동안, 이 남자는 따로 얻어준 오피스텔을 3번 옮겨 달랬다. 매번 뭔가 불편하다고 핑계를 댔다. 새로이 거처를 마련하고 이삿짐을 옮겨 주면 다음날 바로 열쇠를 바꿨다. 지금도 궁금하다. 왜 나에게 짐을 옮겨 달라고 했을까?

6월에는 황당한 문자가 왔다. '에이즈에 걸린 것 같다'고 자기를 찾지 말란다. 2주 동안 연락이 없어 경찰에 가출 신고를 했다. 이 남자가 살고 있던 청담동의 오피스텔을 찾아가니 관리인이 문을 열어 주지 않았다. 에이즈 환자라는 얘기에 문을 열어 주었다. 세계에서 가장 비싸다는 여자 화장품이 눈에 띄었다. 그곳에서도 생활의 흔적은 거의 보이지 않았다. 며칠 후 경찰한테 소재를 파악했다고 연락이 왔다.

에이즈 해프닝 뒤 화해를 청하며 제주도로 떠난 여행에서 이 남자가 말했다. 사랑하는 그녀들은 '오럴'도 잘해 주고 영어도 잘한단다. 고급 창녀와 영어로 대화하는 것이 좋았다는 이 남자의 영어 회화 수준?

이탈리아 여행에서 아찔한 기억이 있다. 콜로세움 옆을 지나가는데 웬 차가 우리 옆으로 붙었다. 까무잡잡하고 몸집 큰 남자 셋과 여자 한 명이 타고 있었다. 우리가 걷는 속도에 맞춰 바짝 붙더니 이탈리아 경찰이라며 여권을 달란다.

이 남자가 여권을 꺼내기에 깜짝 놀라 손을 잡았다. 좀 더 들어 보자고 했다. 근방에서 중국인끼리 싸움이 났는데 의심스러우니 조사를 해야겠다는 것이다. 자신들은 경찰이고 지금 우리를 향해 총도 쏠 준비가 되어 있으며, 뒤에 태운 여자는 범죄 혐의가 있어 자기들이 연행 중이란다. 뭔가 이상했다. 경찰 배지를 보여 달라고 하겠다는 이 남자를 말렸다. 낯선 땅에서 무슨 봉변을 당하고 싶은가.

이 남자에게 말했다. 지금부터는 한마디도 하지 말고 못 알아듣는 척하면서 사람 왕래가 많은 곳까지 그대로 걸어라. 결국 사람이 많은 곳까지 그들을 유인하는 데 성공하고 빠져나왔다. 못 알아듣는 척 'what, what?' 하면서 20분 이상을 걸었다. 그 잘하는(?) 영어로 여권 뺏기고 강도를 당할 뻔했다.

다음날은 구 로마시가 내려다보이는 풍광 좋은 레스토랑에서 저녁을 먹었다. 이탈리아 수프가 짜다는 내 말에 이 남자가 영어 솜씨를 선보였다. 내가 말도 꺼내기 전에 지배인을 불러 내 몫의 접시에 '노 솔트(no salt)'를 부탁했다. 아찔했다. '노 솔트'면 아예 소금을 빼는 건데… 맛없고 값비싼 풀코스 이탈리아 정식을 먹고 자기들이 얼마나 최선을 다해 소금을 넣지 않았는지 알아 달라는 듯 서 있는 지배인에게 팁을 듬뿍 주고 인사까지 했다. 그 맛없는 음식, 이 남자가 영어 못하는 동양인이라고 멸시당할까 봐 식사를 마칠 때까지 옆에 지키고 서 있던 지배인에게 '소금 달라'는 소리도 못하고 꾸역꾸역 먹었다.

이탈리아 여행을 갈 때 삼성 임원은 공항에서 검색하지 않는다는 점을 알고, 나 몰래 달러로 1억 원을 들고 갔다. 택시에서 내리면서 그 가운데 7000만~8000만 원을 잃어버렸다. 뒷주머니에 꽂아둔 지갑이 빠졌다고 했다. 결국 돈을 찾지도 못했는데, 이틀 만에 그 주변에 소문이 나서 우리만 보면 호텔 근처에 있던 택시 기사들이 손가락질하며 '리치 재패니스'라고 했다. 그 돈이면 그 동네에 집을 한 채 살 수 있었다. 괜히 총 맞기 전에 돈은 그만 포기하고 떠나자고 말했다.

또 있다. 휴가차 호주의 시드니에 갔을 때였다. 택시 기사가 길을 묻는데, 이 남자가 자꾸 거꾸로 알아듣는다. 나의 만류에도 불구하고 엉터리 길 안내를 하니 그 지역에 익숙한 기사가 자꾸 나를 쳐다보았다. 돌아가면 택시비가 많이 나오니 눈치를 살핀 거다.

2007년 1월 정리된(합의서는 2006년 12월에 썼다) 두 번째 이혼은 보통의 이혼처럼 전쟁을 치렀다. 그때는 정신이 약간은 들었나 보다. 2005년 처음 문서도 없이 말로만 합의를 하고 이혼했을 때, 나와 아들 둘에게 생활비와 교육비를 주기로 했지만 이 남자는 약속을 지키지 않았다.

정말 '하늘이 나를 도와(?)' 재결합하고, 1년 만에 다시 이혼했다. 이 남자가 두 번째 이혼을 요구한 것이다. 2006년 12월 1일, 내게 용서를 구하며 신용 카드 내역서를 내보이는 등 참회의 제스처를 하더니, 한 달도 되지 않아 태도가 돌변한 것이다. 자기를 버린 줄 알았던 젊은 여자가 정식으로 결혼을 요구한 눈치였다. 이제는 없어진 간통죄를 들먹이며 재산 분할 합의서에 도장을 받았다. 이제 이 남자는 우리와 생각이 많이 다른 남일지도 모르니 철저히 재산을 분할해서 받아야 한다.

막상 이혼 절차에 들어가자 이 남자가 '제대로 된 합의서'를 거부했다. 삼성동 인터컨티넨탈호텔의 커피숍에서 두 시간을 버틴 끝에 합의서를 써 주는 대신 자기한테서 '세 여자를 떼 줄 것'을 요구했다. 세 명의 전화번호를 적어 주었다. 여전히 20대, 30대, 40대 한 명씩이었다. 주소를 보니 우리 집에서 가까운 곳에 40대 약사가 살고 있었다. 섹스를 좋아한다는 그 여자의 죄목은 '자기는 싫은데 자꾸 호텔로 끌고 들어간다'는 것이다. 40대 약사는 집에서 가까운 최고급의 호텔 잠자리를 고집한다고 했다. 카드 내역서를 짚어 가며 일일이 그 '죄상'을 확인시켰다. 그 여자가 보통 사나운 것이 아니란다. 남동생과 함께 오래 사업을 같이했던 동업자도 함께 가란다. 남자 두 명은 있어야 한다는 얘기였다.

호텔 커피숍에서 두 남자를 기다렸다. 1시간 후 그들이 도착하자 이 남자가 다시 마음이 바뀌었다. 다 써놓은 합의서에 사인을 하지 않겠다는 것이다. 분통이 터져 112에 신고했다. '여기 간통한 자가 있으니 잡아가세요.'

10분쯤 지나 경찰 둘이 커피숍에 도착했다. 범인이 어디 있냐고 묻기에 이 남자를 가리켰다. 전화를 걸 때부터 실실 웃더니 이유가 있었다. 간통은 현행범이어야만 한단다. 그러는 사이에 전광석화같이 밖으로 뛰어나가, 화단도 뛰어넘고, 넓은 길로 가서 택시를 타고 도망쳤다. 전화가 왔다. 다시 마음을 고쳐먹어 여자 셋을 떼 주면 사인하겠다고 한다. 아들 둘과 살기 위해서 이번에는 반드시 재산을 분할해서 받아야 하므로, 두 남자와 함께 '격전의 장소'로 갔다.

약국을 찾아가서 아들과 둘이 산다는 '사나운 여자'를 만났다. 내가 만나 본 여자 중 가장 많은 욕을 아는 여자였다. 남자 두 명도 적었다. 왜 섹스를 하자고 호텔로 끌고 가냐고 묻자, 자정을 넘은 시간에 '그 ×, 섹스도 못하는 ×, 내 애인이 송파경찰서장인데…' 하며 소리를 마구 지르는데 놀라 자리를 떴다. 여자는 날뛰고, 나는 차 안에 들어가 문을 잠갔다. 그녀는 동네가 떠나가게 욕을 해 대며, 차 문을 막는 내 동생 손등을 손톱으로 할퀴었다. 근처의 커피숍에서 숨을 돌리는데, 그 여자가 전화로 온갖 욕을 다하고 협박도 했다. 어디 사는 줄도 안다, 아들을 가만두지 않겠다….

다음날부터 이 약사는 이 남자의 스타타워에 있는 서정법무법인 사무실에 가서 난동을 부렸다. 내가 조폭들을 시켜 이 남자를 납치했다며, 그 행방을 찾아내라고 다른 사람들 일을 못하게 했다.

며칠 뒤 이 남자가 '협의이혼에 따른 재산 분할 및 약정서'에 사인을 하고, 제발 그 여자 좀 떼 달라고 다시 사정을 한다. 대체 그 여자를 소개한 사람이 누구냐고 물었다. 건축업을 하는 건달에 가까운 고등학교 동창이란다. 마침 그 건달 같은 동창을 움직일 만한 친구가 목포지청장인데, 나도 가까이 지내던 사이였다.

예전 '명예 동문'의 한 사람이었던 그 검사에게 전화를 걸어 사정을 설명했다. 반가운 목소리로 흔쾌히 부탁을 접수했다. 그 후로 약사가 나타나지 않는다고 했다. 다른 두 여자는 어찌 떼어 냈는지 모르나 이 약사보다는 수월했나 보다.

약정서에 사인을 한 후에도 역시나 내게 재산을 나눠 주고 싶지 않은 이 남자는 나를 오피스텔이며, 호텔 아래서 여러 번 기다리게 했다. 빗속에 한없이 기다려 가며, 일단은 가등기를 하기로 한 부동산 관계 서류를 받았다. 이 남자가 원하는 대로 조정 신청을 했다.

교사 敎唆

2007년 1월 재산 분할에 대해서도 합의를 마치고, 마지막 요식 행위인 협의이혼 판결을 받으려고 둘이 동부지원 앞에 서 있을 때 이 남자의 전화벨이 울렸다. 삼성의 계열사 사장한테 걸려온 전화인데, 이 남자를 죽이겠다는 협박 전화였다. 이 남자가 모 일간지에 삼성의 비리를 흘렸다며, 죽이겠다고 협박한다는 것이다. 삼성은 아무도 모르게 사람을 죽일 수 있는 능력이 있단다.

변호사에게 조정 신청을 맡기기 전 이 남자에게 물었다. 네가 왜 이렇게 망가졌냐, 누가 너에게 그 비싼 섹스를 소개했냐, 누가 너에게 하룻밤에 500만 원, 계속 만나려면 차 사 주고 생활비 대 주고 아파트 사 줘야 하는 비싼 창녀들을 소개해서 우리를 파경으로 몰았느냐고 물었다.

고급 콜걸을 관리하는 마담뚜의 수첩에 단골로 이름이 적혀 있는 김인주 사장의 이름이 신문에 보도될 것을 빼 주었더니 그 답례로 비싼 섹스를 함께 데리고 다녔다고 털어놓았다. 김인주, 그자는 나만 보면 큰소리쳤다. 우리는 친구라고, 무슨 고민이든 말하면 자기가 다 도와주겠다고, 이 남자는 자기가 잘 보살펴 주겠다고 말했다..

약속을 지키느라고 그런 식으로 이 남자를 도와주고 보살펴 줬는지 모르겠다. 이 남자는 대한민국의 법조계라는 문을 통과 하며 이미 많은 질환에 오염이 되었다. 삼성 구조본의 괴물들은 이 흔들리는 남자에게 치명타를 날린 것이다. 그 균으로 인한 병은 이제 어찌해 볼 도리가 없는 지경이었다.

조정을 맡긴 최혜리라는 여자 변호사에게 그 김인주 사장이 이 남자를 짓밟고 또 내 가정을 파괴하는 데 앞장섰으니, 김인주 에게 '제3자에 의한 손해배상 청구소송'이라도 해야겠다고 소송 을 맡아달라고 했다. 삼성동의 유명한 로펌에 속해 있던 그 변호 사는 단칼에 잘랐다. 자기가 속해 있는 '바른' 법인은 삼성을 상 대로 하는 소송은 내용이 무엇이든 맡지 않는다고 했다. 역시 이름처럼 썩고 병든 자본주의 사회를 살아가는 데는 '바른' 태도 였다.

대한민국 남자 중에 계집질 안 하고 외도 안 하는 남자가 얼마나 되겠나. 그것도 문화인지 모르나 군대 가기 전날에는 반드시 섹스를 하는 거고, 접대의 불문율은 여자까지 사줘야 '접대의 완성'인지 모르는 남자가 있는가. 혼자는 찜찜하니 함께 섹스에 동참해야 예의 있고 의리 있는 접대가 되는 줄 모르는 남자도 있는가. 혹시 나만 알고 있는 건가?

여자들에게 물어 보면 거의 모두 한결같이 대답한다. '내 남편은 달라요.' 그렇게 믿고 사는 것이다. 남자들에게 물어보면 똑같다. '내 아내는 나밖에 몰라요.' 세상사람 다 알아도 '너만 모르는게' 연애하고 바람피우는 거란다. 어떻게든 살아보자고 우리끼리 하는 말이 있다.

바람은 용서가 돼도 들키는 건 용서가 안 되고,
오입은 용서가 돼도 성병은 용서가 안 되고,
딴살림은 용서가 돼도 가정을 깨는 건 용서가 안 된다.

정말 용서가 안 되는 것은 교사(敎唆)를 한 인간이다. 교사범은 어느 누구에게 범죄를 저지르도록 옆구리 쿡쿡 찌르고 자신은 빠져나간다. 살인 교사범의 경우 살인을 실행한 인간보다 더 악질일 수 있다. 그래서 살인을 교사한 인간도 살인범과 같은 형량을 받는 거다.

직무상 자신의 지시를 받을 수밖에 없는, 그렇지 않아도 여자

문제를 수시로 일으키는 심신이 미약한 자를 데려가서 여자를 사서 넣어 주는 교사 내지 강제를 했으니 그 김인주야말로 우리 가족에게는 능지처참을 해야 할 원수가 아닌가. 수시로 비아그라를 주며, 사용법을 가르치고 — 비아그라를 먹으면 얼굴이 붉어지니 파트너에게 그 모습을 감추기 위해서는 반드시 술과 함께 먹어야 한다는 — 외도를 조장한 구조본의 인간들이야말로 이 사회의 인간 망종이 아닌가.

그들은 온갖 시중을 드는 비서도 사랑해야 하고 부하 직원의 아내도 만나고 싶어 한다. 구조본의 비서들은 남자 친구가 생긴 낌새만 보여도 바로 다른 부서로 보낸다. 이유는 '비밀이 누설되기 때문'이라고 한다. 감이 오는지?

이 남자는 삼성에 근무했던 만 7년 동안 삼성 구조본의 엘리트들에게서 참 많은 것을 배웠다. 해마다 일 년이면 일이 억씩 써가며 몸치장하는 것을 배웠고, 룸살롱에 다달이 수천만 원씩 뿌리며 여러 여자 거느리는 것도 배웠고, TV에 얼굴을 비추는 애들과 비싼 섹스하는 것도 배웠고, 자기를 거두어 준 선배 뒤통수 갈기는 것도 배웠고, 남의 '절친' 쉽게 빼앗는 방법도 배우고, 잘라야 할 놈 뒷조사하고 트집 잡아 자르는 법도 배웠다.

내가 생각건대 2004년 삼성을 나온 이후에도 여전히 1년이면 빚을 내어서라도 3억씩 쓰는 이 남자, 여전히 20대·30대·40대를 동시에 두루두루 연애하는 이 남자가 그렇게 바쁜 와중에 삼성을 씹을 겨를이나 있었겠는가.

입막음 용도였는지 몰라도, 3인의 지분으로 구성된 스타타워의 서정법무법인에 삼성 계열사 네 곳에서 법률 자문 계약을 맺어 매달 550만 원씩 3년간 지급했다. 서정이 이 남자를 소속원으로 받아들인 이유도 다 그 돈 때문이라고 했다. 또 삼성으로부터 받은 스톡옵션은 언제든 삼성에서 취소할 수도 있다고 했다. 이 남자는 아무리 억울한 일을 당해서 나왔다고 해도 자기가 몸담았던 회사를 씹고 다닐 위인이 아니었다. 여자를 만나러 마누라를 미친 X이라고는 할지언정.

서정법무법인 지분의 3분의 1이 이 남자의 몫이라고 들었는데, 2007년 여름 자기 소유의 그 회사에서 '회사에 나오지 말라'고 했단다. 삼성의 어떤 사장이 전화를 해서 이 남자가 계속 근무하면 그 법인을 망하게 하겠다고 했단다. 그럴 수 있는 일이다. 삼성의 모든 계열사가 거래처를 바꾸고, 막강 대기업 삼성이 모든 연을 동원해서 서정이 사건 수임을 못하게 방해하면 망하는 것이 아닌가?

아무리 생각해도 김인주 사장의 개인적인 원한에 의한 협박으로밖에 이해할 수 없었다. '이학수 부회장 대신 들어가라'고 한 말이 뼈에 사무친 거다. 그래서 이 남자를 지구 끝까지 쫓아다니면서 괴롭히기로 했는지도.

어쩌면 그는 그 교사의 기술을 여러 군데서 활용하는 것일지도 모른다. 그 강력한 회사의 지위를 이용해 여럿을 조종하고 있었을지도 모른다. 그래서 한 사장에겐 이 남자를 협박하도록 교사하고, 또 한 임원은 물속에서 눈만 내놓고 물을 먹으러 온 사슴을 노리고 있는 악어처럼, 이 남자의 지분을 노리는 '서정'의 이리떼들이 이 남자를 협박하도록 교사하고 있었을 것이다. 김인주 사장의 소행으로 추정되는 그 모든 지시는 교사인가, 명령인가, 혹은 회유인가?

컨테이너 하우스, 그리고 편지

두 번째 이혼 후 서너 달 뒤 이 남자가 내 소유의 오피스텔에 사흘 안에 '살림할 수 있게' 공사를 해 달래서 서둘러 마쳤다. 이혼을 마치고 그녀에게 갔지만 '원하던 돈'이 들어오지 않자 배신감에 휩싸인 그녀가 기둥서방을 시켜 이 남자를 협박한 것이다. 몸을 피하기 위해 내 오피스텔로 들어왔던 셈이다. 막상 그 오피스텔에 들어간 지 얼마 되지 않아, 이번엔 자기가 살해될지도 모른다고 양평의 컨테이너에 들어가 살게 해 달란다. 2007년 삼성 비자금 사건 이후 온갖 악담과 억측이 떠돌던 그 컨테이너다.

호화 별장이라는 둥, 담장을 쌓는 데만 수천만 원을 들인다는 둥 말이 많았지만 담장은 철망에 불과했고, 집은 2002년 가을부터 가끔 주말농장으로 이용하던 5평 규모의 컨테이너 가건물이었다.

수십 년을 함께 산 인연을 빌미로 아귀떼를 피해 도와 달라며 품에 뛰어든 '엑스-남편'을 거머리 떼집 듯 내던져 버릴 수는 없었지만, 내가 쓰던 공간을 이제 남이 된 이 남자와 함께 쓸 수는 없었다. '삼성의 살해 위협'을 피할 수 있게 도와 달라는 이 남자를 위해 2500만 원을 들여 2층 컨테이너에 주방 시설을 갖추었다. 大삼성에서 자기를 죽일까 봐 무서워서 서울이든 강남이든 살 수 없다는데 어쩔 것인가. 여전히 아이들의 아버지이고 그래도 수십 년을 함께 산 인연이 모질다. 허물이 있다한들 목숨이 위태롭다는데, 사냥꾼을 피해 든 사슴도 숨겨 주는 게 도리라고 배웠거늘, 외면할 수는 없었다.

이 남자는 겁이 많다. 작은아들의 출산 예정일을 2주일 앞둔 어느 날 세 들어 살던 단독 주택 2층 마루에 쥐가 한 마리 들어왔다. 너무 놀랐다. 아이가 세상에 나오기 전 그 쥐를 잡아야만 했다. 며칠을 벼르다 간신히 쥐를 발견하고 밖으로 몰아서 이 남자에게 쥐를 눌러 잡으라고 작은 삽을 건네줬다. 이 남자가 자기는 절대 못 잡는단다. 결국 내가 온몸을 부들부들 떨며 삽으로 쥐를 눌렀다. 마음속으로 외쳤다. 너는 아비 될 자격이 없다.

자신의 동생들이 돌아가면서 우리 가족을 괴롭히는데도 '그러지 말라'는 한마디 말도 한 적이 없고, 검사일 때도 우리를 죽인다고 칼 찾아 부엌 서랍을 여는 동생 발을 붙들고 살려 달라고 빌었을 뿐이다. 한번은 술에 취해 횡설수설 악담을 퍼붓는 셋째 동생의 전화를 받는 아비를 보고, '왜 동생들에게 말 한마디 못 하느냐'며 큰아들이 한숨을 쉬었다.

이제 자신을 막아줄 검찰도, 친구도, 동료도 없는 이 상황에서 '죽인다'는 협박에 그 추레한 컨테이너에 둥지를 튼 것이다. 마치 모든 잘못을 뉘우치고 좋은 아비로 다시 돌아오겠다는 태도를 보이며, 어쩌면 좋으냐고 또 징징대는데 어찌해야 하겠는가. 자신은 삼성을 배신할 수 없단다. 취할 수 있는 행동이 없다는 것이다. 내가 어쩌면 좋겠는지 물었다.

예전 수첩을 찾았다. 아직 번호가 남아 있던 최광해 부사장에게 전화를 걸었다. 그가 예전에 적어준 3개의 전화번호 가운데 다행히 하나가 연결이 되었다. 꽤 오랜만에 거는 전화였다. 구조본의 임원들을 안 본 지도 오래 되었지만, 이 남자가 회사를 그만두던 2004년에는 아예 회사 일을 물어보지 않았다. 류머티즘이 심해진 데다 새로 벌인 사업들로 바쁘기도 했고, 묻기만 하면 거짓말로 시작하는 게 끔찍했을 것이다.

여전히 구조본에 있다는 그에게 오해가 있는 것 같은데 '우리를 더 이상 괴롭히지 않게 도와 달라'고 호소했다. 최광해 부사장은 아파서 회사를 두 달째 안 나가서 사정을 모른다고 잘라 말했다. 물론 도와주고 싶지 않다는 뜻이었다.

항상 그랬다. 25년을 함께 살며, 이 남자가 '죽는다고 징징대면'

정말 죽기라도 할까 봐 마음 약한 내가 어떤 도움이라도 준다는
것을 이 남자는 아는 것이다. 며칠 측은한 얼굴로 징징대는 '전남
편'을 위해 억지로 편지를 썼다. 얼마나 쓰기 싫었는지 괴발개발
갈겨썼다. 2007년 여름, '양심 고백'을 몇 달 앞둔 때였다.

　이후 신문들은 여러 장의 편지 가운데 딱 두 줄을 내놓고, 어
떤 미친 X이 협박을 했다고 보도했다. 글씨만 보면 그런 생각도
들지 싶었다. 이제는 편지의 내용이 정확하게 기억나지 않는다.
세상으로부터 공격과 협박을 당하고 있을 때, 찢어 버렸다.
　편지에는 구조본에서 우리 가정을 힘들게 하고, 끝내는 그 둥
지를 부수고, 이제 이 남자 목숨까지 협박하는 사람들을 적었을
것이다(내게는 이제 남이 된 사람이나, 아이들에게는 많이 부족한 애비라도
여전히 필요한 '그늘' 아닌가). '안하무인' 연애로 내 눈을 망가뜨린 김
은미 변호사와, 회사를 그만둔 지가 언제인데 여전히 이 남자를
불러내어 명품 핸드백을 받아 갔던 — 2006년 11월 5일 신세계
백화점 강남점, 320만 원과 120만 원 — 여전히 삼성에 근무하
고 있던 이 남자의 옛 비서에 대한 얘기를 적었을 테고, '우리는
친구'라던 구조본의 김인주와 최광해가 왜 우리를 배신하고 괴
롭히고 가정을 박살을 내는지, 그것도 부족해서 이제 목숨까지
위협하고 남의 회사를 뺏고자 하는지 따져 물었을 것이다. 우리
를 계속 괴롭히면 내 가정을 깨뜨린, 김인주 당신의 가정도 깨질

수 있다는 내용이었을 것이다.

협박이라고? 전 세계의 모든 '협박을 하는 자'는 '원하는 것을 받기 전까지는' 검찰은커녕 동네의 '자율 방범대'에도 알리지 않는 것이 협박의 기초요, 상식 아닌가? 편지를 보낸 곳은 검찰청, 법원, 이건희 회장, 이학수 부회장, 신문사 등이었을 것이다. 그렇게 여러 곳에 보낸 이유? 구조본 사람들은 항상 말한다. 자기들이 밀어주면 국회의원은 물론 대통령도 된다고. 자기들이 밀어주면 검찰총장은 물론이고 법무장관도 된다고. 자기들의 한마디면 어떤 기사도 묻을 수 있고, 사람 하나 매장하는 건 일도 아니라고. 그걸 아는데, 회사 운영보다 더 중요시하는 로비력을 너무 잘 아는데, 이 남자나 내가 大삼성과 싸우고 싶었겠는가. 그냥 사정을 잘 아는 너희들이 모여서 의논하고, 이 '미쳐가는 여자'를 더 괴롭히지 말아 달라는 의도였다.

남북으로 이어진 철길도 끊기고, 식량 원조와 함께 대화 채널도 끊겨 세계로부터 고립된 북한은 망망대해 태평양을 향해 '미사일'을 쏘아대지 않나. 나도 그들처럼 어찌할 바를 모르는 것이었을 뿐이다.

그저 그뿐이었다. 제발 이 힘없고 나약하기 그지없는, 무더운 여름 뜨겁게 달아오른 땅바닥을 기어가는 한 마리 배추벌레와도 같은 나 좀, 우리 좀 괴롭히지 말라는 것이었다.

大삼성 구조본의 실질적인 수장이요, 장래 삼성을 이어갈 황태자를 모시기로 벌써 내정돼 있다는 김인주야말로 자신을 키운 삼성을 배신하고 사심을 좇아 대응했던 것 아닌가. 자신의 책임과 지시 하에 일어났던 그 냄새 나는 일들에서 빠져나가려고 김인주는 편지의 내용을 수정했던 것이다. 책상 서랍 속에 파란색 비아그라 통과 함께 뒹굴던 수정펜으로. 내 편지의 과녁은 분명 김인주 사장이었는데, 그는 자신 대신 大삼성으로 바꿔치기한 것이다. 김인주 사장의 권력 앞에 우리는 코끼리 앞의 배추벌레들일 뿐이었다. 단지 아우성을 지를 뿐이었다.

1812년 서곡

오페라를 좋아한다. 주세페 베르디의 '라 트라비아타'를 즐겨 듣는다. 어려운 일이 닥칠 때면, 이불을 덮어쓰고 모차르트의 피아노 협주곡을 많이 들었는데, 그래도 마음이 무거운 상태를 벗어나지 못하면 '라 트라비아타'를 들으며 많이 울었다. 그러면 다시 기운이 났다. 세상에 존재하는 모든 음악과 예술은 삶을 전제로 하고 그 삶의 조각들을 다양한 장치로 구성하여 그려 내는 것이니, 어쩌면 내 인생의 답을 예술 세계, 특히 음악에서 찾고 있었는지도 모르겠다.

'축배의 노래'를 반복해서 듣고 또 들으면서, 술잔을 기울이며 축배를 들고 흥에 겨웠던 시절을 생각하며 비탄에 빠진 나를 건지고자 했다. 어느덧 이야기는 갈등과 절정을 지나 3막이 올라가고 비련의 여주인공 비올레타가 폐병이 깊어져 죽음을 맞이하며 부르는 '지난날이여, 안녕'을 이불을 덮어쓰고 아무도 모르게 눈물을 흘리며 들으면, 나의 슬픔조차 비올레타를 따라 죽어 버린 듯 마음이 편안해졌다.

인류의 역사는 자유를 향한 도정이라고 한다. 고대나 중세나 근대에 비해 현저하게 많은 자유를 누리고 있다고 한다. 하긴, 내가 자라온 세월을 돌이켜도 그럴싸한 말이다. 하지만 한국 땅의 우리는 여전히 발목이 잡혀 있다. 하나는 '선진 열강'에, 또 다른 발목 하나는 '휴전'이라는 두 글자에 잡혀 있다.

> 내 마음아, 황금의 날개를 타고 언덕 위에 날아가 앉아라
> 훈훈하고 다정한 바람과 향기로운 나의 옛 고향
> 요단강의 푸른 언덕과 시온성이 우리를 반겨 주네
> 오 빼앗긴 위대한 내 조국, 오 가슴 속에 사무치네
> 운명의 천사의 하프 소리 지금은 어찌하여 잠잠한가
> 새로워라 그 옛날의 추억 지나간 옛일을 말해 주오
> 흘러간 운명을 되새기며 고통과 슬픔을 물리칠 때
> 주께서 우리를 사랑하여 굳건한 용기를 주리라

베르디의 오페라 '나부코' 가운데 '히브리 노예들의 합창'이다.

많은 사람이 사랑하는 이 노래는 곡도 아름답지만 가사도 아름답다. 예루살렘을 뺏기고 바빌론의 노예가 된 유대인들이 노역 중 유프라테스 강가에서 부르는 노래다. 나는 내 마음이 욕심의 노예가 되고 있는 건 아닌지, 내가 이 '후기 조선'의 관습의 노예가 된 건 아닌지, 내가 헛된 망상일 뿐인 감정의 노예가 된 건 아닌지, 의구심이 들 때 이 노래를 들었다. 그리고 항상 존 던의 시 '내 마음을 치소서'를 되뇌었다.

> 내 마음을 치소서, 삼위일체이신 하느님
> 노크하고, 숨쉬고, 빛내고, 고치려 마시고
>
> 내가 살 수 있도록 나를 밀고, 깨뜨리고,
> 불고, 태우고, 내가 새로워지게 당신 힘을 기울이소서

어쩌면 나는 이 남자의 말마따나 — '나는 당신이 내 종이나 노예라고 생각해' — 미처 깨닫지 못했지만, 바빌론에 잡혀온 히브리 노예처럼 살아온 것인지도 몰랐다. 어딘가에 있을 것 같은 나의 고향을 그리워하고 살아왔을지도 모른다.

모든 어머니는 자식을 사랑하기 때문에 많은 것을 포기한다. 반면 어떤 자식은 호강을 누리다 못해, 제 어미를 부리기 시작하고, 때로는 그 어미가 이 세상을 떠나는 날까지도 그 어미에게

251

밥상을 받는다. 어찌 자식에게만 국한된 일이겠는가.

삼성과의 전쟁은 여전히 가부장제의 범주를 벗어나지 못한 이 사회에서 족쇄 하나를 차고 있는 나에게, 재벌과 재벌에 빌붙어 기생하는 권력 집단이 던진 촘촘하고 질긴 그물이었다. 그 전쟁에서 나는 병사도 아니었고, 지휘관은 더욱 아니었다. 어쩌면 나는 그 조상과 종족이 전투에 패배해 로마의 노예로 끌려와 콜로세움의 어두운 지하 감방에 갇힌 스파르타쿠스에게 물 한 바가지를 떠 준 여인에 불과했고, 그 스파르타쿠스의 억울함을 적은 편지를 경기장의 높은 곳에 앉아 있는 로마의 황제에게는 전할 수가 없어 수문장들에게 전해 준 이름 없는 간수에 불과했다.

어린 시절 길음동 산꼭대기에서 저 멀리 건너다보이는 북한산의 높은 봉우리에서 반짝이는 불빛을 '예루살렘의 십자가'라고 믿고 항상 그 곳을 그리워하던, 예루살렘을 그리워하던 유프라테스 강가의 히브리 노예를 닮은 나는 2007년 여름 이후 끔찍한 형벌을 받았다.

삼성이라는 거대 기업이 우리 가족을 향해, 아니 나와 이 남자와 내 두 아들을 향해, 따발총을 쏘며 눈 덮인 압록강을 넘어오는 수십만의 중공군처럼, 이 나라의 거의 모든 언론을 동원하고 수많은 알바를 고용해 따발총과 폭탄을 퍼부어 우리의 인격까지 불태워 없애고 있을 때 나는 매일 '1812년 서곡'을 들었다.

차이코프스키의 '1812년 서곡'은 러시아가 나폴레옹에게 거둔 승리를 표현한 곡이다. 나폴레옹의 공격으로 모스크바가 함락되자, 러시아는 초토화 작전으로 응전했다. 나폴레옹이 모스크바에 들어오기 전 모든 사람과 물자를 옮기고 도시 전체를 불태워 버린 것이다. 나폴레옹의 군대는 물자 부족으로 퇴각할 수밖에 없었는데 이미 겨울로 접어든 러시아에서 돌아오는 길에 추위와 굶주림으로 병력의 90퍼센트를 잃었다. 초토화 작전은 2차 대전에서 독일군을 상대로 재연된다.

나는 낡은 초가에서 작은 농토를 소작하며 사는, 몇 마리 가축이 재산의 전부인 러시아 변방의 소작농일 뿐인데, 나는 모스크바의 한 작은 아파트에서 매일 배급되는 한 덩이 빵으로 연명하는 소시민일 뿐인데, 저 괴력과 살의를 다지며 최첨단의 전차 부대를 앞세워 밀고 들어오는 독일군을 감당할 방법이 없다. 나는 이미 초토화되고 있었다.

각개 전투

삼성과의 전쟁이 아니었다.

삼성으로부터 어떤 혜택이라도 입고 있는, 대규모 이익 집단과의 싸움이었고, 삼성과 비밀 거래를 트고 있는 거대 세력과의 전쟁이었고, 이 나라의 가장 많은 지분을 소유한, 삼국의 한 나라인 '신라족'과의 싸움이었다. 이 남자가 신라 땅만 밟으면 죽여 버린다는 신라족이 지금도 많다. 참 이상하다. 나라가 바로 서면 당신들 자식도 잘 먹고살 텐데, 버스 터미널의 짐꾼도 이 남자를 죽인다고 덤벼들었다고 한다.

그렇다고 '백제족'이 이 남자의 편이었나? 아니다. 이 남자 때문에 '백제족'의 자식들이 大삼성에 들어가지 못했다며 공격했다.

처음 우리를 도와준다던 기자도, 내게 행해진 모든 모욕과 공격에도 나의 명예를 회복시켜 준다던 변호사도 2007년 10월 29일의 '양심 고백' 이후 그해가 가기도 전에 모두 그들의 회유책(?)에 넘어갔는지 연락을 끊었다. 모든 신문과 인터넷에, 나와 우리 가족에 관해 이루 말할 수 없이 악의적인 기사가 넘쳤다. 양평의 집은 24시간 감시를 당했고, 우리 가족 모두에게 미행이 붙었다.

몇 년이 지난 다음, 이 남자가 광주로 내려간 지도 한참이 지났을 때까지도 미행하던 신형 검은색 그랜저가 있었다. 2011년 7월 20일, 그 차를 유인해 양평집 근처를 네 바퀴를 돌다가 집 바로 옆 막다른 골목으로 밀어붙였다. 창문을 내리게 하니 당황한 기색이 역력한 30대 건장한 남자다. "왜 따라다니느냐"니까 "내 맘이다"라고 대꾸한다. 차의 번호(09로 9341)를 적어 경찰에 조회를 부탁했다. 경찰로부터 '알아냈지만 알려줄 수 없다'는 답변이 돌아왔다. 이 남자를 통해 다시 알아보니 삼성화재 소속이었다.

내 집보다 조금 높이 위치한 옆집의 남자. 2012년 5월 헐값에 양평 집을 팔 때까지 그는 2007년 여름부터 5년 동안 이 남자를, 이 남자가 없을 때는 나를, 내가 그 집에 도착할 때부터 그 집을 떠날 때까지 마당에 서서 지켜보았다. 몇 년 동안 계속되는 무언의 협박이었다. 얼마를 받았을까?

삼성이 즐겨 구사하는 '왕따 작전'이 먹혀들어 가는 것이다.

2007년 내가 '대한민국의 최고 권력 기관'을 상대로 협박 편지를 보낸 이후 이 남자는 더욱 집요해진 살해 위협으로부터 피할 곳이, 안전한 도피처가 없었다. 누구도 선뜻 '공동의 적'이 된 이 남자를 도와주겠다고 하지 않았다. 그때 이 남자가 봉은사의 주지인 명진 스님을 찾아갔다. 봉은사에 얼마 동안만 피신하게 해달라고 부탁을 했단다. 그는 대중으로부터 많은 지지를 받고 있는 개혁파 스님이었다. 결국 2010년 봉은사가 직영 사찰이 되면서 주지를 그만둔 명진 스님은 자신도 언제 쫓겨날지 모르는 위태로운 상황이라 어렵다고 했다. 그때 나선 것이 신부들이었다. 감사했다. 언제 어디서 살해를 당할지 모른다며 힘들어하던 이 남자를 도와준다니 너무나 고마웠다.

그들의 투쟁이 성공했는지 실패로 그쳤는지, 지금도 나는 잘 모르겠다. 그저 계란으로 바위를 치는데 자꾸 치니 바위에 흠집이 좀 났을까? 아니라면 앞으로는 그 어느 누구도 대기업을 상대로 어떤 저항도 하면 안 된다는 허망한 교훈을 온 국민의 뇌리에 심어준 해프닝이었는지 모르겠다. 그도 저도 아니라면 저 '대략 잘난' 인간들이 망가져 가는 꼴이 주말 드라마보다 재미있었을까.

나도 한때 아이를 업고 시위대의 뒤를 따라 걸었지만 투사도 아니요, 정치적인 사람도 아니다. 대한민국의 기업문화가 그렇게 건전하지 않은 것도 알고, 많은 기업이 다양한 방법으로 위법을

하고 탈세를 하는 줄도 알지만, 누구 하나가 나서서 해결될 문제
는 아니라고 생각하는 회의적인 사람이다.

이 남자가 삼성에 가서야 알게 되었지만 삼성에서 돈을 받지
않은 국회의원이나 장관이 몇 명이나 될까? 비단 삼성뿐이겠는
가. 한때는 '대우의 장학생'이 나라의 법과 정치의 근간을 흔들
어 놓는다고 얼마나 말이 많았는가. 그 국회의원은 우리가 뽑고,
그 장관들은 우리 국민이 뽑은 대통령이 국회의 동의를 거쳐 임
명한다.

나는 정말이지 회의적인 사람이다. 어떤 기업이 '비자금을 만
들었다'가 문제가 아니라, 중소기업을 포함한 모든 기업이 어떻
게든 그 비자금을 만들 수밖에 없는, 그리고 그 비자금을 남몰
래 요구하면서 아닌 척, 깨끗한 척 국민을 우롱하는 자들을 지
도자들로 앉히는 이 나라 사람들의 정신 구조부터 바꿔야 된다
고 생각한다. 하지만 살아생전 그런 기적은 일어나지 않는다고
굳게 믿는 사람이다.

이 남자와 사제단의 신부들이 전쟁을 치르고 있었다면, 나는
생존이 유일한 목적인 각개 전투를 하고 있었다. 나를 도와줄
사람은 아무도 없었다. 나는 아주 잠깐 또 착각했다. 이 남자와
나는 아군이고, 그렇기 때문에 이 남자를 도우러 나타난 연합군
인 신부와 그들의 주변에서 내게도 구원의 손길을 뻗을 것이고,

나를 위해서도 싸워줄 것이라는 '말도 안 되는 생각'을 했던 것이다.

많은 기자들이 썼다. 왜 이혼한 전처가 이 남자를 보살펴 주고 있냐고, 가짜 이혼임이 틀림없다고. 그렇다. 그대들 같은 사람들이야말로 예쁘다고 분양받은 강아지도 늙었다고 버리고, 병들어서 골골대면 약값만 든다고 버리고, 눈알 하나 빠져서 흉하다고 주유소에 슬쩍 내려놓고 튀는 사람들이다.

이 남자는 위기의 순간에 평생을 그랬듯이 나를 교묘하게 이용했을 뿐이고, 그 신부들이 포함된 연합군에게도 나는 도와줘봤자 '취할 것 하나 없는' 황무지였을 뿐이고, 이 남자를 돕는다는 한겨레인가 하는 신문의 기자에게도 나는 칼집을 내고 즙을 짜내 자신들의 불알친구를 돋보이게 할, 레몬 한 조각일 뿐이었다. 그들 모두 나에게는 적도 아군도 아닌, 다만 나를 향해 달려드는 '아귀떼'뿐이었다는 것 또한 좀 더 시간이 지난 후에 알게 되었다.

미처 몰랐지만 나름의 계산을 깔고 있었던 이 남자의 연합군들은 나를 막았다. 아무도 만나선 안 된다고 했다. 내 집을 찾아와 벨을 누르는 이학수 부회장도, 편지의 당사자인 김인주도 만나선 안 된다고, 이용만 당할 것이라고 했다.

나는 사과의 말을 듣고 싶었다. 쌓인 오해가 있다면 풀기를 바랐다. 연합군은 내가 그들을 만나면, 그들과 한편인 온갖 대중

매체를 통해 나를 흔적도 없이 밟아 버릴 거라고 겁을 줬다. 죄 없는 나를 모욕한 모든 방송과 신문은 연합군이 모두 찾아내어 그 대가를 치르게 하겠다고 다짐에 또 다짐을 했다. 어쩌면 그들의 말이 옳을 수도 있었다.

삼성과 협잡꾼의 공격으로 초토화된 나는, 이 남자와 이 남자의 동지인 신부들과 그들의 추종자와 그의 '절친' 기자들에게 또 농락당했다. 2007년 10월부터 삼성과 결탁한 세력은 내 주변의 모든 사람에게 전화를 걸어 협박하듯이 나와의 관계를 심문(?) 하였고, 나에 대해 캐묻고 다녔다. 날마다 신문·방송과 온라인에 내 주변 사람의 얘기라며 나에 관한 악담을 올렸다. 사실 매번 비슷한 내용이었다. 억지로 지어내는 데도 한계가 있었나 보다. 나를 하루 종일 따라다니는 것만으로는 부족했는지, 내가 집에 있을 때는 주차장에서 낯선 남자들이 계속 우리 집을 지켜보고, 내 차를 수시로 뒤졌다.

그 이후 무려 2014년 겨울까지 일주일이면 두어 번씩 내 차를 수색하고, 그 흔적을 고의적으로 남겼다. 못 쓰는 우산이나, 쓸모없는 마일리지 카드나, 잡지 같은 것을 보란 듯이 운전석에 두었다. 때로는 밤새 어디론가 끌고 갔던 흔적도 있었다. 전날 가득 채운 기름이 바닥나기도 했다. 아마 여전히 너를 감시하고 있으니 조심하라는 경고였을 게다. 수년간을 때론 공포를 느끼기

도 할 정도의 위협에 시달렸으나 도움의 손길을 내미는 자는 단
한 사람도 없었다.

　어느 날은 신부들이 이 남자에게 삼성으로부터 로비를 받은
'검찰 인사 명단'을 작성하라고 했다기에 말렸다. 검찰을 배신하
면 안 된다, 너의 마음의 고향(?)이고, 너를 도와준 — 불쌍해서
같이 놀아 준, 좀 더 엄밀히 말하면 그가 아니라 나를 도와준 —
그 사람들을 골탕을 먹이면 안 된다고, 그건 사람의 의리가 아니
라고 극구 만류했다. 최고위층의 정치 검사가 아닌 그저 친구 검
사들을 왜 들먹이냐고 물으니, 자기는 내키지 않는데 신부들이
강요한다고 했다. 무릎맞춤을 한 것도 아니니 진위는 알 수 없다.
　이후 사제단은 이 남자와 나의 접촉을 막았다. 어느 날부터
이 남자가 나와 아이들에게 모습을 보이지 않고 그들의 '감시'하
에 들어갔다. 이 남자 옆에 한 여자가 같이 다니고 있었다.
　한 친구가 여자 변호사가 이 남자의 새로운 애인이란 소문을
전했다. 그냥 웃었다. 어느 날 이 남자가 여자 변호사를 내가 운
영하던 제과점 뚜레쥬르로 불렀다. 매일 저녁 재고를 파악하고
주문을 넣어야 하기에 매장의 CCTV를 살피는데 우연히 그들이
만나는 장면이 보였다. 참 가관이다. 그 여자를 도와주고 싶었는
지 말 같지도 않은 소송을 해야 한다며 800만 원을 가져다 바쳤
다. 시쳇말로 '털도 안 뽑고' 그 돈을 먹었다. 전처의 가슴 아픈

돈으로라도 사랑하는 모든 여자를 먹여 살리고 싶은 남자다. 딴 여자 입장에서 보면 사랑스러운 남자일 것도 같다.

어떤 날은 신부들과 북한을 가야 한다고 돈을 달래서 주었다. 어느 땐가는 그 사제단의 신부가 주임신부를 그만두어 월급을 못 받는다며 신부의 생활비가 필요하다고 나한테 여러 번 돈을 받아갔다. 그 신부라는 자들은 그들의 대의와, 그들의 정의를 위해 아무 대책도 없었던 무지한 중생에게 '쓰리고'에 '피박'까지 씌웠다. 신부의 생활비 명목으로 가져간 돈만 2000만 원이 넘었다. 내가 날마다 허리 아프게 하루 종일 컴퓨터 앞에 앉아 밥도 못 먹고 주식 거래 해서 만든 돈이었다.

2008년부터 2009년은 전 세계를 강타한 리먼 사태로 주식 시장이 무너지고 있었다. 나도 그즈음 일 년은 손을 놓고 기다려야만 했다. 수익이 거의 없었던 그해에도 나는 돈이 되는 대로 갚겠다며 이 남자가 나에게 떠넘긴 빚 10억, 게다가 급하게 아들들의 생활비와 학비로 빌려 쓴 은행 빚을 감당하느라 은행에서 1억을 빌려 겨우 한 해 이자만 갚았다. 그해는 이율이 엄청나게 높았다.

매일의 주식 거래로 — 나는 살아남은 극소수 개미 중 하나다 — 두 아들 학비와 생활비를 벌었는데, 1년이 넘는 동안 주식 거래를 멈추니 또 은행 빚을 얻어 두 아들을 부양할 수밖에 없었다. 참으로 버티기 힘든 한 해였다. 어려운 살림을 눈치챈 작은아들이

20여 년 모은 통장을 주었다. 아들은 이자 몇 푼까지 계산하는 짠돌이였다.

　가까스로 살림을 꾸려 가는 사정은 아랑곳하지 않고, 철모르는 이 남자가 컨테이너 생활이 불편하다고 집을 지어 달라고 사정했다. 아들의 돈에 은행에서 대출받은 돈을 합해서 2009년 집을 완공했다. 딴 여자를 데려와 살림은 살지 말라고 단서를 달았다.

　2010년 여름, 그즈음 새로 만난 젊은 애와 몰래 살림을 살다가 내 눈에 띄었다. 날마다 내게 받아 간 돈으로 살림을 차리고, 돈이 부족하자 자기가 뚜레쥬르를 맡겠다고 해서 자본까지 긁어 가고, 그 여자와 놀러 다니다 내 명의로 리스한 6500만 원짜리 차로 인사 사고까지 내서 나를 모든 보험사로부터 기피 인물로 만들고는, 둘이서 행복하게 살았나 보다. 어느 날부터 이 남자가 가끔 강아지도 돌보고 나무도 잘 크는지 살피러 가던 내게 예전 수법을 쓰고 있었다. 내가 기분이 나빠져서 '안 가겠다'는 말이 나올 때까지 싸움을 걸고 시비를 건다. 또 느닷없이 시비를 걸던 그날, 아픈 강아지가 걱정이 돼서 전화를 끊고 집을 나섰다. 그 집을 들어서니, 내가 간다고 꼭꼭 숨겨 두었다가 이제 막 종이봉투에서 꺼낸 그녀의 브래지어와 팬티며, 그녀를 위한 농사용 모자와 장화와 물품들이 널브러져 있었다.

당장 차를 불러 짐을 싸라고 했다. 다음날 청소하러 가니 내가 수십 년을 아끼며 지니던 추억이 깃든 물품이 죄다 없어졌는데, 더 황당한 것은 집이었다. 온 집을 망치로 부수고, 싱크대와 화장실 세면대까지, 걸려 있는 모든 것은 가위로 자르고, 마당의 수도꼭지까지 못 쓰게 만들고, 커다란 새장에서 키우던 왕관앵무새 열여섯 마리는 새장을 부수어 날려 보냈다.

아끼던 겨울용 신발은 가위질을 해서 망치와 가위를 옆에 나란히 두었다. 참을 수 없어 112에 신고했다. 아들에게 전화하니 '한 번만 더 참으라'고 애원했다. 112에 취소 전화를 넣고는 이 남자가 당시 적을 두었던 한겨레신문에 전화했다. 이 남자의 '절친'에게 통보했다. 이 남자가 내 전화를 받지 않는데 형사 고소를 할 것이니 알고 있으라고. 고소는 겁이 났는지 곧 이 남자가 전화를 걸어 변명한다. 자기는 말렸는데, 그 집을 차지하고 싶었던 '사랑하는 그녀'가 자기 말을 듣지 않았단다. 그들은 그 집을 차지하고 싶었는지 나 몰래 건축사에게 자신들의 이름으로 준공 검사를 받고 등기까지 해 달라고 100만 원을 선금으로 보냈다. 결국 그 땅이 나와 아들의 이름으로 되어 있었기 때문에 실패했는데, 이 또한 두 해나 더 지난 2012년 가을에 우연히 알게 됐다.

난장판을 대충 수습하고 서울로 돌아오는 차 안에서 사제단의 신부한테 전화를 받았다. "그 남녀에게 계속 생활비 대 주라"는 '마귀의 말'을 하는 것이다. 나는 지금도 그 말을 떠올리면 가슴이 떨린다. 그들은 무슨 생각을 하고 있는 걸까. 그들이 성직자는 맞나? 무슨 소리를 하고 계시냐고 하니 그 사제라는 사람, 전화를 끊어 버렸다. 자기가 듣고 싶지 않은 말은 듣지 않는 실용적 인간이다.

참으로 부러운 품성이고 닮고 싶은 태도다. 사는 데 많은 보탬이 될 것 같다.

안식

음악

피아니스트 프리드리히 굴다의 피아노 협주곡을 들었다. 아니보고 들었다. 영화를 종합 예술이라고 하지만, 요즈음은 음악도 미술도 다 종합 예술이다. 검은 티셔츠를 입고 머리엔 노란 모자를 쓴 굴다가 오케스트라를 지휘하면서 피아노를 치는 모습은한 편의 영화이다. 영상 속의 그는 그 순간 모차르트가 되고 베토벤이 되어서, '독수리 삼형제'처럼 '합체'가 되어 무한의 우주로날아간다.

가까이 둘러싼 오케스트라는 알프스의 푸른 숲이나 홍콩의야경이 되기도 하고, 또 지휘자의 손끝에서 재잘거리는 참새가되기도 한다. 그는 또 안경 너머의 눈을 껌벅이며, 남의 둥지에낳은 알에 엄마의 목소리를 들려주는 뻐꾸기처럼, 여러 악기의 소리를 그 깊은 두 눈으로 툭툭 치며 속삭이기도 하고, 빙하를 가르고 떨어지는 폭포수처럼, 휘몰아치는 파도처럼 열개의 손가락을 움직인다.

초등학교 1학년 때 그 시절 드물게 피아노가 있던 친구 집에 놀러 갔는데, 그 친구가 손가락 두 개로 검은 건반만 눌러 치는 아리랑을 가르쳐 주었다. 이상하게도 그날 배운 그 손동작은 평생 잊히지 않는다.

자라면서도 가끔 피아노를 치고 싶었는데 기회가 없었다. 방과 후 학교 강당의 한쪽에 놓인 피아노를 서툴게 치며 음악 시간에 배운 노래를 부르던 기억이 있다. 한때 두통이 심해지면 아주쉬운 피아노곡을 쳤는데 그러다보면 두통이 사라지기도 했다.

두 아들에게 피아노를 배우도록 했다. 딴 학원은 보내지 않아도 음악은 가르치고 싶었다. 바이엘과 체르니를 마친 다음에는 잠시 재즈를 가르쳤다. 어느 날부터 큰아들은 스스로 작곡해서 피아노를 친다. 동생에게 '나는 장남이라 부모의 뜻에 따라 진로를 결정했지만 너는 네가 하고 싶은 걸 해라'고 말했단다. 아마도 음악에 미련이 남았나 보다.

작은아들의 예중·예고 진학을 한사코 반대하다가, 미국에서 사진을 하고 싶다고 했을 때 선선히 승낙한 것은 큰아들의 얘기가 떠오른 까닭이다.

아이들이 피아노를 치면서 우리 가족 공동의 취미는 음반으로 피아노 연주를 듣는 일이 되었다. 피아노를 통해서 서로 소통하고, 이해하였다. 피아노 독주곡이나 합주곡에 대해, 연주자에 대해 이야기를 나누며 거실에 나란히 앉아 음악을 감상했다.

세상의 많은 부모는 그들이 낳았기 때문에 아들딸을 잘 안다고 한다. 그런가? 등잔 밑이 어둡듯이 세상의 누구보다도 제 자식을 모를 때가 많다.

어쩌다 아들의 피아노 치는 시간이 길어지면 무슨 일이 있나 걱정하고, 아들의 피아노 소리가 흥거우면 덩달아 즐거웠다. 한 번은 작은아들이 무심코 피아노 방의 문을 열려는 나를 막았다. 형이 지금 아주 상태가 나쁘니, 조용히 모른 척하란다. 피아노와 음악은 우리 가족에게 또 하나의 언어였다.

2009년 어느 날 이 남자가 집에 찾아왔다. 마루에 앉아 있던 어린 손자를 밀치고 1994년부터 십여 년 나와 아이들의 친구였던 오디오를 끌어냈다. 막아서자 고함을 지르면서 우격다짐으로 가져갔다. 이 남자의 그 행위, 이미 이혼을 한 지도 여러 해가 지난 전처의 집에 들어와 폭력을 행사하면서 값비싼 오디오를 가져간 행위는 무슨 죄? 아마 강도가 아닌가? 좀 찜찜했는지, 어느 날 내게 돈을 달라더니 싸구려 오디오를 들여놨다. 그냥 버렸다. 나와 아이들의 아름다운 추억과 사랑도 함께 사라졌다.

지금도 그립다. 다른 오디오를 장만하면 되는데 왠지 내키지 않는다. 작은아들이 소형 오디오 세트를 사다 주었다. 음악이 듣고 싶으면 유튜브 영상을 보면서 위대한 작곡가와 세기의 연주자를 만난다.

독서

    글을 읽게 되면서 만화책을 먼저 봤다. 초등학교 시절 만화는 나의 셸터(피난처)였다. 영어 단어 'shelter'를 좋아한다. 이 단어에는 '그 모든 편안함과, 고요한 쓸쓸함과 고독한 사랑까지' 다 들어 있는 것 같다. 폭풍우 속을 헤매는 누군가의 셸터가 되어 주길 바랐고, 눈 덮인 깊은 산속에서 먹이를 찾아 헤매는 어린 멧돼지의 셸터로 살고 싶었고, 때로 갈 길을 잃고 방황하던 나 또한 어딘가에 있을 나의 셸터를 찾고 있었는지도 모른다.

    만화 가게에 더 이상 읽을거리가 떨어지면, 너덜너덜 해어진 채 한쪽에 자리를 차지한 동화책을 읽기 시작했고, 그게 재미있어서 친구들에게 책을 빌려 읽었다. 날마다 '소공녀'나 '알프스의 소녀' 같은 슬픈 이야기를 읽으면서 씩씩한 주인공을 닮아 갔다.

중학생이 되면서 집에서 일하는 언니들이나 우리 집에 머물다 간 사촌들이 숨겨 놓은 '빨간책'을 읽기도 하고, 책을 파는 지인을 돕는다고 사 놓은 세계 문학 전집을 읽었다. '죄와 벌', '파우스트' 등 중학생한테는 어려운 책이었다. 그마저 다 읽으면 헌책방을 돌면서 김유정이나 염상섭으로 시작되는 한국 문학과, 이상으로부터 출발하는 현대 시를 읽으면서 단 하루도 책을 읽지 않고는 살 수 없게 되었다.

이른 결혼 후에도 옷을 사 입는 일은 없어도, 여유가 생기면 문학지와 신간 소설을 읽었다. 돈이 궁하고, 책이 아쉬우면 도서관을 찾았다. 인생의 단 30분도 허투루 흘러가는 것이 아까웠다. 인생이 꼬여 가던 사십을 넘기면서 책을 거의 끊었다. 그림을 그리느라 책 읽는 시간을 내기도 힘들었지만, 내가 너무 책속에서만 살아 현실의 삶에 적응이 안 되는 것인가 하는 회의도 많이 들었다. 둘째를 낳은 지 얼마 지나지 않은 어느 땐가 이 남자가 내게 그랬다. "당신은 지상의 사람이 아니라, 천상에서 내려온 사람인 것 같다." 구체적인 정황은 기억나지 않으나, 우리가 살고 있는 현실을 '심청전'의 뺑덕어멈처럼, '토지'의 임이네처럼 억척스레 살아야 한다는 뜻이었다.

책을 읽다 보니 스무 살이 넘으면서 무엇인가 쓰고 싶었다. 시를 쓰고 싶었다. 초등학교 4학년 때 딱 한 번 동시를 쓴 뒤 잊고 지냈다.

글자가 참 좋다. 한시를 보면 절구를 구성하는 글자가 아름답다. 대구와 운율을 갖춘 절제의 미학이 글자 하나하나에도 반영된 느낌이다. 영시를 읽으면 또 그 시구의 시작과 끝의 여운이 밤하늘의 별과 별 사이를 잇는 구름 띠와 같다고 느껴진다. 해방 전후 시인들의 시, 특히 한때는 금지 서적의 목록에 포함된 남북 시인이나 월북 시인들의 시를 읽을 때면 요단강을 건너 고향으로 돌아가는 유대인의 마음이 되었다. 70~80년대의 격동기에는 실천 문학 계열의 시를 가슴 저미며 읽었다.

때로는 서초동의 중앙도서관에 가서 두꺼운 국어사전을 펴놓고 스러지는 우리말을 꼼꼼히 읽어 내려가면, 그보다 즐거운 일이 없었다. 그 힘들고 외로운 많은 날에도 나는 행복했을 것이다. 괴로웠던 순간은 하고 싶은 공부를 못하게 되거나, 쓰고 싶은 글을 못 쓰거나, 사고 싶은 책을 살 수 없을 때였다. 어떤 사람은 남편이나 아내 때문에 행복을 느낀다고 하는데, 나는 그 말을 지금도 잘 받아들일 수 없다. 왜 그들이 당신을 행복하게 혹은 불행하게 하는가. '힘들게 한다'는 것은 알겠는데, '불행하게 한다'는 것은 무언가 잘못된 게 아닐까.

배우자란 존재가 삶에 막대한 영향을 주는 것은 맞지만, 그 존재가 우리 각자의 삶을 지배해서, 행복이나 불행이 그들의 손아귀에 있는 것이라면 그거야말로 불행 아닌가. 우리는 누구나 자유 의지를 가지고 이 세상에 태어나서 살아간다.

나는 단 한순간도 이 남자 때문에 행복한 적도 불행한 적도 없었다. 다만 '힘들었을 뿐'이다. 때로 견디기 힘든 순간에 나는 항상 내가 왜 이리 약한가, 왜 이렇게 정처 없이 방황하는가, 삶이 지향하는 궁극적인 것은 뭔가 고민했을 뿐이다. 내가 조금만 더 의지가 강하고 현명했다면, 하고 생각했을 뿐이다.

대학

가끔 스스로에게 묻는다. 나의 선택이 잘못되었던 것일까. 선택의 갈림길에서 후회하지 않기를 바라며 걸어올 수밖에 없었다. 예수는 죽음을 알면서도 가시관을 쓴 채 골고다의 언덕을 올랐고, 부처는 진리를 찾아 부귀영화를 버리고 길을 나섰다. 미물의 중생 또한 갈림길에서 망설이다가 어느 한 길을 선택해 묵묵히 걸어갈 뿐이다. 잘못된 선택이었다 하더라도 900만 명이라는 사상자를 내고 끝난 1차 세계 대전에 전쟁의 목적도 모르고 참전해 적의 총탄으로부터 자신의 몸을 보호하기 위해 파 놓았으나 매일같이 쏟아진 비와 눈에 똥과 오물이 가득차고 흙탕물이 허리까지 차오르는 참호 안에서 적의 총탄도 아니고 이질과 콜레라로 죽어간 꽃다운 청춘들처럼 우리도 언제 어떤 식으로 닥칠지 모르는 죽음을 바라보며 사는 것 아닌가.

모친을 이해하는 데 오랜 시간이 걸렸다. 도대체 나의 모친은
왜 다른 엄마들과 다른가, 왜 팥쥐 엄마보다 더 나를 괴롭히나.
고등학교 시절에 작정을 하고 모녀가 등장하는 소설을 샅샅이
뒤졌다. 알 수가 없었다. 박경리와 박완서가 등장하기 이전 대
부분의 우리나라 소설가는 남자였다. 이 '후기 조선'에서 남자로
사는 사람이 여성들의 삶을 묘사한 것은 대개 허구에 가깝다.
소설이란 게 바로 허구인데 말이다.

외할아버지는 일대에서 가장 돈이 많았다. 아들 둘은 일본의
대학으로 유학을 보내고, 막내아들은 서울로 유학을 보냈다. 딸
들은 공부할 필요가 없다고 중학교도 보내지 않았다. 모친이 공
부를 더하고 싶다고 하자, 서울에 유학 중이던 막내 오빠가 그랬
단다. "조금 기다리면 내가 서울로 데려와 학교를 보내 주마." 그
오빠들이 다 한국 전쟁 중에 전사하고, 막내 오빠는 북으로 끌
려갔다. 그리고 행방을 모른다.

외할아버지는 아들들을 잃은 상심이 컸다. 여러 지방에 여관
을 운영했는데, 한 군데 여관은 아이 여섯을 키우는 과부에게
맡겨, 그 아이들을 서울의 대학까지 보낼 수 있게 했다. 내가 초
등학교 6학년 때 성인이 된 그들이 모친에게 인사를 왔다. 아마
도 이제는 돌아가신 외할아버지에 대한 고마움을 표시하고 싶

었던 것 같다. 모친은 그들을 반기기는커녕 두 번 다시 보고 싶어 하지도 않았다.

모친이 가끔 말했다. 외할머니가 마흔셋에 열 남매 중 막내로 자기를 낳았는데, 딸이라고 중학교도 안 보내고, 피도 섞이지 않은 남의 아들은 대학까지 가르치게 도와준 아버지가 미웠다고 했다. 아버지가 나를 예뻐하는 게 싫다는 말도 덧붙였다.

게다가 외할아버지는 나를 정말 귀여워하셨다. 딸인 자기가 받았어야 할 사랑을 손녀딸인 내가 받는 것이 억울했을 수도 있다. 이제 남편마저 아내인 자신을 제치고 딸을 더 사랑하는 것이다. 서른이 넘은 나이에 생각하니 반쯤 이해됐다. 그런데 왜 아들 셋 중에서도 유독 큰아들을 편애하고 외동딸인 나를 그렇게 미워했나.

젊은 날 부친은 헌병 학교에 다니고 있었는데, 그 학교가 없어지면서 군대에 들어가 하사관으로 6년 동안 군대 생활을 했다. 그때 간첩을 잡은 공로로 훈장도 두 번을 받았다. 제대를 1년가량 앞두고 할아버지의 호출을 받았다. 결혼하라는 말씀을 따라 '얼굴만 한 번 보고' 결혼했다. 사흘의 휴가를 얻어 결혼식을 올리고 첫날밤을 보냈는데, 일 년 후 제대하고 집에 오니 웬 아이가 하나 있는 것이다.

모친은 남편 없는 시집살이를 서럽게 하면서 아들을 낳아 키웠는데, 일 년 만에 집에 온 남편은 강보에 싸인 아이를 힐끗 보더니 한 번 안지도 않았단다. 부친은 큰아들이 친자식이 맞는지 긴가민가했다고 한다.

두 분은 소도시로 나와서 '진짜 결혼 생활'을 시작했다. 내가 태어나니 부친의 기분이 어땠을까 상상이 된다. 애는 틀림없는 내 딸인 게다.

이 '틀림없는 내 딸'이 세상에 나온 지 2주 만에 이름 모를 병에 걸려, 결국 의사가 더 이상 치료가 안 된다며 '갖다 버리라'고 했단다. 아버지는 포기할 수 없어 집에서 직접 치료를 시작했다. 어느 날 주사를 꽂았는데 아이가 빼 하고 울더란다. 부친은 오랫동안 몰랐지만 그때 잘못 맞은 주사로 나의 오른 다리는 평생 불편하다.

의사도 고칠 수 없는 병에 걸린 나를 의사의 말대로 포기하고 죽을 때까지 기다렸다 버릴 수도 있었는데 아버지는 애써 살렸다. 힘들게 살아났으니 얼마나 귀했을까. 모친의 입장에서 보면, 자기와 가장 힘든 시기를 함께한 큰아들을 남편이란 사람이 자기 아들이 아니라고 생각하니 — 물론 한 번도 입 밖으로 나온 적은 없다. 두 분만 그렇게 생각하고 살았나 보다 — 가슴이 찢어졌을 것이다.

자기는 귀한 막내딸로 태어났는데도 아버지 사랑을 못 받고, 자기 딴에는 근처에서 가장 잘생기고 똑똑한 남자를 만났는데, 그 남자 또한 당연히 사랑받아야 할 아내인 자기를 두고 딸만 예뻐하니 얼마나 싫었겠나.

고등학교 2학년 때, 내가 꼭 대학에 가야겠다고 하자 모친이
말했다. "부잣집 막내딸로 자란 나도 학교에 못 갔는데, 내가 왜
너를 대학에 보내. 네가 대학 가면 나를 무시할 테지." 외가는 집
에 일하는 머슴도 많아서, 모친이 자라면서 일을 한 적이 없었
다. 외할머니가 베 짜기를 시켜도 하지 않았단다. 오로지 공부
를 더하고 싶었는데 딸이라고 학교도 보내 주지 않았단다. 모친
은 자기가 '가지 못한 길', 고등 교육을 받은 여자들에 대해 콤플
렉스를 가지고 있었던 것 같다. '돈이 굴러다닌다'는 세무서를 그
만둔 남편을 따라 서울로 올라오면서 모친의 고생길이 열렸다.
남편도 밉고, 자연 아버지가 사랑하는 나까지 미워졌을 것이다.

마흔이 다 되어 가는 나에게 모친이 말했다. "미안하다, 너한
테 모질게 해서."

1990년 다시 공부를 시작했다. 국문학을 복수 전공할 요량으
로 미대를 준비했다. 단과반을 거쳐 신촌의 미술 학원을 찾았다.
모의고사 성적표를 내밀며 장학생을 지원했다. 다른 학생들이 이
틀이나 사흘 동안 2절지에 데생 하나 마칠 때, 하루 4~6시간을
앉아서 데생 하나, 구성 작품 하나를 마치고 귀가했다. 그림을
마칠 때까진 아무도 내 그림에 절대 손을 대지 못하게 했다.

모든 학원과 교육원에서 강사나 교수는 나이를 막론하고 수강생

이나 제자의 그림에 가필을 한다. 가필이 필수적인 경우도 있다. 때로는 그림의 50퍼센트 이상을 그려준다. 99.9퍼센트의 '그림을 배우는 예술가'들은 그것을 당연하게 여긴다. 수없이 가필을 해서 완성된 그림을 가지고, 개인전도 하고 미술 대전에도 참가하고, 가필한 선생들이 심사하는 공모전에서 수상하는 영광을 안는다. 예술이라고?

학생이 그리던 그림에 선생이 손을 대면 그림은 늘지 않는다. 아무리 힘들어도 자신이 끝까지 완성해야 문제점을 빠르게 파악할 수 있고, 그만의 고유한 특성도 잃지 않는다. 많은 강사는 '내 그림에 손대지 말라'는 말을 참 불쾌하게 여긴다. 자신의 권위에 대한 도전쯤으로 여긴다. 다행히 그 학원에서 그림을 지도하던 강사는 나의 뜻을 헤아려 주었다.

단과 학원의 강사들은 늦깎이 수강생이 안타까웠는지 자기 수업의 수강증을 끊어 줬다. 학원 식당에서 만나면 식권을 여러 장 건네주었다.

일주일에 두 번밖에 못 가는 화실의 원장이 이틀씩 더 나와서 공부할 것을 권했다. 아이들을 두고 화실에서 그 이상 시간을 보낼 수는 없었다. 홍대는 가능한 수준이라는데, 이 남자가 퇴폐적인 학교라며 허락하지 않았다. 서울대 아니면, 홍대를 기대하는 원장에게 미안해서 학원을 옮겼다. 마음이 불편하고 부담스러웠다. 나중에 학원을 찾아 고맙고 미안했다고 인사했다.

그리 긴 시간은 아니었고 그나마도 두 아들을 키우고 수시로 이 남자의 뒤치다꺼리를 하면서 준비하기에는 참 짧은 기간이었다. 고대 사범대학의 미술교육과로 정한 또 하나의 이유이다. 그 학교는 데생 한 장 그리고, 다섯 가지 물감으로 수채화나 구성 작품 하나를 하면 되었다. 구성을 공부할 시간도 없어 수채화를 선택하고, 20년 만에 수채화 두 장을 그려 본 뒤 시험장에 갔다. 모의고사 성적이 잘 나와서 딱 두 달 동안 데생 몇 장 그리고 자신만만하게 첫 번째 시험을 봤건만, 결과는 낙방이었다. 다음 해 봄부터 다시 시작했다.

짧은 기간에 데생과 학과 시험을 준비했다. 시험이 다가올수록 불면증이 깊어졌다. 일주일에 두어 번씩, 여전히 저녁 9시부터 새벽 3시까지 공부했는데 잠자리에 들면, 세상의 모든 소음이 귀에 거슬려 이불 밑에 시계까지 집어넣고야 잠이 들었다.

시험 전날 시험장에 가까운 정릉에 숙소를 잡았는데 그 끔찍한 불면증이 또 찾아왔다. 새벽 다섯 시에 울면서 맥주 한 캔을 마시고 한 시간쯤 잤다. 긴장한 탓인지 시험 감독관이 들어오는데 화장실이 가고 싶고, 비몽사몽 정신이 없었다. 한 명만 준다는 장학금을 받고 당당하게 학교를 다니고 싶었는데….

1991년, 두 번째 도전에서 합격하자 고대 법대 출신의 나의 예전 '동문'들이 '미대는 거저 가는 것'이라고 했단다. '잘난 그들에게 밥이나 퍼주면 될 노예'가 감히 자신들과 같은 대학을 나와서 '명예 동문'도 아닌 '진짜 동문'이 되는 것을 용납할 수 없었는지 모르겠다. 나중에 이 남자의 친구들이 내 면전에서 무시하면, 나는 학력고사만 가지고도 고대사범대 어느 과든 갈 수가 있었다고 대꾸했다. 사실 영어교육과는 조금 모자랐지만.

2학년 때 국문학 과목을 수강 신청했다. 서너 번의 수업을 진행한 뒤 '타과생은 다 나가라'는 교수의 일갈에 여러 명이 쫓겨났다. 내가 신청한 과목은 4학년생들이 듣는 과목이었는데, 졸업을 코앞에 둔 학생들이 한자가 섞인 교재를 읽지 못했다. 반면에 미술교육과의 한 학생은 술술 잘도 읽었다. '날카롭고 예리하고 담백한' 시인이자 평론가로 알려진 그 교수는 자기가 애지중지하는 제자들의 무지가 부끄러웠을 것이다.

그 사건은 나에게 충격이고 상처였다. '절대 그림을 포기하지 말라'는 우리 과 교수들의 말에도 영향을 받았지만, 겉과 속이 다른 자들에게 문학 지도를 받고 싶지 않았다. 하기는 미대 나온 90퍼센트가 그림을 못 그리고, 문학 전공한 90퍼센트가 글의 기초도 모른다고 하더라. 아닌가?

'시보 시절' 함을 지게 된 이 남자를 따라 여수의 신부 집으로 간 날, 내 또래의 신부가 다니던 그 대학원의 국문과 동기와 조교들이 신부의 방 벽에 걸린 시 작품을 보며 이야기하고 있었다. 옆에서 잠자코 듣다가 거북해서 끼어들었다. 지금 여러분 모두 잘못 알고 있다, 그리고 그 시에 대해 얘기했다. 그들은 '적어도 부끄러움을 아는' 여인들이었다. 내 설명에 얼굴을 붉히며 부끄러움을 고백했다.

학이 學而

學而時習之 不亦說乎

有朋自遠方來 不亦樂乎

人不知而不慍 不亦君子乎

논어 강의를 세 번이나 들었지만, 세 번의 강의가 모두 책을 마치기 전에 끝나서 논어를 다 공부하지 못한 것이 지금도 아쉽다.

어떤 학자는 '배워서 예습, 복습 잘하니 기쁘다'는 뜻이 아니라, '실천을 하라'는 깊은 뜻이라고 하는데, 내가 보기에는 '학이시습지 불역열호'의 다음에 따라오는 '친구가 있어 멀리서 찾아오면 또 즐겁지 아니한가, 사람들이 알아주지 않아도 화내지 아니하면 또한 군자가 아닌가'라는 문구를 보면, 공자는 '세상에 쓸모 있게' 실천이 가능하든, 그저 배우고 끝이 나든 '배운다'는 자체를 중요하게 생각했다. 공자 시대에도 '먹고 사는 일'이 중요해서 어려운 사람들은 자식 가르치기를 주저했으며, 공자는 무척 안타까워했다고 한다. 공자는 자신의 제자들이 '등용'이 돼서 자신들이 배우고 익힌 것을 활용하기를 바랐겠지만 '즐겁다'는 개념을 꼭 그 '등용'에 맞췄을 것 같지는 않다.

지금도 공부가 즐겁다. 영상물을 볼 때면 하나라도 배울 것이 있는 다큐멘터리를 즐겨 보고, 여행을 할 때도 태블릿으로 좋은 강의를 찾아 여러 가지 경전을 공부한다. 불경 강의는 출가한 비구니나 비구를 상대로 승가대학에서 진행하는 것이 깊이가 있다. 대개의 불교대학원도 '학위 장사'의 혐의가 짙다. 학위가 목적인 수강생을 따라 강의도 허술하게 끝나는 경우가 많다. 강의를 듣자고 출가를 감행할 수는 없어 안타까웠는데, 요즈음은 유튜브에 여러 강의가 올라와 감사하기 그지없다.

지금 공부를 해서 무엇을 성취한다기보다, 그저 마음이 가는 곳을 따르는 것이다. 혼자 하는 공부가 지루해지면 여러 기관에서 운영하는 강의를 듣기도 한다. 즐거운 것도 있고 때론 돈이 아까운 것도 있다. 일본어와 영어는 필요하기 때문에 책을 놓지 않는다. 중국에 관한 공부도 다시 시작했다.

사범대학 졸업 후 방통대에 다시 입학하여 일본어를 전공하고 또 열심히 배우고 익혀 일본 사람보다 일본어를 잘하는 친구가 얼마 전부터는 중국문화원으로 중국어를 배우러 다닌다고 한다. 그 말에 용기를 얻어 나도 중국어에 도전을 하려는데 맞는 시간이 없다.

동양 철학이라는 '명리'에 관심이 가서 가끔 강의를 들으러 갔다. 서양의 타로도 궁금해서 배우고, 관상학도 듣고, 여러 가지 학설이 분분한 풍수도 배웠다. 내 생각에는 수천 년 전부터 내려오는 학설이 거짓일 리는 없을 것 같은데…. 명리학의 진위는 차치하고, 무엇보다 선생이 엉터리거나 학생이 부실한 경우가 참 많다.

첫째, 사주를 보는 당사자가 자기의 태어난 시나, 날짜를 잘못 아는 경우가 생각보다 많다. 예전에 시계가 귀하던 때 자기가 태어난 시를 어떻게 알았을까. 진통으로 경황이 없었던 산모가 시계를 봤을 리도 없다.

둘째, 사주를 풀어 주는 사람은 거짓말을 할 수밖에 없다. 모든 사람은 힘들 때 그들을 찾아간다. 희망의 말을 들으려고 찾아온 사람에게 '앞으로 더 힘들 것'이란 말을 할 수 있을까? 이것도 사업이고 임대료도 내야 하지 않나. 그래서 지금은, 명리학을 가르치는 많은 선생이 아예 나쁜 단어는 가르치지도 않는다. 절대 나쁜 말은 하지 말라고 당부한다.

셋째, 공부가 제대로 되지 않은 사람들이 '철학관'을 차려놓고, 횡설수설 남의 운명을 말한다. 거짓말로 좋은 말을 해 주면 좋아하고, 인물이 괜찮으면 실력이 있다고들 한다. TV에 얼굴 비치는 유명한 보살, 유명한 교수, 유명한 의사, 유명한 변호사…. 당해 보면 안다.

힘들 때 많이 찾아다녔다. 대개는 그냥 울다가 나왔다. 어떤 이들은 많은 위로를 줬다. 무슨 말을 할 것도 없었다. 그 위로가 도움이 됐다. 아마 그 사람들이 이 세상에 필요한 이유일 것이다.

287

심장

어느 날 아침 눈을 떴는데 왼쪽 눈이 보이지 않았다. 이 남자의 '뻔뻔한 사랑'으로 오른쪽 눈꺼풀이 내려앉았다. 두 번의 수술로 반쯤 감긴 눈을 다시 뜨게 되었지만, 통증은 어쩔 수 없나 보다. 지금까지 때때로 돌덩이에 맞은 듯한 통증이 온다. 그럴 때면 방법이 없어 노트북을 펴고 음악을 듣거나 여러 강의를 찾아서 본다. 그렇게 하지 않으면 통증과 함께, 통증보다 무서운, 아무짝에도 쓸모없는 분노가 다시 솟구치기 때문이다. 공부가 덜된 까닭이다. 마음의 파도가 가라앉으면, 몸의 고통도 잠잠해진다.

이번엔 왼쪽 눈이 아예 안 보인다. 영화관의 스크린처럼, 창문에 드리워진 블라인드처럼, 눈은 분명히 떴는데 하얀 장막만 보인다. 책을 꺼내 들여다봤다. 검은 글씨가 보이지 않는다. 오른

쪽은 띄엄띄엄 보인다.

어려서 본 드라마에 충격으로 갑자기 두 눈이 보이지 않게 된 인물이 떠올랐다. 겁이 덜컥 났다. 대학 병원에 있던 큰아들에게 전화했다. 안과부터 시작해 온갖 검사를 받았지만 원인을 찾을 수 없었다. 혹시 심혈관에 문제가 있는지 마지막으로 심장을 보자고 했다. 갓 수입한 최첨단 의료 기기로 두 달 동안 검사했다. 심장에 크고 작은 두 개의 종양이 있었다. 수술로 심장의 반을 잘라 내야 하는데, 그러면 심장이 제 기능을 못하기 때문에 심장박동기를 달아야 한다고 말했다. 수술하고 싶지 않았다.

큰아들이 사정했다. '수술하자. 만약 이 병원이 싫으면 다른 병원에서라도 하자.' 아들은 이제 심장을 수술할 수 있는 의사도 부족하다고 했다. 돈이 되지 않는 심장외과는 갈수록 지원자가 줄어든다는 것이다.

몇 달 동안 헤파린을 먹으며 침대에 누워 '미드'만 봤다. 어느 날은 눈의 실핏줄이 터져 응급실로 실려 가기도 했다. 헤파린은 피가 엉기고 굳는 것을 막는 약이라, 신체의 어느 한 부분에서 출혈이 시작되면 응급조치를 해야 피가 멎는다.

수술을 한사코 거부하자 아들이 화를 냈다. 암인 것 같다며, 심장에 바늘을 꽂아 조직 검사를 하잔다. 수술을 안 하면 일 년밖에 못 살수도 있다고 한다. 의사 아들에게 그랬다. "너도 알듯

이 암이란 건드리는 순간 확 퍼지는 거다. 건드리지 않으면 자연 치유의 가능성이라도 있는데, 건드리면 그 순간 끝나는 것 아니냐. 수술을 한다면 얼마나 더 살까. 그냥 인간답게 살다가 죽고 싶다."

삼성 비자금 사건 이후 2년 동안 한국말이 들리는 방송은 보지도 듣지도 않았다. 지금도 '현재 일어나는 일을 다루는 뉴스, 재방송이 아닌 드라마'는 그 어떤 방송도 보지 않는다. 그 사건 이후 방송에서 들리는 모든 한국말은 공포였고 나를 향해 쏟아지는 화살이었다. 화살을 피해 다시 책 속에 숨었다.

배낭여행을 다녀온 아들이 선물 하나를 건넨다. 엄마가 좋아하는 작가의 모습이 그려진 엽서란다. 알베르 카뮈의 잘생긴 모습이 펜으로 그려진 엽서였다. 카뮈와 솔제니친의 작품을 다시 읽었다. 나는 사형장으로 걸어가는 뫼르소에 다름없고, 나에게 이 사회는 '페스트'에 감염된 사회였다. 때론 '이반 데니소비치'가 되어 그보다는 나은 것 같은 나의 삶에 감사하며, 그가 하루를 보낸 수용소에는 없는 냉장고까지 기둣이 걸어갔다.

숨도 제대로 못 쉬고, 가슴이 터질 것처럼 심장이 뛰어 진정이 안 될 때는, 작은아들이 틈틈이 다운 받아준 '미드'와 '일드'와 '중국 사극'을 일주일, 날밤을 새우며 보았다. 비몽사몽으로 일주일을 보내다 냉장고에 먹을 것이 떨어지면 밖으로 나와 뫼르소처럼 눈부신, 도무지 낯선 태양을 바라봤다.

미드도 더 볼 것이 없을 때부터는 광고조차 영어로 나오는 BBC 오락 방송이나 과학 방송, 디스커버리 방송을 주로 봤다. 어느 날 방송을 보니 심장박동기가 고장 난 환자의 '낡은 심장'을 들어내고 새 심장박동기를 단 심장을 집어넣었는데, 심장이 뛰지 않는다. 의료진이 진땀을 흘리며 환자에 매달린 지 20분, 죽었던 그가 기적적으로 다시 살아났다. '만약 이 나라에서 저런 상황이 벌어졌다면 …, 그는 죽었을 거다.' 나의 시청 소감이다.

삼성 시절에는 매해 남산 아래의 삼성제일병원에서 종합 검진을 받았다. 1998년인가 첫 번째 검진에서 자궁에 종양이 발견되었다. 수술을 권했다. 4~6센티였다. 많은 여자들이 자궁 종양을 가지고 있는 줄도 알고, 또 그것을 이유로 과잉 대응이라고 여겨지는 자궁 적출술을 감행해서, 살아온 날보다 더 많은 날을 호르몬으로 인한 문제나 심리적인 문제로 고통받는 것을 보았다.

이후 의사들의 강요에 가까운 권유와 협박을 무시하고 살았다. 아침마다 만져지는 그 덩어리에게 인사했다. 오늘도 잘 있니, 하고. 1997년 겨울에는 이 남자의 내과 의사 친구가 내가 난소에 암이 생긴 것 같다고 해서 우리 집은 일주일 동안 초상집이 되었다. 다행히 암은 아니었다. 이후로는 모든 건강 검진을 받지 않는다. 또 무슨 선고를 받고 싶지 않아서다. 그 종양들, 지금은 거의 사라졌다.

　모친의 형제 중 전쟁에도 살아남은 몇 분은 전부 위암으로 돌아가셨다. 젊어서 가신 분도 있고 나이 들어 돌아가신 분도 있다. 이모 한 분은 칠십 후반에 돌아가셨는데 내게 그러셨다. "나는 위암이 있어서 앞으로 두 달밖에 못 살 거다." 그분 말씀대로 두 달쯤 지난 후 부음을 받았다. 그 이모는 기도를 열심히 한 덕인지, 남은 시간을 편안히 보내셨다.
　손잡고 동네 나들이를 다니던 외사촌 여동생은 스무 살에 뇌종양으로 죽었다. 그 애가 죽기 몇 달 전 문병 갔는데, 마지막으로 본 날에도 동생은 해맑게 웃었다. 제 손으로 밥을 먹지도 못할 만큼 힘든 상태였다. 세상을 원망하지도 않았거니와 치료비가 없어 제대로 된 치료조차 못한 자신의 처지에 대해서, 단 한마디의 부정적인 말을 하지 않았다. 그저 자기를 걱정하는 숙모에게 더 미안해했다.
　두 사람 다 어쩌면 믿고 있는 신은 달라도 신의 품안에서, 신들이 원하는 진리를 바로 알고 있었는지도 모른다. 잠깐 거쳐 갈 뿐인 이 몸의 다함에 대해서 아주 작은 애착조차도 버리고, 그래서 행복했는지도 모른다.
　나의 모친에게서도 위암이 발견되었다. 초기에도 해당되지 않는 아주 작은 흔적이라 수술하면 아무 문제도 없다고 했다. 수술받고 5년 후 어느 날 갑자기 길에서 쓰러지셨다. 암이 재발해서 뇌까지 전이되었다. 의식을 되찾지 못한 상태로 두 달 후 돌아가셨다.

모친도 젊어서 나처럼 류머티즘이 발병해서 고생했다. 의사가 '30대가 되면 앉은뱅이가 될 거라'고 했다는데, 그 정도는 아니었지만 예순을 넘긴 후로는 걷는 것도 힘들어 하시고 잠도 제대로 못 주무셨다. 집안일도 거의 부친이 하셨다. 위암 수술을 받은 후에는 거의 아무것도 못 드셨다. 몇 년을 뼈만 앙상해서 비척거렸다. 온몸의 통증은 감당이 안 되었을 것이다. 그분이 말년에 더 화가 많아졌던 것은 견디기 어려운 통증 때문이었을 것이다.

나는 생각한다. 만약 모친이 그 수술을 받지 않았어도 5년은 더 살았을 것이고, 혹은 운이 좋아 더 살 수 있었을지도 모르고, 최소한 그 5년이라도 더 인간답고 품위 있게 살았을 것이다. 겨우 목숨만 부지하며 연명하는 게 무슨 의미가 있을까. 적어도 인간답게 살아야 하는 것 아닐까.

심장에 종양을 발견한 2009년 6월 이후 수술 여부를 고민하며 몇 달을 누워 지냈는지 모른다. 누워만 있으니, 살이 찌기 시작했다. 이후로 다시는 44사이즈의 옷을 못 입었다. 검사를 다니면서, 다시 조금씩 보이기 시작하던 눈은 두 달이 지나면서 정상적으로 돌아왔는데, 몇 달 동안 날마다 헤파린과, 한 알을 먹으면 12시간 잠만 자는 강력한 수면 진통제를 먹었다. '류머티즘근섬유염증후군'이라는 병명을 가진, 이미 내 몸을 지배하고 있는 병이, 계속되는 스트레스로 말할 수 없는 통증을 가져오고 있었다.

적막함 속에서 이제 죽음의 공포까지 밀려와, 밤인지 낮인지도 모르고, 컴퓨터 앞에만 앉아 있다가 생각했다. '지금, 내가 있는 곳은 지옥이다.' 지옥은 죽어서 가는 곳이 아니다. 내가 있는 이곳이 천당이요 극락이고, 내가 있는 이곳이 지옥도(地獄道)요 아귀도(餓鬼道)인 것이다. 지금 내가 존재하고 있는 이 순간이 지옥인 것이다. 금방이라도 미쳐 버릴 것 같던 그때, 예전에 잃은 아이를 위해 천도재를 지낸 봉은사 지장전이 떠올랐다.

꿈

　평생 일기를 쓰지 않는다. 어려서 숙제로 썼던 일기를 후에 펼쳐 보면 전부 거짓말처럼 느껴졌다. 물론 거짓은 아니다. 단지 그때 그 상황에서 내가 보고 느낀 것을 쓴 것뿐이다. 어느 비가 쭉쭉 쏟아지는 가을날 깊은 밤, 처연한 마음으로 편지를 쓰고 다음날 아침 해가 방긋한 화창한 때 간밤에 썼던 그 편지들을 읽어 보면, 한마디로 남세스럽고 부끄러운 것이다. 나는 타임머신을 타고 하룻밤 사이에 바이킹 시대를 갔다가 현대로 돌아왔거나, 전쟁이 끝나고 폐허가 된 런던의 거리를 걷다가 돌아온 것이 틀림없다. 나는 그 감정의 모순이 싫어, 혹시 쓰다만 편지조차 아침이면 비행기를 접어 날려 버렸다.

　인간의 감정이란 참으로 자유롭고 가없어 지옥과 천당을

수시로 왔다 갔다 하고, 그 하찮기 그지없는 감정과 의식은 왜곡도 제멋대로 한다. 하루만 지나도 오늘의 나의 감정과 경험은 그때부터는 정처 없는 왜곡의 길을 걷다가, 어느 날 불쑥 우리의 의식에 새로운 가면을 쓰고 나타나기 일쑤인 것이다.

이 세상은 태초로부터 허상인데, 우리가 보고 있는 저 별빛조차도 이미 우주에서 사라진 지 오래인 허상일 뿐인데, 어떤 별은 우리가 그 빛이 허상일 뿐이란 것을 알아채기도 전에 인간은 멸망할 것임이 분명한데, 내가 그 진실 같은 간밤의 내 마음과 이미 왜곡의 길을 가고 있는 오늘 아침의 내 마음 사이에서 방황해야겠는가. 그러한 이유로도 밤에 쓴 편지는 부치지 않는 것이 정답이다. 괜히 '진실한 나'를 '실존하는 그대'에게 잠깐 드러내는 우를 범해, '허상으로 실존하는 나'에 대한 의심이 '실리적인 그대'의 마음에서 일어나도록 하는 것은, 그리하여 행여 어떤 죄책감이라도 그대 얼굴에 드리우게 하는 것은 예의가 아니다.

고등학교 1학년 생물 시간이었다. 우리나라는 전쟁 후 폐허가 된 민둥산에 '번식력이 좋은' 아까시나무를 많이 심었고 지금 있는 나무는 다 그때 심은 것으로 아직 큰 나무가 없이 전부 가늘다고 선생님이 말씀했다. 내가 손을 들고 초등학교 3학년 때 친구들과 교정에 있던 둥치가 커다란 아까시나무를 돌며 놀았다고 이의를 제기했다. 선생님은 '다시 가서 그 나무를 보라'고 했

296

다. 황당했다. 내 기억이 틀렸다. 이후로 나는 가끔 어린 시절부터 내가 살고, 머물렀던 곳을 돌아보고는 했다. 나의 왜곡된 기억 안에 있을 것들을 다시 끄집어내어 그때의 상황과 현실에 다시 꿰맞추곤 했다. 아, 당시에는 아까시나무를 아카시아나무로 불렀다. 5월이면 흰 꽃을 피워 달콤한 향이 진동하는 나무는 아까시나무요, 아카시아나무는 잎이 지지 않는 상록수라는 건 나중에 알았다.

그렇다. 우리는 모두 각자의 '실체가 없는 허상'에 인식의 뿌리를 박고 있는 것이다. 그 인식 또한 뒤틀어져 기억되는 것이 허다하다. 불교의 유식론에서는 우리의 경험이 어떻게 받아들여지고, 또 왜곡되어 기억에 저장되는지, 논리적으로 설명한다. 진실과 허상으로 존재하는 사실을 다시 추론해 보는 공부를 하면서 나를 둘러싼 주변이나 부모를 이해하는 데 도움이 되었다.

큰아들은 일기를 잘 썼다. 문학적 재능을 보였다기보다는, 어린아이의 시각에서 바라보는 세계를 느낀 그대로 쓴 것이다. 현재 일어나는 사실에 입각한 내용이라기보다는 어린아이의 관점에서 겪은 것을 솔직담백하게 쓴 것이었다. 어른들이나 다른 선생님들에게도 그 내용이 재미있었던 것이다. 어른의 시각에서 본다면 이 열 살 소년의 일기는 현실에 기초를 둔 허구, 혹은 허구인 사실이었다. 정말 동화보다 재미있어 두고두고 읽었다.

BBC에서 방영된 늑대의 가족애를 다룬 다큐에 나온 얘기다.

"늑대 아빠가 어미들이 사냥을 나가고 아무도 없을 때 수천 마리씩 달려들어 어린 새끼의 목숨마저 위협하는 모기떼로부터 자식을 보호하기 위해 아직 젖도 떼지 못한 생후 한 달의 새끼 세 마리를 데리고 모기가 적은 안전한 굴을 찾아 길을 떠났다. 제일 약한 새끼가 따라오지 못하고 처지자 아빠 늑대는 길 중간의 작은 굴에 그 새끼를 숨겨 두고, 두 마리만 데리고 가던 길을 내처 달려갔다.

저녁이 되어 사냥에서 돌아온 열 마리의, 엄마와 그들의 형제인 가족들은 아빠와 세 마리의 새끼가 없어진 것을 발견했다. 늑대 무리는 어린 자식들과 아비의 자취를 찾아 길을 떠났다. 10킬로가 넘는 길을 따라가, 새로운 보금자리에 둥지를 튼 아비와 새끼들을 다시 만났는데, 어미 늑대는 새끼 한 마리가 부족한 것을 발견했다. 늑대 가족은 이틀 이상 100평방킬로미터에 달하는 들판을 뒤졌다. 찾지 못해 모두가 지쳐 포기했는데, 어미만은 자식을 포기할 수 없어 다시 홀로 길을 떠났다. 결국 잃어버린 새끼 한 마리의 자취를 쫓아 하루 반나절을 더 헤매며, 새끼가 들을 수 있게 목이 쉬도록 새끼를 부른 끝에 어미는, 사흘을 굶으면서 기다리다 어미를 찾아 안전한 굴을 나와 슬픈 소리로 울던 젖먹이 자식을 찾았다. 다행히 바람의 방향이 소리를 전달해 주는 쪽으로 불었다."

어린 늑대 새끼가 일기를 쓴다면 이렇게 쓰지 않았을까. '엄마가 사냥을 나간 사이, 아빠가 산책을 가자고 해서 길을 나섰다. 급히 나오느라 간식도 챙겨 오지 않아 배도 고프고 다리도 아팠다. 집에서 너무 멀어졌다. 이제 엄마도 보고 싶고 집에도 가고 싶은데 아빠는 힘들고 지친 내가 못 따라 온다고, 나를 물어다 낯선 굴에다 혼자 버려 났다. 너무 외롭고 슬펐다. 배도 고파 이제 울 기운도 없다.'

성장한 늑대 새끼는 어려서 쓴 일기를 보곤, 일기의 내용에서 얻은 어떤 암시와 세월이 흐르면서 일어난 일련의 일들로부터 영향을 받으면서 계속된 왜곡을 거쳐 생각할 것이다. 나는 어린 시절 '버림받은 적이 있구나' 하고. 안타깝지만, 내가 30년을 고이 간직한 뒤 건넨 일기를 받은 큰아들도 늑대 새끼와 마찬가지인 듯싶다. 자신이 어린 시절 '학대를 받았다'고 얘기하니 말이다.

꿈 또한 기억의 왜곡이나 모순을 돕는 한 요소라고 생각한다. 지금도 가끔 꿈에 있었던 일을 현실에서 일어난 일이라고 생각할 때가 있다. 여러 날이 지나고서야 현실에선 일어나지 않았다는 것을 인지할 때가 있다. 여전히 나는 순수한 실제의 경험으로부터 얻어진 것으로 보이는 인식이, 현실이 아닌 꿈속의 경험이었다고 인지하게 되면 혼란스럽다.

책으로 대표되는 매개체를 통해 간접 경험을 한다고 하는데,

우리가 책이나 영화나 연극 속의 허구를 우리의 삶에 대입해서 무엇인가를 얻는다면, 꿈이나 몽상이나 환상도 간접 경험의 일종임은 부인할 수 없고, 인간은 실체가 있는 것이든, 실체가 없는 순수한 허구 혹은 몽상이든 일체의 경험을 통해 자신이 살아온 과거조차도 새로이 만들어 뇌의 기억 세포에 저장하고 있는 것 또한 부정할 수 없다. 그렇게 교묘하게 만들어진 왜곡된 인식으로 인해, 세대 간에 뛰어넘을 수 없는 왜곡으로 점철된 시간이 쌓이며 부모자식조차 더욱 멀어지는 것 같다.

어린 시절에 겪었다고 생각하던 일조차 때로는 자신이 없다. 그때 그 장면이 과연 내가 겪은 일일까. 내 생각에만 존재해 왔던 것은 아닐까. 그 어느 날 꾸었던 꿈일까.

지금도 해결하지 못한 장면 하나는 길을 잃은 것인데, 8~9살쯤이었고, 장소는 항상 다니던 길음시장으로, 심부름을 가던 길인데 갑자기 길을 잃었다. 위로 가도 집이 안 보이고 아래로 가도 집이 안 보여, 아주 단순한 그 길을 한 시간이 넘도록 헤맸다. 결국은 길이 보일 때까지 그 길에 서 있기로 했다. 낮은 기와지붕으로 넘어가는 석양을 바라보며 그 자리에 있었다.

수십 년이 흐르고, 길음시장에 오래도록 서 있었던 그 갈림길을 여러 번 찾았다. 실제로 길의 양쪽에 작은 골목길이 있었다. 아마도 꿈이었을 것이다. 남들처럼 나도 그 꿈과 환상과 암시를 현실 경험에 집어넣은 뒤, 짓이기고 반죽하여 왜곡된 하나의 이미지를 만들어 냈으리라 추정한다.

약혼을 앞두고, 1978년 12월 이 남자의 집에 인사를 갔다 온 이후 여러 달 날마다 악몽을 꾸고 가위에 눌렸다. 어떤 날은 자다가 소리를 지르면, 그 소리에 안방에서 주무시던 부친이 놀라서 튀어나오고, 가위에 눌리던 끝에 다리가 마비되어 소리를 지르면, 가족 중 누군가 놀라 달려왔다. 이제 돌아보면 내 마음 저 안에 결혼에 대한 공포가 있었나 보다. 어쩌면 신이 암시를 준 것인지도 모른다. 다만 내 눈이 어두워, 넌지시 알려준 암시조차 알아채지 못했을 뿐이었을지도 모를 일이다.

그 시절을 회상하며 혼돈을 겪는다. 이 남자의 집에 다녀오고, 그 부모의 뜻대로 다음 해 고대 축제 기간인 5월 2일에 약혼하기로 날짜를 정하고는 그의 부모는 우리를 많이 힘들게 했다. 그래서 날마다 악몽이 시작된 것인지, 아니면 어느 알 수 없는 힘이 불안한 미래를 꿈으로 경고한 것인지, 꿈으로 인해 나의 마음이 더 불안해졌는지, 그 불안한 미래를 예고하는 여러 사건들로 인해 내가 그 악몽을 꾸게 되었는지 모르겠다.

큰애를 가질 즈음에는 여러 날을 내 몸보다 큰 꽃이 나에게 안겨 놀라서 깨었는데, 대화몽(大花夢, 큰 꽃이 꿈에 나타나는 것으로 과거 급제, 현대식으로 출세를 상징한다. 대화는 곧 冠, 벼슬을 의미한다)이라는 좋은 꿈이라 했고, 작은애를 가졌을 때는 화창한 봄날 치악산 구룡사 가는 길에, 예쁜 담 사이에 고양이가 새끼들을 품고 있는 꿈을 꿨다. 1979년 가을에 결혼을 하고 시집에 살 때는 편치 않은 꿈들이 계속되었다.

프로이트와 융의 모든 번역본을 찾아 읽었다. 당시에 구할 수 있는 건 몇 권 되지 않았다. 해몽에 관한 책도 읽었다. 신통한 내용을 건진 게 없다. 다만 아직은 여성에 대해 무지했던 시대의 제약 탓인지, 프로이트가 히스테리는 여성에게만 국한되어 일어나는 일로, 추행에서 여성이 느끼는 모멸감과 역겨움마저 성적 억압으로 규정하고, '어떤 사람이 성적으로 흥분할 일을 오히려 불쾌하게 느끼는 것은 그 사람이 히스테릭해서'라고 선언하며, '여성은 남성보다 약하기 때문에 히스테릭하다'는 대목을 읽으며 혀를 찾던 기억이 있다.

지금도 꿈이 주는 공포나, 그 공포가 만들어 내는 속박이나 그 어느 것에도 나의 삶이 잠식당하는 것은 싫다. 꿈 또한 단순히 우리가 만들어 내는 환상일 뿐이라고 한다. 꿈이 환상이든 단순한 경험의 그림자이든, 지금 여기서 존재하는 나의 인식은 언제나 히말라야 중턱의 호수에 산다는 물고기처럼 차갑게 빛나야 한다고 생각한다.

시댁을 나와 따로 살면서 한동안 악몽을 꾼 기억이 없는 것을 보면 나의 불안하고 무서운 꿈이 결혼이나 시집살이에 기인한 것으로 보인다.

이 남자가 1997년 8월 삼성으로 옮기기 전 1년 동안은 자주 '똥 꿈'을 꾸었다. 꿈에 분명 이불 아래에 '똥'이라고 부르는 것들이 굴러다니는데 그 색이 황금색으로 냄새가 없었다. 어떤 날은 잠에서 깨어 이불을 들추기도 했다. 꿈속에서 솜이불을 들출 때마다 마치 해바라기처럼 빛나던 노란색의 덩어리들을 보며 기이하게 여겼다. 일주일이면 두세 번 똥 꿈을 꾸었는데 오랫동안 그 의미를 몰랐다.

2005년 8월의 이혼을 앞두고는, 1년 가까이 일주일에 한두 번씩 화장실에 똥이 넘쳐나는 꿈을 꿨는데, 이전의 똥 꿈과는 많이 달랐다. 넘쳐나는 똥을 피하다가 깨기도 하였다. 이후 돈을 많이 벌었다. 한때는 주식으로 벌어들이는 돈이 꽤 많았다. 자본금은 얼마 되지 않았지만, 주식 시장이 호황이고 수시로 사고팔 때마다 수익이 떨어졌다. 내게 살아갈 용기를 주던 보살들의 말처럼, 어쩌면 한동안 이 남자의 기에 짓눌려 힘을 못 쓰던 나의 재운이 살아나고 있었나 보다.

신 神

　다섯 살 때 부친이 상경하여 처음 정착한 곳은 길음시장 뒤쪽 동네였다. 성당은 여전히 그 자리를 지키고 있고, 건너편에는 지금은 없어진 영광교회가 있었다.

　2009년 곧 죽을 수도 있다는 선고를 받은 뒤, 먼저 사진을 정리했다. 내가 소유한 모든 것을 정리했다. 일 년이면 한두 번씩 꼭 정리하지만, 죽음이 가깝다니 더 단출하게 정리할 셈이었다. 죽기 전에 내가 자란 곳을 쭉 돌아보기로 하고, 내가 태어난 고향부터 친구와 짚어 나갔는데 아쉽게도 영광교회는 없어졌다.

　여섯 살 때 매주 일요일 그 교회를 다녔다. 여름 성경 학교에서 배운 노래를 아직도 기억한다. 나에게는 첫 번째 애창곡이다.

흰 구름 뭉게뭉게 피는 하늘에,

아침에 명랑하게 솟아 오른 해

손에 손을 마주 잡은 우리 어린이

발걸음 가볍게 찾아가는 곳

즐거운 여름 학교 하느님의 집

아아아 주님의 성경 말씀 배우러 가자

교회를 싫어한 모친이 극구 말렸지만 나는 열심히 다녔다. 내
가 마흔이 넘어 모친에게 교회를 나가면 어떻겠냐고 권하니, 모
친이 사랑했던 기독교인 친구들이 한국 전쟁 중에 다 불에 타
죽었다고 했다. 게다가 길음동 집의 옆방에 세를 살던, 젊은 엄
마의 세 살짜리 아들이 병이 났는데, 독실한 기독교 신자인 그
엄마는 애를 병원에 데려가지 않고 기도만 했단다. 그 사내아이
가 죽은 후, 모친에게 교회는 악령의 소굴쯤으로 보였던 것이다.

일곱 살 때 크리스마스를 앞두고, 연극 연습을 열심히 했는
데, 모친이 나를 시골 외갓집에 데려가는 바람에 참여하지 못했
다. 내 역할이 무엇이었는지 기억나지 않지만, 지금도 그해 크리
스마스 행사에 참여하지 못한 게 아쉽고 섭섭하다.

초등학교 때는 길을 가다 교회 문이 열려 있으면 반가웠다. 주
님을 볼 수 있는 것이다. 무작정 문을 밀고 들어가서 기도했다.

때로는 아무도 없는 예배당에서 주님을 바라보면 좋았다. 주머니에 고이 모셔 둔 동전을 헌금함에 넣었다. 아마 나의 주님은 그 동전이 나에게 어떤 의미인 줄 아셨을 것이다. 무엇을 바라고 하는 기도가 아니라, 그저 '주님이 나를 지켜 주는' 것이 좋았다. 이사를 여러 번 다니느라 한 교회를 오래 다닐 수 없었다. 떠돌이 신자라도 무슨 상관이 있었을까. 예수 그리스도는 이 세상 어디에도 계시지 않은 곳이 없고, 내가 기도하는 그 모든 곳에 계시니 그뿐이면 된 것이다.

초등학교 6학년부터 몇 년은 새로 이사한 정릉의 전도관에 다녔다. 왜 이름이 교회가 아니고 전도관인지 의아했으나, 하느님을 만날 수 있으면 그뿐이었다. 먹을 것이 귀했는데, 전도관에서 처음으로 코코아를 먹은 기억이 난다. 그곳에서 여러 악기를 가르쳐 주었는데, 아마도 선교 방법 가운데 하나였을 것이다.

손꼽아 기다리던 크리스마스가 와도 밖에 나갈 수 없었다. 성탄절 밤이면 모두 모여, 촛불을 들고 집집을 찾아다니며 캐럴을 불렀는데, 모친이 눈에 쌍심지를 켜고 감시하니 나가지 못했다. 친구들이 찾아와 문밖에서 부르면 모친이 쫓아냈다.

중학교 2학년 때 여름이었다. 그 전도관이 통합되어 수유리 근처로 다니고 있었는데, 어느 날 입구에서 막았다. 일일이 점검했는데 나는 들어갈 자격이 안 된다고 했다. 교회 출석 일수가 부족해서 신자로 받아줄 수 없단다. 모친의 '독사 같은' 눈을 피해 최선을 다했는데, 예수의 귀한 보혈을 나누어 마시고 손뼉을 치며 노래도 열심히 불렀는데, 그 한여름 땡볕에 땀을 뻘뻘 흘리며, 정릉에서 수유리까지 두 시간을 넘게 걸어서 다녔건만, 잘렸다.

충격이 컸다. 어떻게 그 먼 거리를 걸어서 찾아온 신자를 출석 일수가 부족하다고 문 앞에서 내쫓을 수 있나. 아무리 어린 나이였어도, 그것은 적어도 신의 뜻이 아니었다. 우리를 대신해서 십자가에 못 박혀 돌아가신 예수 그리스도의 뜻일 수가 없었다. 이후 한동안 어떤 교회에도 등록하지 않았다. 그저 눈앞에 보이는 교회를, 오다가다 들어가서 십자가에 못 박힌 그리스도를 만났다.

서양화를 전공으로 1996년 대학을 졸업한 뒤 동양화를 공부하고 싶었다. 동양화 교수의 소개로 이대 뒤쪽의 교회를 나갔다. 미술 동호회가 있어서, 성인이 된 후 처음으로 교회에 신자로 등록했다. 몇 년을 잘 다녔다. 힘들 때는 눈물범벅으로 기도했다. '길 잃은 어린 양인 나를 목자이신 그리스도께서 잘 인도해 주시기를 바라옵니다. 나는 약하고 또 약하옵나이다.'

어느 날 이 남자가 또 보챘다. '교회에 데려가 달라'는 것이다. 이 남자는 항상 내가 속해 있는 모든 곳에 나타나 나를 괴롭혀서, 교회 전도사가 '검사 남편'과 함께 오라고 해도, 몇 년을 못 들은 척했는데 "다시는, 다시는 그러지 않겠다"는 말에 또 속았다.

미술 동호회의 회원들은 점심 식사를 함께했다. 은퇴한 학장님을 필두로 나이 드신 분들이 많았다. 식사 첫날, 누군가 이 남자와 정치적 성향이 다른 발언을 했다. 모두 그러려니 생각하고 아무 말을 않는데, 이 남자가 숟가락으로 식판을 내리치고 씩씩거리며 나갔다. 한심했지만 참고 넘어갔는데, 다음 주도 그 다음 주도 그런 행동이 이어졌다. 결국 너무 부끄러워서 그 교회를 그만두었다.

고3 큰아들이 꿈을 꾸었다고 했다. 무언가 계시를 받은 느낌이 들었다. 아들 둘을 데리고 온 가족이 교회에 다니기로 했다. 장충동의 오래된 교회였다. 교회 가는 길에 이 남자가 항상 시비를 걸었다. 십일조 때문이었다. 그 교회는 십일조 봉투에 액수를 적어 예배당 입구에 누구나 볼 수 있도록 공개하였다.

교회를 들어가는 순간부터 이 남자가 모든 목사, 사역인의 손을 두루두루 잡고 인사한다. 자기는 '낄 자리'가 아닌데도 목사님 옆에 바짝 붙어 사진도 찍는다. 이 남자 때문에 인간 대접받으라고 최소한의 돈을 담았다. 그게 불만이었다. 왜 교회에 그렇게 많은 돈을 내냐는 것이다. 아이들을 위해서 교회를 가기로 했지만, 그 길이 때론 골고다의 언덕을 넘는 것처럼 힘든 길이었다.

그 교회에서 아이들이 세례를 받도록 했다. 아이들을 위해서

'교회라는 제도'의 틀 안에 나도 속해야 한다고 생각해서, 설사 꿈에 세례를 받았더라도 세례의 형식을 통과하기로 했다.

"당신은 하느님을 네 아버지처럼 섬기겠는가?" 세례 전 질문을 받고 반문했다 "아버지에게는 반항도 하고 그러는데 하느님에게도 그럴 수 있지 않나요?" 그걸로 질의응답은 끝났다. 앉아 있던 목사 네 명이 전부 일어섰다.

그것은 평소 나의 의문이었다. 왜 다른 신은 안 되고 당신이어야만 하는가. 난 이 세상의 모든 부모가 자식을 기르면서 저지르는 가장 나쁜 행위는 편애라고 생각한다. 왜 하느님은 당신만을 사랑하라고 하시나. 난 다른 신도 다 사랑하고 싶은데. 왜 우리의 불행조차도 거부하지 않고, 그 또한 당신의 뜻이므로 순종해야만 하는가.

중학생 이후로 교회를 다니면서 그 문제를 풀 수 없어서, 담당 목회자에게 여러 차례 질문했지만 답을 얻을 수 없었다. 이 책, 저 책 뒤져 봤지만 여전히 답을 얻을 수 없었다. 때마침 좋은 기회라고 생각해서 질문했던 것이다.

복도에서 담임 목사가 화가 났는지 얼굴을 일그러뜨리며, 나를 보고 말했다. "당신이 원하면 세례를 줄 수도 있다. 당신 남편은 너무나 좋은 사람이고 당신은 이 교회에서 가장 불행한 사람이다." 하나는 맞는 말이다. 나는 이 교회에서만이 아니라 이 나라에서 가장 불행한 사람일 수도 있다. 하느님을 만나는 게 좋았지, 세례를 원한 것은 아니었다.

　최소한의 헌금도 아까워한 이 남자가 예전에는 그렇지 않았
다. 검사 시절까지도 이렇게 몰인정한 사람은 아니었다. 많지 않
은 돈이었지만, 그때 우리 가족의 한 달 생활비 80만 원 가운데
5만 원은 살레시오 수녀원에서 운영하는 보육원으로 보내고, 10
만 원은 떼어 내 2주에 한 번씩 아이들이 먹을 과일과 간식을 가
지고 용인에 있는 또 다른 보육원을 찾았다. 그 돈으로 아이들
간식을 사고, 이웃에서 쓰지 않는 장난감과 옷가지를 얻어서 가
져갔다. 과일 가게를 하던 형제에게는 '재고로 쌓인 과일'을 주면
하느님께 당신들의 이름으로 기도하고, 보육원에 갖다 주마고
말했다. 그 덕인지 그 형제가 지금 큰 부자로 살고 있다. 물론 부
모 재산조차 탐내고 주변 형제들을 골탕 먹인 탓인지 곤란 또한
겪고 있다.
　이 남자가 삼성으로 옮긴 후 두 해인가 지난 어느 날 수녀원
에서 온 편지가 좀 이상했다. 꼭 집어 말한 것은 아닌데 돈 문제
같았다. 수녀원에 전화하니 30만 원이 오지 않았단다. 이 남자
를 다그치니, 내가 준 돈을 들고 은행에 가던 길에 갑자기 아깝
다는 생각이 들어 자기가 써 버렸단다. 이 남자가 벌써 삼성 사
람이 다 되었나 보다. 창녀한테 주는 돈 500만 원은 아깝지 않
아도 고아들에게 주는 돈 몇 푼은 아까웠나. 왜 이렇게 됐을까

싶었다. 무슨 '연'을 어떻게 맺으면서 살고 있나 싶었다.

1999년 어느 날 청평에 새로 난 길을 지나다가 그 기도원을
보았다. 한때 이 남자가 고시공부를 하던 하숙집 자리에 그 슬
레이트 건물은 없어지고 기도원이 들어섰다. 예전에는 배를 타
고 건넜는데 지금은 강 건너로 길이 생겨 차가 다닌다. 가끔 그
곳에 가서 기도하며 슬피 울었다. 여전히 나의 하느님과 나의 예
수그리스도는 내 안에 있었다.

가정

경영인 이나모리 가즈오는 일본인이 존경하는 기업인 세 명 가운데 하나로 꼽힌다. 교세라의 창업자요, 파산한 일본항공을 맡아 3년 만에 흑자로 전환시킨 전설적인 인물이다. 그에 관한 책을 읽으며 기업을 경영하는 기업가도 경영 철학을 뚜렷이 세우는데, 가정 또한 일종의 철학적 바탕 위에서 경영해야 하는 것이 아닌가 하는 생각이 들었다. 많은 부분에서 실패한 가정의 경영자 가운데 한쪽이었다는 자괴심의 발로인지도 모르겠다.

이나모리 가즈오의 말마따나 "인생은 자신이 마음에 그리는 대로 이루어진다. 긍정적인 자세로 열의에 찬 노력을 거듭하면, 비록 재능을 타고나지 못했더라도 멋진 인생을 보낼 수 있다." 그가 자신의 저서 '카르마 경영 철학'에서 강조하듯, '탐진치 삼독[탐욕(貪欲)과 진에(瞋恚)와 우치(愚癡), 곧 탐내어 그칠 줄 모르는 욕심과 노여움과 어리석음. 이 세 가지 번뇌는 열반에 이르는 데 장애가 되므로 삼독(三毒)이라 한다]'을 없애면 누구나 행복해지며, 착한 일을 하고 마음을 수양하며 사는 삶은 절대 실패할 수 없으리라.

두 사람(2인의 남자일 수도, 2인의 여자일 수도 있다)이 만들어 키워가는 가정 또한, 부부와 자식들이 각자의 이기적인 입장(경영)에서 벗어나, 서로에게 이익이 되는 이타적인 입장(경영)을 취한다면, 가정에 어떤 위기가 닥쳐도 파국을 맞지는 않을 것이다.

세간에 떠도는, 이나모리 가즈오의 철학이 담긴 명언 가운데 특히 "대선(大善)은 비정(非情)에 가깝고 소선(小善)은 대악(大惡)에 닮아 있다"는 말이 한동안 머리를 떠나지 않았다. 불경에도 "선행을 함부로 하지 말라. 잘못된 선행은 악행을 저지르는 것과 같다"는 말이 있다. 이나모리 가즈오의 경영 철학은 불경을 모태로 하는 것 같다.

두 아들은 엄마를 말할 때 우호적이고 긍정적으로 표현할 때는 '카리스마 있는' '아우라가 있는'이라고 하고, 부정적으로 표현할 때는 '냉정한'이나 '학대에 가까운'이라는 수식어를 쓴다. 두 아들의 말을 들으면서 항상 생각했다. 만약 저 애들의 아비가 카리스마가 있고 아우라가 있었다면, 나도 많은 엄마처럼 자상하고 다정한 엄마로만 남을 수 있지 않았을까?

어쩌면 나는 아이들에게는 '비정에 가까운 선'을 행하고, 아이들의 아비에게는 '대악에 가까운 선'을 행했는지도 모른다. 그의 잘못된 길에 내 눈 또한 어두워서 우리 가족 모두가 속한 가정이라는 공동체가 무너져 내리는 데에 일조를 한 것이라는 뒤늦은 회한을 가지는 것인지 모른다.

어쩌면 나는, 재능이 있는 자는 그가 가진 재능과 좋은 머리로 덕을 키울 수 있다고 착각했는지도 모른다. 나의 실책을 늦게까지 깨닫지 못한 채, 끝내 '대악이 될 뿐인 소선'을, 선행이라고 생각하며 이 남자에게 베풀었던 것이다.

2005년 8월에 이어, 2007년 1월 두 번째 이혼을 하면서 재산 분할 명목으로 받은 상가와 사무실의 가격 총합이 융자금을 빼면 28억쯤 되었다. 삼성 비자금 사건의 와중에 궁지에 몰린 이 남자와 그 동지들을 위하여 잘못된 선행을 베풀었고, 이 남자가 2010년 12월 광주로 가는 날까지 이어졌다. 3년 6개월 동안 내가 도와준 돈이 32억쯤 되었다. 32억 안에는 이 남자가 갚아 준다고 내게 떠넘기고 모른 척한 10억과 수억의 이자가 포함되어 있고, 여전히 매해 3억씩 만들어 놓고 갚아 달라던 카드 빚이 있다. 나 몰래 내 명의의 건물을 담보로 빌려 썼으니, 갚지 않을 도리가 없었다. 6500만 원짜리 승용차와 차량 유지비, 사무실 임대료와 운영비 4억, 자기를 도와준 신부들을 위해서 써야 한다

314

며 가져간 3000만 원이 넘는 돈이 있다. 그 가운데 10억 은행 빚은 지금도 갚는 중이다.

기도

수술을 거부하고 모든 약도 끊고 침대에서 일어나, 2009년 가을부터 2년 동안 봉은사 지장전에서 참회 기도를 했다. 온화하고 너그러운 눈빛으로 세상의 중생을 바라보는 지장보살에 매달렸다. 이 불타는 지옥에서 어찌할 바를 모르는 이 불쌍한 중생 좀, 그 자비하신 손길로 건져 주세요.

치유할 수 없는 암의 공포로부터, 또 언제라도 심장이 말썽을 일으켜 반신불수가 되거나 뇌사에 빠질 수 있다는 공포로부터 벗어나야 했다. 지금 나를 둘러싼 이리떼와도 같은 사람들로부터도 벗어나야 했다. 내가 죽는 것을 기다려, 사랑하는 그녀들과 야반도주할 것이 뻔한 남자에게 두 아들을 남기고 이 세상을 떠날 순 없었다. 그건 더없이 무책임한 엄마다.

매일 아침 아직 수면제의 후유증이 남은 몸을 비척거리며 봉은사로 향했다. 제일 위쪽의 북극보전부터 인사를 드렸다. 공양간에서 소박한 밥을 먹고, 설거지 봉사를 한 다음, 대원본존인 지장보살에게 기도했다. '저를 이 지옥에서 꺼내주세요.' 2년 동안, 1년 365일 중 360일을 기도했다. 육도(六道: 지옥, 아귀, 축생, 아수라, 인간, 천상) 중생을 다 제도할 때까지, 지옥이 텅 비기 전까지는, 성불하지 않겠다고 한 지장보살에게.

부처는 모든 생명체가 물을 찾아 밖으로 나오는 몬순기에, 눈에 잘 보이지도 않는 생명들이 밟혀 죽는 것을 막고자 안거(安居)라는 제도를 만들었다. 우기인 3개월 동안 수행자들이 밖으로 나가지 않아 살생을 막는 것이다. 하물며 미물도 살생하면 안 되는데 나는 '뱃속의 소중한 생명체'를 죽였다. 아무리 많은 참회기도를 해도 그 죄는 너무나 크다.

큰아들이 태어나고 2년이 지난 1982년 가을 어느 날 속이 불편했다. 이 남자의 선배 의사를 찾아 임신한 것 같다고 했다. 의사가 생리 예정일이 언제였는지 물었다. 아직 돌아오지 않았다고, 며칠 남았다고 했다. 의사는 아직 한 달도 되지 않았는데 어떻게 아느냐며 화를 냈다.

의사들이 모르는 것이 있다. 자기 몸은 의사보다, 그 몸의 주인이 더 잘 아는 경우가 얼마든지 있다. 이 남자조차 화를 냈다.

자기의 자랑스러운 선배 의사를 믿어 보라고. 다투고 싶지 않아 믿어 보자고 했다. 광주에 내려가 '효도'를 하고 난 후, 그 의사의 진단처럼 위장병이 아니라는 것을 석 달이나 더 지나서 알게 되었다. 이미 입덧에 시달리고 있었다.

문제가 있었다. 출산 예정일을 계산해 보니, 그날이 사법 고시 2차 시험 일주일 앞이었다. 만약 예정대로 출산하면 이 남자의 2차 시험은 끝난 것이다. 출산에 대한 부담으로 미리 갈팡질팡할 것이 뻔하고, 더 볼 것도 없이 나에게 엄마처럼 의지하는 이 남자에게 내가 신경을 쓰지 못하면 다 망칠 것이다. 이번 출산은 경제적으로도 큰 부담이 될 것이다. 여전히 우리는 출산에 필요한 돈도 없었다. 더 고민할 수도 없었다. 뱃속의 아이가 더 크기 전에, 아이를 포기해야 한다고 생각했다. 그때도 주머니에 만 원짜리 한 장 없었다.

전당포에 결혼반지를 맡기고 10만 원을 빌려, 고대 옆 안암동의 산부인과를 찾아갔다. 여의사가 말했다. "당신 말에 따르면 4개월이 됐다는데 내가 촉진을 해 보니 더 큰 것 같다. 만약 뼈가 생겼으면 태아를 꺼내는 대로 당신에게 보여 주겠다." 정말 소름이 끼쳤다. 핏덩이를 없애는 것도 괴로운데, 그 모습을 봐야 한다니. 간호사에게 돈을 더 달라면 더 줄 테니 내게 보이지는 말아 달라고 부탁했다.

그 일이 두고두고 가슴 아팠다. 작은아들을 보며 스스로 위로하곤 했다. 사주에 아들이 셋이라는 얘기를 들었는데 하나를 잃었다.

이제 '인과 연'을 들여다보니, 그때 내가 아이를 낳고 이 남자
가 시험에 실패했으면, 이 시련을 겪지 않고 순탄하게 살았을 거
라고 생각된다. 지금 그때 '살생업'의 대가를 치르는 것이다.

2008년 가을, 삼성 비자금 사건으로 많이 아프면서 자꾸 잃
은 아이 생각이 났다. 많이 늦었지만 그 아이의 이름을 짓고 봉
은사에서 천도재를 지냈다. 2009년 그 아이의 인등을 켜 둔 지
장전에 앉아, 탐진치 삼독의 수렁에 빠져 행했던 많은 악업을 지
장보살 앞에 내보이며 참회했다. 업장이 두꺼워, 여전히 매일 거
듭하는 소소한 잘못까지 낱낱이 고백했다. 어느 날부터는 운전
중에 난폭 운전을 하는 중생을 보면 험한 말이 나오는 대신, 그
순간 참회의 말이 나왔다. 험한 말을 하기 전에 내 마음을 알아
채는 데는 아직도 서툴다. 아직 공부가 덜됐고 습(習)이 깊다.

기도를 시작하고 1년이 지나면서 행복해졌다. 절에 있는 모든
순간이 행복했고, 모든 법당과 전각이 나의 쉼터이고 안락한 집
이 되었다. 꿈에서도 봉은사 지장전 안에서 놀고, 지장전 앞마당
에서 쉬었다.

2년의 기도를 끝내고는 전국의 명찰과 알려지지 않은 절을 찾
아 다녔다. 옛날에 무너져 내려, 이제 흔적밖에 남지 않은 절터

의 돌무더기에도 찾아가서 예전의 영화로움을 상상하며 기도했다. 기도를 다니는 중에도 '하늘에서 불탑이 쏟아져 내리거나, 신장신들이 나를 감싸거나, 불상이 내 앞에 내려와 앉는' 꿈들을 많이 꿨다.

이후 2년은 집에서도 아침저녁이면 하는 기도지만, 한 달이면 20일 이상을 전국의 사찰을 순례하며 기도했다. 순례 길의 가방에는 노트북과 태블릿이 들어 있다. 여전히 주식 거래는 나와 아들을 위한 나의 직업이다.

지금도 나의 일상은 기도이다. 기도는 참회이고, 명상이고, 공부이고, 행복이다.

인도

    인도 성지 순례팀을 따라 델리에 발을 디딘 순간 충격이었다. 숨을 쉴 수 없을 정도로 매캐한 공기가 훅 들어왔다. 어린 시절 가끔 온돌 틈으로 스며든 연탄가스를 맡고 학교를 결석한 적도 있고, 최루가스에 눈물을 흘리기도 했지만, 이것은 또 다른 경험이었다. 15일의 여정은 처음부터 낯설고 혹독했다.

    부처의 발자취를 따라, 부처가 탄생한 룸비니, 성도한 보드가야, 초전법륜 성지인 사르나트, 열반 이후 왕족이든 천민이든 짐승이든 누구나 당신을 친견할 수 있도록, 부처가 택한 작은 마을 쿠시나가르, 유마경의 무대인 바이샬리를 거쳐 금강경에도 자주 등장하는 갠지스강을 돌아보는 코스였다.

털털거리는 차를 몇 시간이고 타고 갔다. 흙먼지가 날리는 공터에 대충 쪼그리고 앉아 작은 공기에 밥과 국을 받으면, 어디선가 어슬렁거리며 흰 소가 나타난다. 햇볕은 쨍쨍한데 그늘도 없는 곳이 많아, 땀을 흘리며 쓰레기 더미 옆에서 소박한 밥을 먹기도 하고, 조금 운이 좋으면 폐교의 운동장 한쪽을 차지하기도 했다. 잠자리도 편할 리는 없었다. 온몸이 아프니 진통 수면제를 먹고 자는데, 새벽에 버스를 타면 아직 남아 있는 약기운으로 오후까지 정신없이 잤다. 나는 마치 '버스에서 자기 위해 여행을 하는' 사람 같았다.

가장 문제는 화장실이었다. 나는 참을 수 있을 만큼 참았다. 내 기억에 화장실이 없는 곳에서 실례를 한 적은 평생에 딱 한 번이었다.

작은 애가 여섯 살인가 됐을 때, 이 남자의 친구 가족과 어느 계곡에 물놀이를 갔다. 계곡의 어느 곳에도 화장실이 없었다. 당황스럽기 이를 데 없는데, 그의 아내가 '작은 일'은 그냥 흐르는 물에 보면 된단다. 정말 내키지 않았지만, 화장실을 찾으려면 한 시간은 걸어서 내려가야 한다. 멀리멀리 가족들이 보이지 않는 곳으로 갔다

그날의 그 찜찜함은 오랫동안 내 머릿속에서 사라지지 않았다. 이후 10년도 더 지나, 제주 한라산 중산간을 돌아가고 있는데, 화장실이 급했다. 아무도 없는 산길이고, 들길이었지만, 한

시간을 운전해서 공중화장실을 찾았다. 다시는 그 찜찜한 일을 남기지 않으려고.

이 인도 성지 순례에서는, 어떤 날은 열 시간 동안 낡은 버스를 타고 가는데 화장실이 단 한 군데도 없었다. 가이드는 항상 '풀숲에 내려 줄 테니 알아서들 하라'고 했다. 정말 날마다 고문이고 낭패였다.

어느 날은 기차를 탔다. 아마 좋은 기차도 있을 터인데 우리가 탄 열차는 인도의 4계급 가운데 제일 하층민이 탈 것 같은, 한국 전쟁 중 부산 가는 피난 열차가 이랬을까 싶은 열차였다. 3층으로 된 침대칸은 허리를 세울 수가 없었다. 발 디딜 틈도 없이 꽉 찬 사람들에게서는 온갖 악취가 풍겼다. 나는 맨 위 칸이었는데 어디선가 매연까지 들어와서 숨 쉬기가 힘들고 목이 아팠다. 더러운 행색의 이방인 남자들에 둘러싸여 무섭기도 해서, 옷으로 간신히 덮고 뜬눈으로 밤을 샜다. 연옥이 이쯤 될까 생각했다.

아침이면 목적지에 닿는다고 했는데 기차가 갑자기 멈췄다. 앞서가던 기차가 충돌 사고가 났다. 많은 사상자가 발생한 대형 사고로 꼼짝없이 24시간을 그 끔찍한 기차에서 보냈다. 일행 중 여러 환자가 발생했다. 구토와 설사를 하는가 하면, 기진해서 쓰러진 사람도 둘이나 나왔다. 다음날 결국 한 방을 같이 쓰던 젊은 여자가 울기 시작했다. 못 견디겠다고.

깨달음의 과정에 있다 하면 '분별심'을 내려놓는 것이고, '나라
는 아상'에 사로잡힌 나를 포기하는 것이다. 경위가 어찌 되었
든 나는 그동안 내가 가지고 있던, 내가 익숙해져 있던, 내가 스
스로가 만들어 나를 속박하고 있던 몇 가지 규범을 버릴 수밖
에 없었다. 그러다 보니 어느 순간부터 자유로웠다. 풀숲에서 이
웃한 보살님들을 보고 웃음이 나왔다. 나의 '두터운 분별심과 업
장'이 사라지고 있는지도 몰랐다.

에필로그

"조사가 서쪽으로부터 오신 뜻이 무엇입니까."

"뜰 앞의 잣나무."

조주선사의 선문답이다. 뜰 앞의 잣나무는 어떤 이유가 있어서 거기에 있는 것이 아니다. 수많은 인연에 의해 그냥 거기에 있는 것이다. 수많은 인연에 의해 발생했던 일이기에 어느 하나를 꼭 집어 그 이유를 설명할 수 없다. 이유를 따지고 의미를 부여하는 건 인간의 분별 작용에 의한 것이지 대상이나 사태가 가지고 있는 것이 아니다. 대상이나 사태의 실상은 그냥 인연 따라 존재했다가 그렇게 흘러가는 것이다.

이 선문답은 세상의 모든 일과 마찬가지로, 달마가 서쪽으로부터 온 것도 그냥 발생한 듯하면서도 수많은 인연의 거미줄로 엮여 있다는, 불교의 인연법을 함축적으로 보여 주고 있으며, 모든 현상에 어떤 의미를 부여하려는 인간의 분별 작용을 경계하라는 말이기도 하다.

"무엇이 부처입니까?"

"마른 똥 막대기니라."

어떤 학인과 운문문언 선사의 선문답이다. 운문 선사뿐 아니라, 장자 또한 '도는 땅강아지나 개미, 똥이나 오줌에도 있다'고 하고, 노자는 '도란 널리 어디에나 있는 것으로 대도는 만물에 있으며 만물은 도에 의해 생겨난다'고 하였다.

선사의 답은 '비천한 중생(똥 막대기)도 깨치기만 하면 그대로 부처'라는 뜻도 내포하지만, '마른 똥 막대기'를 부처로 모셔도 아무 걸림이 없는 사람은 마음에 장애가 없으니 '그의 그 마음'이 곧 부처라는 것이다. 만약 그 학인이 '똥 막대기'와 '부처'를 분별하는 업을 가지고 있다면, 그 분별심이 사라지기 전에는 결코 부처를 만날 수 없을 것이라는 가르침이기도 하다.

여전히 많은 사람이 분별심을 내지 말라'는 말을 오해해서, '옳고 그른 것을 분별하지 않고' 라거나, 사기꾼이나 살인범을 두고 '세상에 다 필요한 사람이니 분별심을 내지 말고 사랑하라'는 말로 곡해하기도 한다. 어떤 비구는 "도가 따로 있지 않다"고 하며 음란하고 방탕한 생활을 하면서 '원효' 운운하는 망언을 했다는데, 석가모니가 그런 뜻으로 5계와 10계를 말씀하셨겠는가.

일본 소설가 아쿠타가와 류노스케가 1915년 발표한 '라쇼몽'과 1922년 발표한 '덤불 속'을 기초로 1950년 구로사와 아키라가 제작한 영화가 '라쇼몽'이다. 이 영화의 영향으로 '라쇼몽 효과'라는 말이 쓰이기 시작했는데, '기억의 주관성에 관한 이론'으로 정의된다. '라쇼몽'이 전달하는 메시지는, 인간은 바로 눈앞에서 벌어진 사건도 자신의 이익에 비추어 해석하고 재구성해서 기억한다는 것이다. 너무나 이기적이고 자기중심적인 인간은 자기가 기억하고 싶은 것만 '합리화, 미화, 각색'하여 '기억을 왜곡한다'는 것이다. '기억의 왜곡'을 만드는 기저에는, 인간의 무한한 욕망과 '분별심'이 있다고 생각한다.

삶을 생각할 때면 항상 떠오르는 소설이 있다. 솔제니친의 '이반 데니소비치의 하루'이다. 그 소설의 무대는 스탈린 치하의 시베리아 오지에 있는 강제 수용소이다. 자유 대한민국에서 한 여성의 삶이 그 시대 이반의 삶과 다를 바 없다고 느껴질 때가 많다.

나는 이반 데니소비치처럼 '운 좋게 바람도 조금 막을 수 있고, 잠시 몸도 좀 녹일 수 있는 난로가 있는' 영하 40~50도의 시베리아 벌판에서 오늘도 묵묵히 벽돌을 쌓고 있다. 혼자 가기엔 너무 어두운 '삶의 길'을 '법의 등불'에 의지하며 한 발 한 발 걷고 있다. 걷다, 걷다 더 걸을 수 없이 다리가 아파 오면 절집에 들러 밥도 얻어먹고 물도 마시고, 모든 부처와 신장신들의 따뜻한 위로에 또 기운을 내어 모든 생명체가 가야만 하는 그 길을 또 나선다.

최초의 경전인 숫타니파타에 많은 사람이 사랑하는 부처의 말씀이 있다.

미움도 괴롭고 사랑도 괴롭다.
미워한다고 소중한 생명에 대하여
폭력을 쓰거나 괴롭히지 말며,
좋아한다고 너무 집착하여
곁에 두고자 애쓰지 말라.

사랑하는 사람에게는 사랑과 그리움이 생기고
미워하는 사람에게는 증오와 원망이 생기나니
사랑과 미움을 다 놓아 버리고
무소의 뿔처럼 혼자서 가라.

너무 좋아할 것도 너무 싫어할 것도 없다.
너무 좋아해도 괴롭고, 너무 미워해도 괴롭다.
사실 우리가 알고 있고, 겪고 있는 모든 괴로움은
좋아하고 싫어하는 이 두 가지 분별에서
온다고 해도 과언이 아니다.

늙은 괴로움도 젊음을 좋아하는 데서 오고,
병의 괴로움도 건강을 좋아하는 데서 오며,
죽음 또한 삶을 좋아함,
즉 살고자 하는 집착에서 오고,

사랑의 아픔도 사람을 좋아하는 데서 오고,
가난의 괴로움도 부유함을 좋아하는 데서 오고,
이렇듯 모든 괴로움은 좋고 싫은 두 가지
분별로 인해 온다.

좋고 싫은 것만 없다면 괴로울 것도 없고
마음은 고요한 평화에 이른다.
그렇다고 사랑하지도 말고, 미워하지도 말고
그냥 돌처럼 무감각하게 살라는 말이 아니다.

사랑을 하되 집착이 없어야 하고,
미워하더라도 거기에 오래 머물러서는
안 된다는 말이다.

사랑이든 미움이든 마음이 그곳에
딱 머물러 집착하게 되면 그때부터
분별의 괴로움은 시작된다.
사랑이 오면 사랑을 하고,
미움이 오면 미워하되 머무는 바 없이 해야 한다.

인연 따라 마음을 일으키고,

인연 따라 받아들여야 하겠지만,
집착만은 놓아야 한다.

이것이 '인연은 받아들이고 집착은 놓는'
수행자의 걸림 없는 삶이다.
사랑도 미움도 놓아 버리고
무소의 뿔처럼 혼자서 가는 수행자의 길이다.

– 법정 옮김

아내의 시간

초판 1쇄 인쇄 2018년 01월 05일
초판 1쇄 발행 2018년 01월 10일

지은이 양수화
펴낸이 양수화
출판등록 제2017-000142호
펴낸곳 도서출판 렌토
디자인 서교동날씨 최유녕
인쇄·제본 한영문화사

공급처 리즈앤북
주소 서울시 마포구 잔다리로 77 대창빌딩 402호 04029
전화 02) 332-4037
팩스 02) 332-4031
이메일 ries0730@naver.com

ISBN 979-11-962-7420-7-03810